Júlio Verne

VIAGEM AO CENTRO DA TERRA

Tradução de Renata Cordeiro

www.lpm.com.br

L&PM POCKET

Coleção **L&PM** POCKET, vol. 264

Texto de acordo com a nova ortografia.

Título original: *Voyage au centre de la terre*

Primeira edição na Coleção **L&PM** POCKET: abril de 2002
Esta reimpressão: junho de 2022

Capa: L&PM Editores
Tradução: Renata Cordeiro
Preparação de original: Jó Saldanha
Revisão: Renato Deitos

ISBN 978-85-254-1116-7

V531v Verne, Júlio, 1828-1905.
Viagem ao centro da terra / Julio Verne; tradução de Renata Cordeiro. – Porto Alegre: L&PM, 2022.
240 p. ; 18 cm. – (Coleção L&PM POCKET)

1.Ficção francesa-aventuras. I.Título. II.Série.

CDD 843.37
CDU 840-311.3

Catalogação elaborada por Izabel A. Merlo, CRB 10/329.

Rua Comendador Coruja, 314, loja 9 – Floresta – 90220-180
Porto Alegre – RS – Brasil / Fone: 51.3225.5777

PEDIDOS & DEPTO. COMERCIAL: vendas@lpm.com.br
FALE CONOSCO: info@lpm.com.br
www.lpm.com.br

Impresso no Brasil
Inverno de 2022

JÚLIO VERNE
(1828-1905)

JÚLIO (JULES) VERNE nasceu em Nantes, França, em 8 de fevereiro de 1828. Era filho de Pierre Verne, um advogado, e de Sophie Allote de la Fuÿe, de uma família de navegadores e armadores. Eles tiveram cinco filhos: Paul, Anna, Mathilde, Marie e Júlio, o mais velho, que inicia os estudos com a viúva de um capitão e logo segue para o pequeno seminário de Saint-Donatien. Em 1839, em uma de suas primeiras aventuras, teria partido para a Índia como aprendiz de marinheiro, tendo desistido da empreitada ao ser alcançado pelo pai no porto seguinte.

Em 1844 ingressa no Liceu de Nantes, onde estuda Retórica e Filosofia. Formado, e como o pai lhe destina a herança, começa a estudar Direito. Apaixonado por uma prima, Carolina – que se casaria com outro, para desespero de Júlio –, escreve suas primeiras obras: sonetos e uma tragédia em versos.

A dramaturgia seria uma das paixões do autor. Em 1848 vai a Paris terminar os estudos, instalando-se junto com outro estudante de Nantes, Édouard Bonamy, com quem representaria algumas peças. O encontro com Alexandre Dumas pai lhe confere confiança para escrever para o teatro. Em 1850 estreia *As palhas rompidas*, uma comédia em versos, no Teatro Histórico – fundado por Dumas. Nessa época, apresenta sua tese final de Direito, mas a opção pela literatura já estava feita.

Em 1852, publica *Os primeiros navios da marinha mexicana* e *Uma viagem de balão,* duas narrativas em que já se adivinha o futuro autor das *Viagens extraordinárias*. Em abril de 1852, lança sua primeira novela longa: *Marton Paz*, narrativa histórica em que a rivalidade étnica entre os espanhóis, os índios e os mestiços do Peru mistura-se com uma intriga sentimental.

Em 1854, publica a primeira versão de *Mestre Zacarias*, e, no ano seguinte, *Uma hibernação nos gelos*, sem parar, no entanto, de escrever para o teatro. Em 1856, conhece Honorina-Anne-Hébé Morel, viúva de vinte e seis anos, mãe de duas meninas; eles se casam em 1857, e, em 1861, nasce Michel Jules Verne, único filho do autor.

Em 1862 lança *Cinco semanas num balão* e assina um contrato que o compromete pelos vinte anos seguintes. Sua verdadeira carreira vai começar: o romance faz enorme sucesso, primeiro na

França, depois no mundo todo. Passa a colaborar regularmente com a *Revista de Educação e de Recreacão*, e aí são publicadas, a partir do primeiro número, *As aventuras do capitão Hatteras*, antes de serem reunidas em livro. No mesmo ano é publicado *Viagem ao centro da Terra,* seguido, em 1865, por *Da Terra à Lua* e, em seguida, *Ao redor da Lua.*

Não há dúvida de que o sucesso de Júlio Verne é produto do bom humor, da alegria, da imaginação. O mundo dos livros de Júlio Verne é extraordinário, fraterno, cheio de imaginação. Tal mundo, ele explora com incansável rigor na série das *Viagens extraordinárias*, onde destacam-se alguns títulos conhecidos: *Os filhos do capitão Grant* (1867), *Vinte mil léguas submarinas* (1869) e *A volta ao mundo em oitenta dias* (1873).

Em 1866, compra o seu primeiro barco, que é batizado com o nome do filho: *Saint-Michel.* Em abril de 1867, parte para os Estados Unidos com o irmão, Paul, a bordo do *Great-Eastern.* Na volta, ele mergulha em *Vinte mil léguas submarinas*, em grande parte escrito a bordo do *Saint-Michel*, que ele chama de “gabinete de trabalho flutuante”. Em 1874, compra um verdadeiro iate: o *Saint-Michel II,* e nele se origina *A volta ao mundo em oitenta dias*.

Entre 1886 e 1887, depois de um drama a respeito do qual se sabe muito pouco (ele foi ferido com duas balas de revólver por seu sobrinho Gaston, de 25 anos, acometido de febre cerebral) e da venda do seu iate, ele renuncia à vida livre e de viajante, e joga a âncora em Amiens, onde é eleito conselheiro municipal.

Júlio Verne trabalha até não mais poder segurar uma pena. É grande admirador de Edgar Allan Poe e do seu *O relato de Arthur Gordon Pym* (**L**&**PM** POCKET). A partir de 1902 sua visão fica comprometida pela catarata. Morre em 24 de março de 1905, na casa de Amiens, onde nunca parou de escrever. É autor de mais de 50 obras.

Obras do autor na Coleção **L**&**PM** POCKET

Os conquistadores
Viagem ao centro da Terra
A volta ao mundo em oitenta dias

Sumário

Capítulo I

Em 24 de maio de 1863, um domingo, meu tio, o professor Lidenbrock, voltou cedo para a sua pequena casa situada no número 19 da Königstrasse, uma das mais antigas ruas da parte velha de Hamburgo.

A empregada, Marta, achou que estava muito atrasada, pois o almoço mal havia começado a chiar no fogão da cozinha.

"Bom", pensei, "se meu tio, que é o mais impaciente dos homens, estiver com fome, vai ficar furioso."

– Já é o Sr. Lidenbrock?! – gritou a empregada Marta, atarantada, abrindo a porta da sala de jantar.

– É ele mesmo, Marta, mas a comida pode muito bem não estar pronta, pois ainda nem são duas horas. Há pouco bateu uma e meia na igreja de São Miguel.

– Então, por que o Sr. Lidenbrock já está de volta?

– É o que nós vamos saber.

– Olhe ele aí! Vou sumir, senhor Axel, por favor, explique a ele.

E Marta voltou para o seu laboratório culinário.

Fiquei sozinho. Só que explicar algo ao mais irascível dos professores é uma coisa que o meu jeito um pouco inseguro não me permite. Por isso eu já me preparava para, prudentemente, voltar ao meu quartinho, que ficava no andar superior, quando a porta da rua rangeu, passos largos estalaram na escada de madeira e o dono da casa, atravessando a sala de jantar, entrou no escritório.

Durante essa rápida passagem, ele jogou a bengala num canto, o grande chapéu felpudo na mesa, e dirigiu a mim estas palavras ríspidas:

– Axel, siga-me!

Não tivera tempo nem de me mexer e o professor já gritava, impaciente:

– E então?! Você vem ou não vem?

Entrei no escritório do meu temido mestre.

Otto Lidenbrock não era um homem mau, tenho que reconhecer, mas, caso não mude, morrerá com a fama de ser um homem terrível.

Era professor no Johannaeum e dava um curso de mineralogia durante o qual costumava ficar furioso uma ou duas vezes. Não que se preocupasse com a assiduidade dos alunos às aulas ou com o grau de atenção que lhe era dispensado, muito menos com o desempenho deles – tais detalhes não o preocupavam. Era professor "subjetivamente", segundo uma expressão da filosofia alemã, ensinava a si mesmo e não aos outros. Era um cientista egoísta, um poço de ciência cuja manivela rangia quando se queria tirar alguma coisa dele. Numa palavra: um avaro.

Havia alguns professores desse tipo na Alemanha.

Meu tio, infelizmente, já não gozava de grande facilidade de expressão em casa, que dirá em público, e isso é um defeito lamentável num orador. Na verdade, nas explanações no Johannaeum, o professor costumava parar de repente: lutava contra uma palavra recalcitrante que não queria sair, palavras que resistiam, inchavam e acabavam saindo sob a forma pouco científica de um palavrão. E isso o deixava muito irritado.

Acontece que em mineralogia há muitas denominações semigregas, semilatinas, de difícil pronúncia, nomes rudes que machucariam os lábios de um poeta. Longe de mim denegrir tal ciência. Mas quando estamos diante das cristalizações romboédricas, das resinas retinasfálticas, gelenitas, fungasites, molibdatos de chumbo, tungstatos de manganês e titaniatos de zircônio, até a língua mais esperta pode atrapalhar-se.

Na cidade todos sabiam desse perdoável defeito do meu tio, e por isso dele abusavam, esperando as passagens perigosas para que ele se enfurecesse, após o que vinham as gargalhadas, o que não é de bom-tom, nem mesmo para os alemães. Embora o público comparecesse em massa às aulas de Lidenbrock, muitos as assistiam só para ver os ataques de raiva do professor!

Apesar disso, não seria descabido dizer que meu tio era realmente um cientista. Embora às vezes quebrasse as amostras por testá-las muito desastradamente, tinha o gênio do geólogo combinado com a perspicácia do mineralogista. Com o martelo, a ponta de aço, a agulha imantada, o maçarico e o frasco de ácido nítrico, era um homem poderosíssimo. Em relação à fratura, aspecto, solidez, fusibilidade, som, odor, gosto de um mineral qualquer, ele o classificava, sem hesitar, entre as seiscentas espécies hoje elencadas pela ciência.

O nome Lidenbrock também era muito respeitado nas escolas e associações nacionais. Humphry Davy e Humboldt, Franklin e Sabine sempre o visitavam quando passavam por Hamburgo. Becquerel, Ebelmen, Brewster, Dumas, Milne-Edwards, Saint-Claire Deville gostavam de consultá-lo sobre os problemas mais espinhosos da química. Essa ciência lhe devia um número considerável de importantes descobertas, e, em 1853, foi publicado em Leipzig um *Tratado de cristalografia transcendente*, pelo professor Otto Lidenbrock, livro com gravuras que, no entanto, não rendera nem o suficiente para pagar os custos da impressão.

Acrescente-se a isso que o meu tio era conservador do museu mineralógico do Sr. Struve, embaixador da Rússia, onde havia uma preciosa coleção com fama em toda a Europa.

Era esse, portanto, o personagem que me interpelava com tanta impaciência. Imagine-se um homem alto, magro, com saúde de ferro e com cabelo loiro juvenil que diminuía uns dez dos seus cinquenta anos. Os olhos grandes giravam sem parar por trás de grossos óculos; o nariz, comprido e fino, parecia uma lâmina afiada, e os maldosos diziam que era imantado e que atraía uma limalha de ferro. Pura calúnia: para falar a verdade a única coisa que atraía era o tabaco, em grandes quantidades.

Quando eu disser, além disso, que o meu tio caminhava a passos matemáticos de um metro, e que ao andar mantinha as mãos bem fechadas, sinal de temperamento impetuoso, isso bastará para que ninguém se mostre muito ansioso pela sua companhia.

Ele morava numa pequena casa na Königstrasse, metade de madeira, metade de tijolo, com empenas de treliça e que dava para um desses canais sinuosos que se cruzam no meio da parte mais velha de Hamburgo, felizmente não atingida pelo incêndio de 1842.

Mas é preciso dizer que a velha casa era um pouco inclinada e abaulada para a rua. O teto pendia para o lado, como um boné caído sobre a orelha de um estudante da Tugendbund, e o equilíbrio das linhas deixava a desejar. Mas, mesmo assim, ela se mantinha em pé graças a um velho olmo vigorosamente fincado na fachada e que na primavera lançava as flores em botão pelos vitrais das janelas.

Meu tio, para um professor alemão, até que era rico. A casa era inteiramente propriedade sua, tanto o imóvel quanto os moradores: a afilhada Graüben, uma jovem da Virlândia de dezessete anos, a empregada Marta e eu. Na minha dupla condição de sobrinho e órfão, tornei-me o assistente das suas experiências.

Confesso que mordi com apetite as ciências geológicas; pelas minhas veias corria o sangue de mineralogista e eu nunca me entediava na companhia das minhas pedrinhas preciosas.

Em suma, era possível viver feliz na casa da Königstrasse, apesar das impaciências do seu proprietário, pois, mesmo adotando uma atitude um pouco bruta, nem por isso ele me amava menos. Mas aquele homem não sabia esperar, e tinha mais pressa do que a natureza.

Quando, em abril, ele plantou nos vasos de faiança pés de resedá e de campânulas, toda manhã podava regularmente as folhas para apressar o crescimento.

Frente a semelhante excêntrico, a única coisa a fazer era obedecer. Portanto, rapidamente entrei no escritório.

Capítulo II

O escritório era um perfeito museu. Todas as amostras do reino mineral estavam etiquetadas na mais perfeita ordem, segundo as três grandes divisões dos minerais: inflamáveis, metálicos e litoides.

Como eu conhecia aqueles bibelôs da ciência mineralógica! Quantas vezes, em vez de brincar com os meninos da minha idade, deleitei-me espanando as grafitas, os antracitos, as hulhas, as linhites, as turfas! E os betumes, as resinas, os sais orgânicos que era preciso preservar do menor átomo de poeira! E os metais, desde o ferro até o ouro, cujo valor relativo desaparecia diante da igualdade absoluta dos espécimes científicos! E todas aquelas pedras que bastariam para reconstruir a casa de Königstrasse, até mesmo com um lindo quarto a mais, onde eu ficaria tão bem acomodado!

Mas, ao entrar no escritório, eu não pensava nessas maravilhas. Só meu tio ocupava-me o pensamento. Ele estava afundado na sua ampla poltrona de veludo de Utrecht e tinha nas mãos um livro que examinava com profunda admiração.

– Que livro! Que livro! – exclamava.

Aquela exclamação me fez lembrar que o professor Lidenbrock era também bibliômano nas horas vagas; mas para ele um livro só era valioso se fosse raro ou, no mínimo, ilegível.

– Hum! – disse ele. – Acho que você não sabe... Mas encontrei um tesouro inestimável essa manhã, fuçando na loja do judeu Hevelius.

– Magnífico! – respondi, simulando entusiasmo.

Mas, enfim, por que tanto barulho por uma velha brochura cuja lombada e capa pareciam feitas de couro grosseiro, um livro amarelado com um marcador descolorido?

Entretanto, as manifestações de admiração do professor não pararam aí.

– Olhe – dizia ele, perguntando e respondendo ao mesmo tempo –, não é bonito? Claro, é admirável! E que encadernação! É fácil abri-lo? É, pois ele fica aberto em qualquer página! Mas fica bem fechado? Fica, pois a capa e as folhas formam um belo conjunto, e não se separam nem se desnivelam em ponto algum! E essa lombada que não tem uma única rachadura após setecentos anos de existência! Ah! Eis uma encadernação de que Bozerain, Closs ou Purgold se orgulhariam!

Enquanto falava, meu tio abria e fechava sem parar o velho livro. No mínimo, eu tinha de interrogá-lo sobre o conteúdo, apesar de não estar nem um pouco interessado.

– E então, qual é o título desse maravilhoso livro? – perguntei com tanto entusiasmo que parecia fingido.

– Essa obra! – respondeu meu tio, animando-se. – É o *Heims-Kringla,* de Snorre Turleson, o famoso autor islandês do século XII! É a crônica dos príncipes noruegueses que reinaram na Islândia!

– É mesmo?! – exclamei o melhor que pude. – E sem dúvida é uma tradução em língua alemã?

– O quê?! – retorquiu veementemente o professor. – Uma tradução? E o que eu faria com uma tradução? Quem quer uma tradução? Trata-se de uma obra original em língua islandesa, esse magnífico idioma, a um só tempo rico e simples, que permite as mais variadas combinações gramaticais e inúmeras modificações de palavras!

– Como o alemão – insinuei, bastante satisfeito.

– Sim – respondeu meu tio, dando de ombros –, sem contar que a língua islandesa admite os três gêneros como o grego, e declina os nomes próprios como o latim!

– Ah! – disse eu, um pouco abalado na minha indiferença. – E os caracteres desse livros são bonitos?

– Caracteres?! Quem está falando de caracteres, infeliz Axel? Não são de modo algum caracteres! Ah! acha que é um impresso! Trata-se, ignorante, de um manuscrito, e rúnico!...

– Rúnico?

– É! Você quer que eu lhe explique essa palavra?

– Prestarei bastante atenção – repliquei com a entonação de um homem ferido no seu amor-próprio.

Mas meu tio continuou ainda mais inflexível e me falou, mesmo eu não estando interessado, de coisas que eu não fazia a mínima questão de saber.

– As runas eram caracteres de escrita utilizados antigamente na Islândia e, segundo a tradição, foram inventados pelo próprio Odin! Então olhe, admire, ímpio, esses tipos que saíram da imaginação de um deus!

Juro que, na falta de uma resposta, eu ia me ajoelhar – espécie de atitude que deve agradar aos deuses e aos reis, pois tem a vantagem de não embaraçá-los nunca –, quando um incidente veio mudar o rumo da conversa.

Foi o aparecimento de um pergaminho amassado que escorregou do livro e caiu no chão.

O meu tio avançou sobre aquele pedaço de papel com uma avidez fácil de compreender. Um velho documento, escondido há tempos imemoriais no velho livro, não podia deixar de significar muito para ele.

– O que é isso? – exclamou ele.

E, ao mesmo tempo, ele desenrolava cuidadosamente sobre a mesa um longo pedaço de pergaminho de doze centímetros de comprimento por sete de largura, sobre o qual, em linhas transversais, se estendiam caracteres ininteligíveis.

Eis o fac-símile exato. Faço questão de mostrar esses signos esquisitos, pois eles levaram o professor Lidenbrock e seu sobrinho a empreender a mais estranha expedição do século XIX:

O professor olhou por alguns instantes a série de caracteres e depois disse, tirando os óculos:

– Isso é rúnico. Esses tipos são exatamente iguais aos do manuscrito de Snorre Turleson! Mas... o que isso pode significar?

Como o rúnico me parecia ser uma invenção de cientistas para enganar os pobres mortais, não fiquei chateado ao ver que meu tio não entendia nada daquilo. Pelo menos foi o que me pareceu, já que os seus dedos começavam a se agitar terrivelmente.

– Isto é islandês arcaico! – murmurava ele, entredentes.

E o professor Lidenbrock devia realmente saber isso, já que era conhecido como um verdadeiro poliglota. Não que falasse fluentemente as duas mil línguas e os quatro mil idiomas empregados na superfície do globo, mas, mesmo assim, sabia uma boa parte.

Diante dessa dificuldade, ele ia entregar-se com toda a impetuosidade do seu caráter, e eu previa uma cena violenta, quando soaram as duas horas no reloginho da lareira.

Logo, Marta abriu a porta do escritório, dizendo:

– O almoço está servido.

– Para o inferno o almoço, aquela que o fez e os que o comerem! – exclamou meu tio.

Marta saiu. Saí correndo atrás dela, e, sem perceber, estava sentado no meu lugar de sempre na sala de jantar.

Esperei alguns instantes. O professor não veio. Que eu me lembre, era a primeira vez que ele faltava à refeição solene. E que refeição! Sopa de salsa, omelete com presunto guarnecida de azedas com noz-moscada, lombo de vitela com compota de ameixas, e, para a sobremesa, camarões ao açúcar, tudo regado com um lindo vinho da Moselle...

Eis o que aquele velho papel ia custar ao meu tio. Na qualidade de sobrinho dedicado, senti-me na obrigação de comer por mim e por ele. O que fiz em sã consciência.

– Nunca vi isso! – dizia Marta. – O Sr. Lidenbrock não veio almoçar!

– Não dá para acreditar.

– É presságio de algum acontecimento grave! – retomava a velha criada, balançando a cabeça.

Na minha opinião, aquilo não pressagiava nada, a não ser uma cena assustadora quando o meu tio visse o seu almoço devorado.

Eu estava no meu último camarão, quando uma voz estridente me arrancou das volúpias da sobremesa. Corri da sala para o escritório.

Capítulo III

– É claro que é rúnico – dizia o professor, franzindo a testa. – Mas há um segredo, e eu o descobrirei, caso contrário...

Um gesto violento interrompeu o seu pensamento.

– Sente-se aqui – acrescentou, indicando a mesa com um murro – e escreva.

Num instante eu estava pronto.

– Agora, vou ditar cada letra do nosso alfabeto que corresponde a um desses caracteres islandeses. Veremos no que isso vai dar. Mas, pelo amor de Deus, não vá se enganar!

O ditado começou. Eu fazia o melhor que podia. As letras foram pronunciadas umas depois das outras, e o resultado foi a incompreensível sucessão das seguintes palavras:

m. rnlls	esreul	seecJde
sgtssmf	unteief	niedrke
kt, samn	atrateS	Saodrrn
emtnael	nuaect	rrilSa
Atvaar	.nscrc	ieaabs
ccdrmi	eeutul	frantu
dt, iac	oseibo	KediiY

Quando o trabalho ficou pronto, meu tio pegou energicamente a folha na qual eu acabara de escrever, e a examinou por muito tempo com atenção.

– O que isso quer dizer? – repetia ele, mecanicamente.

Palavra de honra que eu não conseguiria dizer, mesmo porque ele não perguntava a mim. E continuou a falar para si mesmo:

– É o que chamamos de criptograma – dizia ele. – O sentido está oculto sob letras embaralhadas de propósito e que convenientemente dispostas formariam uma frase inteligível. Quando penso que talvez esteja aí a explicação ou a indicação de uma grande descoberta!

Quanto a mim, eu achava que não havia absolutamente nada, mas, por prudência, não expressei a minha opinião.

Então, o professor pegou o livro e o pergaminho e os comparou.

– Essas duas escritas não são da mesma mão – disse ele. – O criptograma é posterior ao livro. Eu tenho a prova. Na verdade, a primeira letra é um M dobrado que se procuraria em vão no livro de Turleson, pois só foi acrescentada ao alfabeto islandês no século XIV. Assim sendo, há, portanto, pelo menos duzentos anos entre o manuscrito e o documento.

Admito que este raciocínio me pareceu bastante lógico.

– Portanto, sou levado a pensar – retomou – que o dono do livro traçou esses caracteres misteriosos. Mas, que diabo, quem era o dono? Não teria posto o nome em algum lugar do manuscrito?

Meu tio tirou os óculos, pegou uma lupa grossa e examinou cuidadosamente as primeiras páginas do livro. No verso da segunda, a página de rosto, viu algo que parecia uma mancha de tinta. Todavia, olhando mais de perto, distinguiam-se alguns caracteres meio apagados. Para meu tio, o ponto interessante estava lá; portanto, concentrou-se na mancha e, com a ajuda da lupa, acabou reconhecendo os seguintes sinais, caracteres rúnicos que leu sem hesitar:

– Arne Saknussemm! – exclamou, num tom triunfante. – Mas isso é um nome e, ainda por cima, um nome islandês, o de um cientista do século XVI, de um alquimista célebre!

Eu olhava para meu tio com certa admiração.

– Esses alquimistas – prosseguiu –, Avicena, Bacon, Llull, Paracelso, eram os verdadeiros, os únicos cientistas da sua época. Fizeram descobertas que nos deixariam espantados. Por que não teria esse Saknussemm escondido sob esse incompreensível criptograma alguma surpreendente invenção? Deve ser isso. É isso.

A imaginação do professor se inflamava com essa hipótese.

– Sem dúvida – ousei responder. – Mas por que esse cientista esconderia assim alguma descoberta maravilhosa?

– Por quê? Por quê? Como é que eu vou saber? Galileu não agiu assim em relação a Saturno? Aliás, vamos fazer um acordo: vou descobrir o segredo desse documento e não vou comer nem dormir enquanto não o tiver feito.

"Oh!", pensei.

– Nem você, Axel – completou ele.

"Diabo!", pensei, "ainda bem que comi por dois!"

– E antes de mais nada – disse meu tio –, é preciso encontrar a língua desta charada. Isto não deve ser difícil.

A essas palavras, levantei energicamente a cabeça. Meu tio retomou o seu monólogo:

– Nada é mais fácil do que isso. Há nesse documento cento e trinta e duas letras que dão setenta e nove consoantes contra cinquenta e três vogais. Acontece que foi mais ou menos segundo essa proporção que se formaram as palavras das línguas meridionais, enquanto os idiomas do norte são infinitamente mais ricos em consoantes. Trata-se, portanto, de uma língua do sul.

Essas conclusões eram bastante razoáveis.

– Que língua será essa?

Mas onde eu esperava um cientista, descobri um profundo analista.

– Esse Saknussemm – prosseguiu – era um homem instruído. Mas já que ele não escrevia na língua materna, tinha que escolher, de preferência, a língua corrente entre os espíritos cultivados do século XVI, ou seja, o latim. Se eu não estiver errado, poderei tentar o espanhol, o francês, o italiano, o grego, o hebraico. Mas os cientistas do século XVI escreviam geralmente em latim. Portanto, posso afirmar *a priori*: é latim.

Dei um pulo da cadeira. As minhas lembranças de latinista se revoltavam contra a pretensão de que aquela sequência de palavras barrocas pudessem pertencer à doce língua de Virgílio.

– É latim! – retomou meu tio – Mas latim embaralhado.

"Ainda bem!", pensei. "Se conseguir desembaralhá-la, é porque o senhor é muito sabido, meu tio."

– Examinemos bem – disse ele, pegando de novo a folha em que eu escrevera. – Eis uma série de cento e trinta e duas letras aparentemente desordenadas. Há palavras em que as consoantes estão sozinhas, como o primeiro "m.rnlls", outras, em que, ao contrário, há muitas vogais, a quinta, por exemplo, "unteief", ou a antepenúltima, "oseibo". Acontece que tal disposição não foi, evidentemente, combinada: é dada *matematicamente* pela desconhecida razão que presidiu à sucessão dessas letras. Parece-me certo que a frase primitiva foi escrita correntemente, depois embaralhada, segundo uma lei que é preciso descobrir. Aquele que possuir a chave dessa charada a lerá fluentemente. Mas que chave é essa? Axel, você tem essa chave?

A essa pergunta nada respondi, e pudera. Os meus olhos haviam se fixado num encantador retrato pendurado na parede, o retrato da jovem Graüben. Nessa época, a preferida do meu tio estava em Altona, na casa de uma das suas parentes, e a sua ausência me deixava bastante triste, pois, agora posso confessar, a linda virlandesa e o sobrinho do professor se amavam com toda a paciência e tranquilidade alemãs. Havíamos ficado noivos sem que meu tio soubesse, geólogo demais para compreender tais sentimentos. Graüben era uma encantadora moça loira de olhos azuis, de um caráter um pouco circunspecto e um espírito um pouco sério; mas nem por isso ela me amava menos. Quanto a mim, eu a adorava, se é que esse verbo existe na língua germânica! Portanto, a imagem da minha pequena virlandesa me tirava, num instante, do mundo das realidades e me lançava ao das quimeras, ao das saudades.

Revi a minha fiel companheira de trabalhos e prazeres. Todo dia ela me ajudava a arrumar as preciosas pedras do meu tio; ela as etiquetava comigo. A senhorita Graüben era uma grande mineralogista! Já havia demonstrado isso a mais de um cientista. Gostava de se aprofundar nas árduas questões da ciência. Que doces momentos passamos estudando juntos! E quantas vezes invejei a sorte daquelas pedras insensíveis que ela manejava com as suas encantadoras mãos!

Depois, quando chegava a hora do recreio, saíamos os dois, pegávamos as alamedas cerradas do Alster, e tínhamos por companhia o velho moinho enegrecido que tanto embelezava a extremidade do lago. No caminho, conversávamos de mãos dadas. Contava-lhe coisas de que ela ria muito. Chegávamos, desse modo, à margem do Elba, e, depois de dizer boa noite aos cisnes que nadavam entre os grandes nenúfares brancos, voltávamos ao cais no barco a vapor.

Estava assim mergulhado no meu sonho, quando meu tio, dando um murro na mesa, me trouxe de novo à realidade.

– Vejamos – disse ele –, acho que a primeira ideia que deve surgir para embaralhar as letras de uma frase é escrever as palavras na vertical em vez de traçá-las horizontalmente.

“Lá vem ele de novo.”

– É preciso ver o efeito disso. Axel, escreva uma frase qualquer nesse pedaço de papel, mas, em vez de pôr as letras umas depois das outras, coloque-as sucessivamente em colunas verticais, agrupando-as em cinco ou seis.

Entendi do que se tratava e, de imediato, escrevi de cima para baixo:

J	m	n	e	G	e
E	e	,	t	r	n
t’	b	m	i	a	!
a	i	a	t	u	
i	e	p	e	b	

– Bom – disse o professor sem ler. – Agora ponha as palavras numa linha horizontal.

Obedeci e obtive a seguinte frase:

JmneGe ee,trn t’bmia! aiatu iepeb

– Perfeito! – disse meu tio, arrancando o papel das minhas mãos. – Já tem a fisionomia do velho documento: as vogais estão agrupadas, bem como as consoantes, na mesma desordem. Há até mesmo maiúsculas no meio das palavras e vírgulas, exatamente como no pergaminho de Saknussemm!

Não pude impedir-me de achar essas observações muito engenhosas.

– Ora – prosseguiu meu tio, dirigindo-se diretamente a mim –, para ler a frase que você acaba de escrever, e que eu não sei, bastará tomar, na ordem, a primeira letra de cada palavra, depois a segunda, em seguida a terceira, e assim sucessivamente.

E meu tio, para grande surpresa sua, e principalmente minha, leu:

Amo-te, minha pequena Graüben!

– Hein! – exclamou o professor.

Sim, sem que eu me desse conta, como um amante desastrado, eu havia escrito essa frase comprometedora!

– Ah! Você ama Graüben? – prosseguiu meu tio, num verdadeiro tom professoral.

– Sim... Não... – balbuciei.

– Ah! Você ama Graüben! – retomou ele mecanicamente. – Pois bem, apliquemos o meu procedimento ao documento em questão!

Meu tio, mergulhando de novo na sua absorvente contemplação, já se esquecia das minhas imprudentes palavras. Digo imprudentes, pois a cabeça do cientista não podia compreender as coisas do coração. Mas, felizmente, o grande problema do documento o absorveu.

No momento de fazer a sua experiência capital, os olhos do professor Lidenbrock lançaram lampejos através dos óculos. Os seus dedos tremiam, quando ele retomou o velho pergaminho. Estava realmente emocionado. Enfim, tossiu bem forte e, com voz grave, dizendo sucessivamente a primeira letra, depois a segunda de cada palavra, ele me ditou a seguinte série:

messunkaSenrA.icefdoK.segnittamurtn
ecertserrette,rotaivsadua,ednecsedsadne
lacartniiiluJsiratracSarbmutabiledmek
meretarcsilucoYsleffenSnI

Quando terminei, confesso, estava emocionado. Aquelas letras, ditas uma a uma, não faziam nenhum sentido para mim, portanto eu esperava que da boca do professor saísse pomposamente uma frase em magnífico latim.

Mas, quem podia imaginar! Um violento murro balançou a mesa. A tinta jorrou, a pena pulou das minhas mãos.

– Não! – exclamou meu tio. – Isso não faz sentido.

Em seguida, atravessando o escritório como uma bala, desceu a escada como uma avalanche, saiu para a Königstrasse, e desapareceu rapidamente.

Capítulo IV

– Ele saiu? – perguntou Marta, ao ouvir o barulho da porta da rua que, fechada com violência, acabara de balançar a casa toda.

– Saiu! – respondi – Saiu mesmo!

– E o almoço? – disse a velha empregada.

– Ele não vai almoçar!

– E a sopa?

– Ele não vai tomar sopa!

– Como? – disse Marta, de mãos postas.

– Não, querida Marta, nem ele nem ninguém nessa casa vai comer mais! Meu tio nos pôs em dieta até que ele decifre um velho quebra-cabeças que é absolutamente impossível de decifrar!

– Jesus! Então vamos morrer de fome!

Não ousei confessar que de um homem tão autoritário como meu tio só se podia esperar isso.

A velha criada, seriamente preocupada, voltou para a cozinha, resmungando.

Quando fiquei sozinho, veio-me a ideia de ir contar tudo a Graüben. Mas como sair da casa? O professor podia voltar de uma hora para outra. E se quisesse recomeçar aquele trabalho logogrífico que nem Édipo conseguiria resolver? E se eu não atendesse ao seu chamado, o que aconteceria?

O mais sensato era ficar. Tínhamos acabado, justamente, de receber de um mineralogista de Besançon uma coleção de pedras silicosas ocas que precisavam ser classificadas. Pus mãos à obra. Separei, etiquetei, arrumei no armário todas aquelas pedras ocas dentro das quais se agitavam pequenos cristais.

Mas aquele trabalho não me absorvia. Era estranho, mas aquele velho documento não deixava de me preocupar. A minha cabeça fervilhava, e eu me sentia tomado por uma vaga inquietude. Tinha o pressentimento de uma catástrofe iminente.

Depois de uma hora, as minhas pedras silicosas estavam em ordem. Então, relaxei na grande poltrona de veludo, com os braços caídos e a cabeça recostada. Acendi o cachimbo de canudo curvo longo, cujo depósito de fumo esculpido representava uma náiade despreocupadamente deitada. Depois, diverti-me acompanhando o processo da carbonização, que tornava a minha náiade completamente negra. De vez em quando, apurava o ouvido para ver se escutava algum passo na escada. Nada. Onde podia estar meu tio naquele momento? Imaginava-o correndo sob as lindas árvores da estrada de Altona, gesticulando, batendo no muro com a bengala, o braço violento espancando a relva, decapitando os cardos e perturbando o repouso das cegonhas solitárias.

Voltaria triunfante ou desanimado? Quem teria levado a melhor, o segredo ou ele? Interrogava-me assim quando, automaticamente, peguei entre os dedos a folha de papel na qual se encontrava a incompreensível série de letras traçadas por mim. Repetia para mim mesmo:

– O que significa isso?

Tentava juntar aquelas letras para formar palavras. Impossível! Podia reuni-las em duas, três, cinco ou seis, e aquilo não produzia absolutamente nada de inteligível. É verdade que as letras catorze, quinze e dezesseis formavam a palavra inglesa *ice*. As letras oitenta e quatro, oitenta e cinco e oitenta e seis formavam a palavra *sir*. E no corpo do documento, na terceira linha, eu observava também as palavras latinas *rota*, *mutabile*, *ira*, *nec*, *atra*.

"Diabo", pensei, "essas últimas palavras parecem dar razão ao meu tio quanto à língua do documento!" E cheguei a perceber, na quarta linha, a palavra *luco,* que se traduz por "bosque sagrado". É um fato, também, que na terceira linha, se lia a palavra *tabiled,* que parece realmente hebraica, e na última, os vocábulos *mer*, *arc*, *mère*, que são puramente francesas.

Aquilo podia levar à loucura! Quatro idiomas diferentes naquela frase absurda! Que relação podia existir entre as palavras "gelo, senhor, raiva, cruel, bosque sagrado, mutável, mãe, arco ou mar"? Só a primeira e a última eram fáceis de relacionar: tudo bem que um documento escrito na Islândia falasse de um "mar de gelo", mas daí a entender o resto do criptograma era outra história.

Portanto, eu me debatia contra uma dificuldade insolúvel. Meu cérebro fervia, meus olhos piscavam sobre a folha de papel. As cento e trinta e duas letras pareciam rodopiar à minha volta, como as gotas de prata que flutuam ao redor da nossa cabeça quando ela recebe um fluxo de sangue muito forte.

Estava tomado por uma espécie de alucinação. Sufocava, precisava de ar. Automaticamente, abanei-me com a folha de papel, cuja frente e verso se alternavam sucessivamente diante dos meus olhos.

Qual não foi a minha surpresa quando numa daquelas voltas rápidas, no momento em que o verso da folha se voltava para mim, acreditei ver palavras perfeitamente legíveis, palavras latinas: *craterem* e *terrestre*, entre outras!

De repente, tive um lampejo. Aqueles indícios me fizeram perceber a verdade, descobrira a chave da charada. Para compreender o documento, não era sequer necessário lê-lo no verso! Não. Do jeito que estava, do jeito que me fora ditado, podia ser lido fluentemente. Todas as engenhosas combinações do professor se ajustavam. Ele estava certo quanto à disposição das letras, quanto à língua do documento! Só faltava uma "coisinha" para que ele pudesse ler de cabo a rabo aquela frase latina, e aquela "coisinha" acabava de me ser dada pelo acaso!

É claro que fiquei emocionado! Meus olhos se encheram de lágrimas. Já não me serviam para nada. Esticara a folha de papel sobre a mesa. Bastava olhá-la para me tornar possuidor do segredo.

Enfim, consegui me acalmar. Obriguei-me a dar duas voltas no quarto para tranquilizar os nervos, e voltei a mergulhar na grande poltrona.

– Leiamos – exclamei, depois de recompor meus pulmões com uma ampla provisão de ar.

Inclinei-me sobre a mesa, fui colocando o dedo sucessivamente em cada letra e, sem parar, sem hesitar um só instante, pronunciei em voz alta a frase inteira.

Mas que assombro, que terror me invadiu! A princípio me senti como se tivesse recebido um choque. Como! O que eu acabara de ler tinha se realizado! Um homem havia tido a audácia de entrar!...

– Ah! – exclamei, inquieto. – Não, não! Meu tio não pode ficar sabendo disso! Ele não deixaria de fazer tal viagem! Ele também gostaria de tentar! Nada poderia detê-lo! Um geólogo tão determinado! Ele iria de qualquer jeito, apesar de tudo, não obstante tudo! E me levaria com ele, e não voltaríamos! Nunca mais! Nunca mais!

Estava numa superexcitação difícil de descrever.

– Não! Não! Isso não acontecerá – disse com firmeza –, e já que posso impedir que tal ideia venha à mente do meu tirano, eu o farei. Virando e revirando esse documento, ele poderia por acaso descobrir-lhe a chave! Vou destruí-lo.

Havia um resto de fogo na lareira. Peguei não apenas a folha de papel, mas também o pergaminho de Saknussemm. Com a mão trêmula, ia lançar tudo no braseiro e acabar com aquele perigoso segredo, quando a porta do escritório se abriu. Meu tio apareceu.

Capítulo V

Mal tive tempo de recolocar na mesa o famigerado documento.

O professor Lidenbrock parecia profundamente concentrado. O seu pensamento obsedante não lhe dava um momento de sossego; era evidente que havia investigado, analisado o caso, usado todos os recursos da sua imaginação durante o passeio e viera aplicar alguma nova combinação.

De fato, sentou-se na poltrona e, de pena na mão, começou a estabelecer fórmulas que se assemelhavam a um cálculo algébrico.

Eu seguia com o olhar a sua mão trêmula, não perdia um só movimento seu. Será que algum resultado inesperado iria produzir-se? Eu tremia, e sem razão, pois uma vez que a verdadeira combinação, a "única", já fora encontrada, qualquer outra pesquisa se tornava forçosamente inútil.

Durante três longas horas, meu tio trabalhou sem falar, sem levantar a cabeça, apagando, retomando, rasurando, recomeçando mil vezes.

Eu sabia muito bem que se ele conseguisse dispor as letras segundo todas as posições relativas que elas podiam ocupar, a frase se formaria. Mas sabia também que com apenas vinte letras é possível formar dois quintilhões, quatrocentos e trinta e dois quatrilhões, novecentos e dois trilhões, oito bilhões, cento e setenta e seis milhões, seiscentos e quarenta mil combinações. Acontece que havia cento e trinta e duas letras na frase, e essas cento e trinta e duas letras davam um número de frases diferentes, composto, no mínimo, de cento e trinta e três cifras, número quase impossível de enumerar e que escapa a qualquer apreciação.

Sentia-me reconfortado por aquele meio heroico de resolver o problema.

No entanto, o tempo passava, caiu a noite, os barulhos da rua sossegaram. Meu tio, ainda envolvido na sua tarefa, nada viu, nem mesmo quando Marta abriu a porta. Nada ouviu, nem sequer a voz da digna criada, que dizia:

– O senhor vai cear esta noite?

Marta teve que sair sem resposta. Quanto a mim, depois de haver resistido por algum tempo, me deu um irresistível sono, e adormeci numa ponta do sofá, enquanto meu tio continuava calculando e apagando.

Quando acordei, no dia seguinte, o incansável pesquisador ainda estava trabalhando. Os olhos vermelhos, pálido, os cabelos emaranhados sob a mão inquieta, a cara vermelha bastavam para indicar a sua terrível luta contra o impossível, o cansaço mental e o esforço mental com que ele devia ter passado aquelas horas.

Na verdade, causou-me pena. Apesar das críticas que me julgava no direito de fazer, uma certa emoção tomava conta de mim. O pobre homem estava tão obcecado pela sua ideia que se esquecia de ficar brabo. Todas as suas forças concentravam-se num só ponto, e, como não saíam pela válvula de escape normal, era de se esperar que aquela tensão explodisse a qualquer momento.

Eu podia, com um gesto, soltar aquele torno de ferro que lhe apertava o crânio, com uma simples palavra! E nada fiz.

Mas eu tinha bom coração. Por que ficava calado naquelas circunstâncias? Em benefício do meu tio.

"Não, não", repetia eu, "não, não falarei! Ele teria vontade de ir para lá, eu o conheço; nada poderia detê-lo. Possui uma imaginação vulcânica, e, para fazer o que outros geólogos não fizeram, ele arriscaria a própria vida. Eu me calarei. Manterei esse segredo de que o acaso me fez possuidor! Revelá-lo seria matar o professor Lidenbrock! Ele que o adivinhe, se puder. Não quero censurar-me um dia por tê-lo levado à perdição!

Resolvido isso, cruzei os braços, e esperei. Mas não contava com um incidente que aconteceu depois de algumas horas.

Quando Marta quis sair de casa para ir ao mercado, encontrou a porta fechada. A grande chave não estava na fechadura. Quem a tirara? O meu tio, evidentemente, quando voltou ontem de sua excursão precipitada.

Teria sido de propósito? Teria sido sem querer? Desejaria ele submeter-nos aos rigores da fome? Isso me pareceu um pouco forte. Será que Marta e eu seríamos vítimas de uma situação que não nos dizia absolutamente respeito? Sem dúvida, e me lembrei de um precedente que só nos podia assustar. De fato, há alguns anos, numa época em que meu tio trabalhava na sua grande classificação mineralógica, ele ficou quarenta e oito horas sem comer, e todos da casa tiveram que entrar naquela dieta científica. Quanto a mim, ganhei cãibras estomacais nem um pouco agradáveis para um rapaz de natureza tão voraz.

E eu deduzia que não haveria café da manhã, assim como não houvera jantar na noite anterior. Mesmo assim, resolvi ser corajoso e não ceder diante das exigências da fome. Marta levava aquilo a sério demais e a pobre mulher desanimava. Quanto a mim, a impossibilidade de sair de casa me preocupava mais e com razão. O meu caso é bastante compreensível.

Meu tio continuava trabalhando, sua imaginação se perdia no mundo das combinações, ele vivia longe da Terra e realmente fora das necessidades terrenas.

Por volta do meio-dia, senti pontadas de fome. Marta, muito inocentemente, devorara na noite anterior as provisões da despensa. Não havia mais nada na casa. Mesmo assim, eu resistia com bravura. Era uma questão de honra para mim.

Soaram duas horas. Aquilo estava ficando ridículo, para não dizer intolerável. Eu arregalava os olhos. Comecei a me dizer que exagerara a importância do documento, que meu tio não lhe daria crédito, que veria naquilo uma simples mistificação, que, em último caso, nos oporíamos à sua vontade, se ele quisesse tentar a aventura, que, afinal, ele podia descobrir por si mesmo a chave da charada, e que eu não tiraria proveito algum da minha abstinência.

Esses motivos me pareceram excelentes, apesar de tê-los descartado na noite anterior, com indignação. Cheguei até mesmo a achar absurdo ter esperado tanto tempo, e tomei a decisão de contar tudo.

Estava procurando, então, a ocasião para entrar no assunto não bruscamente demais, quando o professor se levantou, pôs o chapéu e preparou-se para sair.

O quê? Sair de casa e continuar a nos prender?! Nunca.

– Tio! – disse eu.

Não pareceu escutar-me.

– Tio Lidenbrock? – repeti, levantando a voz.

– Hein? – disse ele, como um homem que acordou de repente.

– Então o senhor quer a chave?

– Que chave? A chave da porta?

– Não – exclamei –, a chave do documento!

O professor me olhou por cima dos óculos; sem dúvida notou alguma coisa insólita na minha fisionomia, pois pegou meu braço com força c, sem conseguir falar, interrogou-me com o olhar. No entanto, nunca uma pergunta foi feita de maneira tão clara.

Fiz que sim com a cabeça, concordando.

Ele balançou a sua com certa piedade, como se estivesse falando com um louco.

Fiz um gesto afirmativo novamente.

Seus olhos brilharam com um vivo lampejo, sua mão tornou-se ameaçadora.

Essa conversa muda naquelas circunstâncias interessaria ao mais indiferente espectador. E realmente eu não conseguia mais falar, de tanto medo de que meu tio me sufocasse com os seus primeiros abraços de alegria. Mas ele foi tão insistente que eu tive de responder:

– Sim, essa chave!... O acaso!...

– O que você está dizendo? – exclamou, com indescritível emoção.

– Tome – disse eu, apresentando-lhe a folha de papel em que eu havia escrito –, leia.

– Mas isso não significa nada! – respondeu ele, amassando a folha.

– Nada, se começar a ler pelo começo, mas não pelo fim.

Nem acabara a frase e o professor deu um grito, mais do que um grito, um verdadeiro rugido! Acabava de ter uma revelação. Estava transfigurado.

– Ah! engenhoso Saknussemm! – exclamou. – Então você tinha primeiro escrito a frase ao contrário?

Então avançando para a folha de papel, os olhos turvos, a voz emocionada, leu o documento todo, voltando da última letra à primeira.

Estava escrito nestes termos:

In Sneffels Yoculis craterem kem delibat
umbra Scartaris Julii intra calendas descende,
audas viator, et terrestre centrum attinges.
Kod feci. Arne Saknussemm.

O que, em mau latim, pode ser assim traduzido:

Desça à cratera do Yocul de Sneffels
que a sombra do Scartaris vem acariciar
antes do princípio de julho,
viajante audacioso, e chegará
ao centro da Terra. O que fiz.
Arne Saknussemm.

Depois dessa leitura, meu tio saltou como se tivesse recebido um choque elétrico. Estava cheio de audácia, alegria e convicção. Ia e vinha, colocava as mãos na cabeça, arrastava os móveis, empilhava os livros. Era incrível, praticava malabarismo com as suas preciosas pedras ocas, dava um murro aqui, um tapa ali. Enfim, os seus nervos se acalmaram e, como um homem esgotado por excessivo dispêndio de energia, desabou na poltrona.

– Que horas são? – perguntou, depois de alguns instantes de silêncio.

– Três horas – respondi.

– Puxa! Já passou da hora do almoço. Estou morrendo de fome. Vamos comer. Depois...

– Depois?

– Você fará a minha mala.

– O quê?

– E a sua também! – respondeu o impiedoso professor, ao entrar na sala de jantar.

Capítulo VI

A essas palavras, um arrepio percorreu o meu corpo todo. Todavia, contive-me. Resolvi até mesmo fazer boa figura. Só argumentos científicos podiam deter o professor Lidenbrock. Acontece que os havia, e bons, contra a possibilidade de uma viagem daquela. Ir ao centro da Terra! Que loucura! Guardei a minha dialética para o momento oportuno, e me preocupei com a comida.

Inútil relatar as imprecações do meu tio diante da mesa que não estava posta. Tudo se esclareceu. Marta recuperou liberdade e correu para o mercado. Foi tão rápido, que uma hora depois a minha fome estava aplacada, e voltei a me dar conta da situação.

Durante a refeição, meu tio estava quase alegre, fazia aquelas inofensivas brincadeiras de cientistas. Depois da sobremesa, fez-me um sinal para que o seguisse ao escritório.

Obedeci. Ele sentou-se numa das pontas da escrivaninha, e eu na outra.

– Axel – disse ele, com voz bastante doce –, você é um rapaz muito esperto; prestou-me um magnífico serviço, quando, cansado de lutar, eu ia abandonar a combinação. Onde é que eu havia errado? Impossível saber! Nunca me esquecerei disso, meu jovem, e você terá o seu quinhão da glória que obtivermos.

"Que bom!" pensei, "ele está de bom humor. É chegado o momento de discutir tal glória."

– Antes de mais nada – prosseguiu meu tio –, recomendo-lhe sigilo absoluto, está ouvindo? Há cientistas que têm inveja de mim, e muitos gostariam de fazer essa viagem, mas só suspeitarão dela depois da nossa volta.

– Acredita que há tantos audaciosos assim? – perguntei eu.

– Com certeza! Quem hesitaria em conquistar tal renome? Se esse documento fosse conhecido, um exército inteiro de geólogos seguiria as pegadas de Arne Saknussemm!

– Não estou convencido disso, tio, pois nada prova a autenticidade desse documento.

– Como?! E o livro em que o descobrimos?!

– Bom, concordo que o tal Saknussemm tenha escrito essas linhas, mas será que ele fez realmente a viagem, e será que esse velho não é uma mistificação?

Quase lamentei ter pronunciado essa última palavra, um pouco precipitada. O professor franziu a testa e temi ter comprometido a sequência da conversa. Felizmente, isso não aconteceu. O meu severo interlocutor esboçou uma espécie de sorriso nos lábios e respondeu:

– É o que veremos.

– Ah! – disse eu, um pouco envergonhado. – Mas deixe-me esgotar uma série de objeções relativas a esse documento.

– Fale, meu jovem, não se acanhe. Dou-lhe toda a liberdade de exprimir a sua opinião. Você não é mais meu sobrinho, e sim meu colega. Portanto, vá em frente.

– Muito bem, vou começar perguntando o que são esse Yocul, esse Sneffels e esse Scartaris de que nunca ouvi falar.

– Nada é mais fácil do que isso. Há algum tempo, recebi uma carta do meu amigo Augustus Paterman, de Leipzig, e ela não poderia ter chegado em melhor hora. Pegue o terceiro atlas na segunda prateleira da estante maior, série Z, mapa 4.

Levantei-me e, graças àquelas indicações precisas, achei rapidamente o atlas pedido. Meu tio o abriu e disse:

– Eis um dos melhores mapas da Islândia, o de Handerson, e acho que dará a solução para todas as suas dificuldades.

Inclinei-me sobre o mapa.

– Veja essa ilha composta de vulcões – disse o professor – e observe que todos se chamam Yokul. Essa palavra quer dizer "geleira", em islandês, e, na alta latitude da Islândia, a maior parte das erupções ocorre através das camadas de gelo. Daí essa denominação de Yokul aplicada a todos os vulcões da ilha.

– Tudo bem – respondi –, mas o que é o Sneffels?

Achei que ele não teria resposta para essa pergunta. Estava enganado. Meu tio prosseguiu:

– Siga a costa ocidental da Islândia comigo. Está vendo Reykjavik, a capital? Achou? Que bom! Percorra os inúmeros fiordes dessas margens invadidas pelo mar e pare um pouco abaixo dos sessenta e cinco graus de latitude. O que você vê?

– Algo como uma ilha semelhante a um osso descarnado que termina numa enorme rótula.

– A comparação é adequada, meu rapaz. Agora, não está vendo nada nessa rótula?

– Estou, um monte que parece avançar para o mar.

– Isso! É o Sneffels.

– O Sneffels?

– O próprio. Uma montanha de mil seiscentos e cinquenta metros de altura, uma das mais importantes da ilha, e com certeza a mais célebre do mundo todo, se a sua cratera levar ao centro do globo.

– Mas é impossível! – exclamei, levantando os ombros e revoltado com aquela suposição.

– Impossível! – respondeu o professor Lidenbrock com um tom severo. – E por quê?

– Porque com certeza essa cratera está obstruída pelas lavas e rochas ardentes, e então...

– E se for uma cratera extinta?

– Extinta?

– É. O número de vulcões em atividade na superfície do globo não ultrapassa, hoje em dia, a trezentos; mas existe uma quantidade bem maior de vulcões extintos. Ora, o Sneffels está entre estes últimos, e, segundo os registros, só houve uma única erupção, a de 1219; a partir dessa época os seus tremores diminuíram aos poucos, e ele não está mais entre os vulcões ativos.

A essas afirmações positivas eu não tinha absolutamente nada a responder, então comecei a tratar de outros pontos obscuros contidos no documento:

– O que significa a palavra Scartaris e o que o princípio de julho tem a ver com isso?

Meu tio refletiu por alguns instantes. Tive um momento de esperança, mas apenas um, pois logo ele me respondeu nestes termos:

– O que você chama de obscuridade é para mim luz. Isso prova os cuidados com os quais Saknussemm quis precisar a sua descoberta. O Sneffels é formado de várias crateras; portanto, é preciso indicar qual delas leva ao centro do globo. Que fez o cientista islandês? Observou que perto do princípio de julho, ou seja, por volta dos últimos dias do mês de junho, um dos picos da montanha, o Scartaris, projetava sua sombra até a abertura da cratera em questão, e ele registrou o fato no seu documento. Poderia ele imaginar uma indicação mais exata, e que, uma vez chegados ao topo do Sneffels, pudéssemos hesitar quanto ao caminho a tomar?

Decididamente, meu tio tinha resposta para tudo. Percebi que ele era imbatível em relação às palavras do velho pergaminho. Portanto, parei de pressioná-lo com o assunto, e, como era preciso acima de tudo convencê-lo, passei para as objeções científicas, na minha opinião mais sérias.

– Tudo bem – disse eu –, sou forçado a admitir, a frase de Saknussemm é clara e não deixa nenhuma dúvida. Concordo até mesmo que o documento parece autêntico. Esse cientista foi ao fundo do Sneffels, viu a sombra do Scartaris acariciar as margens da cratera antes do princípio de julho, chegou até a ler nas narrativas lendárias da sua época que essa cratera chegava ao centro da Terra. Mas daí a dizer que ele próprio lá chegou, que viajou e voltou, se é que fez essa viagem... não, definitivamente não!

– E por que não? – disse meu tio com um tom particularmente zombeteiro.

– Porque todas as teorias da ciência demonstram que isso é impraticável!

– Todas as teorias dizem isso? – respondeu o professor, meio bonachão. – Ah! As malditas teorias! Como essas pobres teorias nos vão atrapalhar!

Vi que ele zombava de mim, mas mesmo assim continuei:

– Sim! É sabido e notório que o calor aumenta cerca de um grau a cada vinte e dois metros de profundidade abaixo da superfície do globo. Ora, admitindo-se que essa proporcionalidade é constante, e uma vez que o raio terrestre é de seis mil quilômetros, a temperatura no centro da Terra ultrapassa duzentos mil graus. Portanto, as matérias de seu interior não estão no estado de gás incandescente, pois os metais, o ouro, a platina, as rochas mais raras não resistem a essa temperatura. Tenho, portanto, o direito de perguntar se é possível penetrar num meio desse tipo!

– Então, é o calor que o preocupa, Axel?

– Sem dúvida. Se chegássemos a uma profundidade de apenas quarenta quilômetros, atingiríamos o limite da crosta terrestre, onde a temperatura já é superior a mil e trezentos graus.

– E você tem medo de entrar em fusão?

– Deixo o problema nas suas mãos – respondi com humor.

– Eis o que eu acho – replicou o professor Lidenbrock, cheio de si –, que nem você nem ninguém sabe com certeza o que acontece dentro do globo, visto que não se conhece nem a milésima parte do seu raio. A ciência está sempre se aperfeiçoando, e cada teoria é sem cessar destruída por uma teoria nova. Não acreditávamos, como Fourier, que a temperatura dos espaços planetários estava sempre diminuindo e não sabemos, hoje, que os maiores frios das regiões etéreas não ultrapassam os quarenta ou cinquenta graus abaixo de zero? Por que não aconteceria o mesmo com o calor interno? Por que, a certa profundidade, ele não atingiria um limite intransponível, em vez de aumentar até o grau de fusão dos mais refratários minerais?

Uma vez que meu tio colocou a questão no terreno das hipóteses, não tive nada a responder.

– Pois bem, eu lhe direi que verdadeiros cientistas, Poisson entre outros, provaram que, se houvesse um calor de cem mil graus dentro do globo, os gases incandescentes oriundos das matérias fundidas adquiririam tamanha elasticidade que a crosta terrestre não poderia a eles resistir e explodiria como as paredes de uma caldeira sob a pressão do vapor.

– É a opinião de Poisson, meu tio, só isso.

– Sim, mas é também a opinião de outros geólogos importantes que o interior do globo não é formado nem de gás, nem de água, nem das mais pesadas pedras que nós conhecemos, pois, nesse caso, a Terra teria um peso duas vezes menor.

– Oh! Com números provamos tudo o que queremos.

– E com os fatos, meu rapaz, não ocorre a mesma coisa? Não é verdade que o número de vulcões diminuiu consideravelmente desde o início do mundo? E, se há calor central, não podemos concluir que ele tende a diminuir?

– Meu tio, se entrar no campo das suposições, não poderei mais discutir.

– E tenho a dizer que à minha opinião se juntam as opiniões de pessoas muito competentes. Você se lembra de uma visita que me fez o célebre químico francês Humphry Davy em 1825?

– De modo algum, já que nasci dezenove anos depois.

– Pois bem, Humphry Davy veio ver-me quando estava de passagem por Hamburgo. Discutimos muito tempo, entre outras questões, a hipótese da liquidez do núcleo interno da Terra. Ambos concordávamos que essa liquidez não podia existir, por uma razão que a ciência nunca conseguiu explicar.

– Qual? – disse eu, um pouco surpreso.

– É que essa massa líquida estaria sujeita, como os oceanos, à atração da Lua e, consequentemente, duas vezes por dia, haveria marés internas que, levantando a crosta terrestre, provocariam terremotos constantes!

– Mas mesmo assim é evidente que a superfície do globo esteve sujeita à combustão, e é possível supor que a crosta externa esfriou primeiro, enquanto o calor se refugiou no centro.

– Errado – respondeu meu tio. – A Terra foi aquecida pela combustão da sua superfície, e não de outra forma. A sua superfície era composta de uma grande quantidade de metais, como o potássio, o sódio, que têm a propriedade de se inflamar ao menor contato do ar com a água. Esses metais pegaram fogo quando os vapores atmosféricos caíram como chuva no chão e, pouco a pouco, quando as águas penetraram nas fissuras da crosta terrestre, determinaram novos incêndios com explosões e erupções. Daí o grande número de vulcões nos primeiros dias do mundo.

– Mas que hipótese engenhosa! – exclamei, um pouco a contragosto.

– E Humphry Davy a demonstrou aqui mesmo, por uma experiência bem simples. Fez uma esfera metálica composta principalmente com os metais de que acabo de falar e que representava perfeitamente o nosso globo. Quando se despejava uma pequena quantidade de orvalho na sua superfície, esta se inflava, oxidava e formava uma pequena montanha. Uma cratera se abria no seu topo e acontecia a erupção, que passava à esfera toda tanto calor que era impossível segurá-la na mão.

Realmente, eu estava começando a ficar abalado com os argumentos do professor. Aliás, ele os valorizava com a sua paixão e entusiasmo habituais.

– Você vê, Axel, que o estado do núcleo central levantou diferentes hipóteses entre os geólogos; nada é tão discutível como o fato de um calor interno. Na minha opinião, tal calor não existe, não poderia existir. Aliás, nós veremos isso, e, como Arne Saknussemm, saberemos em que nos basear nessa importante questão.

– Está bem! – respondi, contagiado por aquele entusiasmo. – Sim, veremos, se for possível.

– E por que não? Não podemos contar com fenômenos elétricos para nos fornecer luz e até mesmo com a atmosfera, cuja pressão pode torná-la luminosa nas proximidades do centro?

– Sim, sim! Apesar de tudo, isso é possível.

– Isso é certo – respondeu triunfalmente meu tio. – Mas bico calado, ouviu? Nenhuma palavra a esse respeito e que ninguém tenha a ideia de descobrir antes de nós o centro da Terra.

Capítulo VII

Assim terminou aquela memorável sessão. A conversa me deu febre. Saí do escritório do meu tio aturdido, e não havia ar suficiente nas ruas de Hamburgo para me recuperar. Então, fui às margens do Elba, para o lado do barco a vapor que liga a cidade com a estrada de ferro de Harburgo.

Estaria eu convencido daquilo que acabara de saber? Não havia sido dominado pelo professor Lidenbrock? Deveria levar a sério a resolução de ir ao centro do maciço terrestre? O que acabara de ouvir eram as especulações insensatas de um louco ou as deduções científicas de um grande gênio? Em tudo aquilo, onde acabava a verdade, onde começava o erro?

Flutuava entre mil hipóteses contraditórias, sem conseguir apegar-me a nenhuma.

No entanto, lembrava-me de que havia sido convencido, embora meu entusiasmo começasse a arrefecer. Gostaria de partir imediatamente e não perder tempo refletindo. Sim, naquele momento não me faltava coragem para fechar a mala.

Mas é preciso confessar que uma hora depois a superexcitação diminuiu, meus nervos relaxaram e, dos profundos abismos da Terra, eu subia à superfície.

– É absurdo! Onde está a sensatez nisso tudo? Não é uma proposta que se faça a um rapaz sensato. Nada disso existe. Dormi mal, tive um pesadelo.

Enquanto isso, seguia as margens do Elba e voltava à cidade. Depois de ter passado pelo porto, cheguei à estrada de Altona. Era guiado por um pressentimento, um pressentimento justificado, pois logo vislumbrei a minha pequena Graüben que, com o seu passo leve, voltava intrepidamente a Hamburgo.

– Graüben! – gritei de longe.

A jovem parou, imagino que um pouco perturbada por ser assim chamada numa grande estrada. Mais dez passos, estava perto dela.

– Axel! – disse ela, surpresa. – Ah! Você veio me encontrar! Só podia ser você.

Mas, ao me encarar, Graüben não pôde deixar de perceber o meu aspecto inquieto, perturbado.

– O que foi? – disse ela, estendendo-me a mão.

– O que foi, Graüben?! – exclamei.

Em dois segundos e em três frases a minha linda virlandesa estava a par da situação. Por alguns instantes, ela ficou em silêncio. Palpitaria o seu coração como o meu? Não sei, mas a sua mão não tremia na minha. Andamos uns cens passos sem falar.

– Axel! – disse-me ela, enfim.

– Minha querida Graüben!

– Será uma linda viagem.

Estremeci diante dessas palavras.

– Sim, Axel, uma viagem digna do sobrinho de um cientista. É justo que um homem se destaque por um grande feito!

– O quê?! Graüben, você não vai tentar dissuadir-me de fazer essa expedição?

– Não, querido Axel, e eu acompanharia o seu tio e você com muito gosto, se uma pobre moça não fosse atrapalhar.

– Sério?

– Sério.

Ah! Mulheres, moças, corações femininos sempre incompreensíveis! Quando não são os mais tímidos dos seres, são os mais corajosos! A razão não tem nada a ver com vocês. Com que então aquela criança me encorajava a fazer parte daquela expedição! Ela não tinha medo de tentar tal aventura! Ela me incentivava, apesar de me amar!

Estava pasmo, e, por que não dizer, envergonhado.

– Graüben – retomei –, veremos se amanhã você vai falar dessa maneira.

– Amanhã, querido Axel, falarei como hoje.

Graüben e eu, de mãos dadas, mas num profundo silêncio, continuamos o nosso caminho. Estava esgotado pelas emoções do dia.

“De qualquer maneira”, pensava eu, “o princípio de julho ainda está longe, e até lá muita coisa pode acontecer para curar meu tio da sua mania de viajar debaixo da terra.”

Quando chegamos à casa da Königstrasse já era noite. Esperava encontrar a casa tranquila, com meu tio dormindo, como sempre, e Marta dando a última espanada na sala de jantar.

Mas eu não contava com a impaciência do professor. Encontrei-o aos gritos, agitado no meio de uma tropa de carregadores que punham algumas mercadorias na entrada; e a velha criada não sabia para onde ir.

– Então você chegou, Axel. Ande logo, seu infeliz! – exclamou meu tio assim que me viu. – Você ainda não fez a mala, os meus papéis não estão em ordem, não encontro a chave do meu baú de viagem, e as minhas polainas que não chegam!

Fiquei assustado. Perdi a voz. Meus lábios mal puderam articular estas palavras:

– Então nós vamos?

– Sim, infeliz, que sai para passear em vez de ficar aqui!

– Estamos indo? – repeti, com voz enfraquecida.

– Estamos, amanhã de amanhã, assim que raiar o dia.

Não pude ouvir mais, e fugi para o meu pequeno quarto.

Não havia mais dúvidas. Meu tio dedicara a sua tarde à busca dos objetos e utensílios necessários à viagem: a entrada estava cheia de escadas de corda, cordas com nós, tochas, cantis, ganchos de ferro, cravos, arpões de ferro e picaretas que precisariam ser carregados no mínimo por dez homens.

Passei uma noite medonha. No dia seguinte, ouvi chamarem-me cedo. Estava decidido a não abrir a porta. Mas como resistir à doce voz que pronunciava estas palavras:

– Meu querido Axel?

Saí do quarto. Pensei que meu aspecto desfeito, minha palidez, meus olhos vermelhos de insônia surtiriam efeito sobre Graüben e a fariam mudar de ideia.

– Ah! Meu querido Axel – disse-me ela –, vejo que está melhor e que a noite o acalmou.

– Acalmou! – exclamei.

Corri para o espelho. Mas a minha aparência não estava tão ruim quanto eu supunha. Não dava para acreditar.

– Axel – disse-me Graüben –, conversei bastante tempo com meu tutor. É um cientista ousado, um homem muito corajoso, e você se lembrará de que o sangue dele corre nas suas veias. Ele me contou sobre os seus projetos, e as suas esperanças, por que e como ele espera atingir o seu objetivo. E o atingirá, não tenho dúvidas. Ah! querido Axel, como é bonito dedicar-se assim à ciência! Que glória espera pelo Sr. Lidenbrock e seu companheiro! Quando voltar, Axel, você será um homem igual a ele, livre para falar, livre para agir, livre enfim para...

A moça, ruborizada, não terminou. As suas palavras me reanimaram. Mas eu ainda não queria acreditar em nossa partida. Arrastei Graüben para o escritório do professor.

– Meu tio – disse eu –, vamos realmente partir?

– Como?! Você tem alguma dúvida?

– Não – disse eu para não contrariá-lo. – Só estou perguntando por que a pressa.

– Por causa do tempo! O tempo passa numa velocidade incrível!

– Mas ainda estamos no dia 26 de maio, e até o final de junho...

– Ora, seu ignorante, você não sabe que não se chega tão facilmente à Islândia? Se não tivesse saído feito um louco, eu o teria levado ao escritório da Liffender e Cia., de Copenhague. Lá você saberia que de Copenhague a Reykjavik há apenas um transporte, no dia 22 de cada mês.

– E daí?

– E daí?! Se esperarmos o dia 22 se junho, chegaremos tarde demais para ver a sombra do Scartaris acariciar a cratera do Sneffels! Portanto, é preciso chegar a Copenhague o mais rápido possível para lá encontrar um meio de transporte. Vá arrumar a mala!

Não havia uma palavra a dizer. Subi ao quarto. Graüben me seguiu. Foi ela quem se encarregou de arrumar, numa pequena mala, os objetos necessários à viagem. Não estava mais emocionada do que estaria se se tratasse de um passeio a Lubeck ou a Heligoland. As suas pequeninas mãos iam e vinham sem pressa. Conversava com calma. Dava-me as mais sensatas razões a favor da nossa expedição. Encantava-me e eu sentia raiva dela. Várias vezes eu quase me alterei, mas ela nem prestava atenção e continuava metodicamente a sua tranquila tarefa.

Enfim, a última correia da mala foi fechada. Desci ao térreo.

Durante o dia, os fornecedores de instrumentos de física, de armas, de aparelhos elétricos se multiplicaram. Marta perdia a cabeça.

– O senhor está louco? – disse-me ela.

Fiz um sinal afirmativo.

– E ele vai levá-lo?

Mesma afirmação.

– Para onde? – disse ela.

Indiquei com o dedo o centro da Terra.

– Para a adega? – exclamou a velha empregada.

– Não, mais para baixo!

Caiu a noite. Eu não tinha mais noção do tempo passado.

– Partiremos amanhã de manhã às seis em ponto – disse meu tio.

Às dez horas, caí na cama como uma massa inerte.

Durante a noite, meus terrores voltaram.

Sonhei com abismos! Delirava. Sentia-me pressionado pela vigorosa mão do professor, arrastado, abismado, atolado! Caía no fundo de insondáveis precipícios com a velocidade crescente dos corpos abandonados no espaço. A minha vida não passava de uma queda interminável.

Acordei às cinco horas, morto de cansaço e de emoção. Desci à sala de jantar. Meu tio estava à mesa e devorava a comida. Eu o olhei com horror, mas Graüben estava lá e eu nada disse. Não consegui comer.

Às cinco e meia, ouvi um barulho de rodas na rua. Um grande carro chegava para nos levar à estrada de ferro de Altona. Ficou logo lotado com a babagem de meu tio.

– E a sua mala? – disse-me ele.

– Está pronta – respondi, desanimado.

– Rápido, traga-a para baixo ou perderemos o trem!

Lutar contra a minha sina então me pareceu impossível. Voltei ao quarto, e, deixando a mala escorregar nos degraus da escada, fui atrás dela.

Nesse momento, meu tio estava pondo solenemente nas mãos de Graüben "as rédeas" da casa. A minha linda virlandesa estava calma como sempre. Beijou o tutor, mas não pôde conter uma lágrima ao tocar-me o rosto com os seus doces lábios.

– Graüben! – exclamei.

– Vá, querido Axel, vá – disse-me ela. – Você deixa a noiva, mas na volta encontrará a mulher.

Estreitei-a nos braços e tomei lugar no carro. Marta e a moça, da soleira da porta, nos deram um último adeus. Em seguida, os dois cavalos, excitados pelo assobio do condutor, puseram-se a galope na estrada de Altona.

Capítulo VIII

Altona, verdadeiro subúrbio de Hamburgo, é terminal da estrada de ferro de Kiel, que devia levar-nos à margem dos Belts. Em menos de vinte minutos, entrávamos no território do Holstein.

Às seis e meia, o carro parou na frente da estação. A numerosa carga de meu tio, os seus volumosos artigos de viagem foram descarregados, transportados, pesados, etiquetados, embarcados no vagão de bagagens e, às sete, estávamos sentados frente a frente no mesmo compartimento. O vapor assobiou, a locomotiva pôs-se em movimento. Partíramos.

Estava eu resignado? Ainda não. No entanto, o ar fresco da manhã, os detalhes da estrada que mudavam rapidamente com a velocidade do trem me distraíam da minha preocupação.

Quanto ao pensamento do professor, é claro que ia à frente daquele comboio lento demais para o nível da sua impaciência. Estávamos sós no vagão, mas não conversávamos. O meu tio reexaminava, com minuciosa atenção, os bolsos e a mochila de viagem. Deu para perceber que não lhe faltava nenhuma das peças necessárias à execução dos seus projetos.

Entre outras, uma folha de papel, dobrada com cuidado, trazia o selo da chancelaria dinamarquesa, com a assinatura de Christiensen, cônsul em Hamburgo e amigo do professor. Com aquilo, ficaria fácil obter, em Copenhague, recomendações para o governador da Islândia.

Também reparei no famoso documento preciosamente enfiado no bolso mais secreto da pasta. Eu o amaldiçoei do fundo do coração, e voltei a examinar a paisagem. Era uma vasta sequência de planícies pouco interessantes, monótonas, cheias de sedimentos e bastante férteis: um campo muito favorável ao estabelecimento de uma ferrovia e adequado às linhas retas tão desejadas pelas companhias ferroviárias.

Mas aquela monotonia não teve tempo de me cansar, pois, três horas após a nossa partida, o trem parava em Kiel, a dois passos do mar.

Uma vez etiquetadas as nossas bagagens para Copenhague, não havia com o que se preocupar. No entanto, o professor as seguiu inquieto quando foram levadas ao barco a vapor. Lá, desapareceram no fundo do porão.

Meu tio, na sua precipitação, havia calculado tão bem as horas de correspondência do trem e do barco que nos sobrava um dia inteiro livre. O vapor *Ellenora* não partia antes da noite. Daí uma febre de nove horas, durante a qual o irascível viajante mandou para o inferno a administração dos barcos e das ferrovias e os governos que toleravam aqueles abusos. Tive que apoiá-lo quando tentava convencer o capitão do *Ellenora* disso. Queria obrigá-lo a esquentar as caldeiras sem perda de tempo. O outro mandou-o passear.

Em Kiel, como em qualquer outro lugar, não há mais nada a fazer a não ser esperar o tempo passar. Passeamos sobre as margens verdejantes da baía ao fundo da qual se ergue a pequena cidade, percorremos os bosques densos que lhe dão a aparência de um ninho num feixe de galhos, admiramos as mansões com as suas pequenas casas de banhos frios, e, enfim, corremos e praguejamos quando nos demos conta de que já eram dez horas da noite.

Os rolos de fumaça do *Ellenora* engrossavam no céu; a ponte estremecia com as trepidações da caldeira; estávamos a bordo e éramos proprietários dos dois leitos do único camarote do barco.

Às dez e quinze as amarras foram soltas, e o vapor rapidamente deslizou nas águas sombrias do Grande Belt.

A noite estava escura; havia uma agradável brisa e o mar estava agitado; algumas luzes da costa apareceram nas trevas; mais tarde, não sei onde, a luz de um farol brilhou nas ondas; foi tudo o que restou da minha lembrança dessa primeira travessia.

Às sete horas da manhã, desembarcamos em Korsör, pequena cidade situada na costa ocidental da Selândia. Lá, desembarcamos e pegamos o trem que nos levou por uma região não menos plana do que os campos do Holstein.

Ainda restavam três horas de viagem para atingir a capital da Dinamarca. O meu tio não pregara o olho à noite. Na sua impaciência, acho que ele empurrava o vagão com os pés.

Enfim, vislumbrou o mar.

– O Sund! – exclamou.

Havia à nossa esquerda uma vasta construção que parecia um hospital.

– É um hospício – disse um dos nossos companheiros de viagem.

"Bom", pensei, "eis um estabelecimento onde deveríamos terminar os nossos dias! E, por maior que fosse, esse hospital ainda seria pequeno demais para conter toda a loucura do professor Lidenbrock!"

Enfim, às dez horas, pisamos em Copenhague; as bagagens foram enfiadas num carro e levadas conosco ao Hotel Fênix, na Bred-Gale. Demorou uma meia hora, pois a estação ficava fora da cidade. Em seguida, meu tio, depois de uma rápida toalete, me arrastou com ele. O porteiro do hotel falava alemão e inglês, mas o professor, na qualidade de poliglota, o interrogou em bom dinamarquês, e foi em bom dinamarquês que aquela personagem lhe deu o endereço do Museu das Antiguidades do Norte.

O diretor do curioso estabelecimento, onde estão empilhadas maravilhas que permitiriam reconstruir a história do país com as suas antigas armas de pedra, as suas ânforas e as suas joias, era um cientista, o amigo do cônsul de Hamburgo, o professor Thomson.

Meu tio trazia-lhe uma calorosa carta de recomendação. Em geral, um cientista recebe muito mal outro cientista. Mas naquele caso foi completamente diferente. Thomson, como homem prestativo, acolheu cordialmente o professor Lidenbrock e até mesmo o sobrinho dele. É desnecessário dizer que o nosso segredo foi mantido diante do excelente diretor do museu. Queríamos simplesmente visitar a Islândia como simples turistas.

O Sr. Thomson se pôs inteiramente ao nosso dispor, e nós percorremos o cais para encontrar um navio que estivesse de partida.

Eu esperava que não houvesse meios de transporte de espécie alguma, mas não aconteceu nada disso. Uma pequena escuna dinamarquesa, a *Valquíria*, deveria partir no dia 2 de junho para Reykjavik. O capitão, Bjarne, estava a bordo. O futuro passageiro, na sua alegria, lhe apertou as mãos quase quebrando-as. O valente homem ficou um pouco surpreso com semelhante aperto de mão. Achava muito simples ir à Islândia, já que era o seu ofício. O meu tio achava aquilo sublime. O capitão aproveitou aquele entusiasmo para nos fazer pagar em dobro pela passagem. Mas não queríamos discutir isso.

– Estejam a bordo na segunda-feira, às sete horas da manhã – disse Bjarne, depois de embolsar uma considerável quantia.

Então, agradecemos ao professor Thomson pela boa acolhida e voltamos ao Hotel Fênix.

– Tudo vai indo muito bem! Tudo vai indo muito bem! – repetia meu tio. – Que sorte ter encontrado essa embarcação de partida! Agora, vamos almoçar e depois visitamos a cidade.

Fomos a Kongens-Nye-Torw, praça irregular onde há dois inofensivos canhões quebrados que não assustam ninguém. Perto dali, no número 5, havia um restaurante francês, de um cozinheiro chamado Vincent. Lá almoçamos bem por um preço justo.

Depois, experimentei um prazer infantil percorrendo a cidade; o meu tio se deixava levar; ele, diga-se de passagem, não viu nada, nem o insignificante palácio do rei, nem a linda ponte do século XVII no canal em frente ao Museu, nem o imenso memorial de Torwaldsen enfeitado com murais horripilantes e que contém as obras desse escultor, nem, num parque bastante bonito, o castelo Rosenborg, nem o admirável prédio renascentista da Bolsa, nem o seu campanário feito com as caudas entrelaçadas de quatro dragões de bronze, nem os grandes moinhos das muralhas, cujas enormes pás se inflavam como as velas de um navio ao vento do mar.

Que deliciosos passeios teríamos feito, minha linda virlandesa e eu, do lado do porto onde os barcos mercantes e as fragatas dormiam em paz sob a sua cobertura vermelha, nas margens verdejantes do canal, através daquelas folhagens densas que escondem a cidadela, cujos canhões estendem a sua língua de fumaça entre os ramos dos sabugueiros e dos salgueiros!

Mas, infelizmente, a minha pobre Graüben estava longe, e poderia eu ter esperanças de revê-la algum dia?

No entanto, se meu tio não apreciou nada naqueles lugares encantadores, ficou, em compensação, muito impressionado ao ver um campanário situado na ilha de Amak, no bairro sudoeste de Copenhague.

Recebi a ordem de me dirigir para esse lado; subi numa pequena embarcação a vapor que fazia o percurso dos canais, e, em alguns instantes, ela aportou no cais de Dock-Yard.

Depois de atravessar algumas ruas estreitas onde prisioneiros das galés, usando calças metade amarelas, metade cinzas, trabalhavam sob a batuta dos policiais, chegamos diante de Vor-Frelsers-Kirk. Essa igreja não oferecia nada de especial. Mas seu campanário bastante alto chamara a atenção do professor, porque a partir da plataforma, uma escada externa rodeava o seu eixo vertical, numa espiral ao ar livre.

– Subamos – disse meu tio.

– Mas e se der vertigens? – repliquei.

– Mais uma razão, precisamos ficar acostumados.

– Mas...

– Venha, estou dizendo, não percamos tempo.

Foi preciso obedecer. Um guarda, que morava do outro lado da rua, deu-nos uma chave, e a escalada começou.

Meu tio ia na frente, com passo alerta. Eu o seguia não sem medo, pois minha cabeça girava com deplorável facilidade. Eu não tinha nem o porte das águias, nem a insensibilidade dos seus nervos.

Enquanto estávamos no interior da igreja, tudo ia bem; mas depois de cento e cinquenta degraus começou a ventar no meu rosto: havíamos chegado à plataforma do campanário. Lá começava a escada ao ar livre, protegida por um frágil corrimão, e cujos degraus, cada vez mais estreitos, pareciam subir para o infinito.

– Não conseguirei nunca! – exclamei.

– Por acaso você é covarde? Suba! – respondeu impiedosamente o professor.

Fui obrigado a segui-lo, agarrando-me. O vento me atordoava, sentia o campanário oscilar sob as rajadas, as pernas não me obedeciam; logo estava subindo com os joelhos, depois com a barriga; ficava de olhos fechados; estava tendo vertigens.

Finalmente, com meu tio me puxando pelo colete, cheguei perto da cúpula.

– Olhe – disse-me ele –, e olhe bem! É preciso tomar *lições de abismo*!

Abri os olhos. Vi as casas achatadas e como que esmagadas por uma queda, em meio à névoa das fumaças. Sob a minha cabeça passavam nuvens desordenadas que, por uma ilusão de ótica, me pareciam imóveis, enquanto o campanário, a cúpula e eu éramos arrastados com fantástica velocidade. Ao longe, de um lado se estendia o campo verdejante, do outro, o mar, sob o brilho de um feixe de raios. O Sund prolongava-se até a extremidade de Elsinor, com algumas velas brancas, verdadeiras asas de gaivota, e na bruma do leste, ondulavam as costas da Suécia. Toda aquela imensidão rodopiava diante dos meus olhos.

No entanto, era preciso que eu me levantasse, me endireitasse e olhasse. A minha primeira aula de vertigem durou uma hora. Quando finalmente me foi permitido descer e pisar o pavimento sólido das ruas, eu me sentia esgotado.

– Recomeçaremos amanhã – disse meu professor.

E, realmente, durante cinco dias, repeti aquele exercício vertiginoso, e, bem ou mal, fiz progressos sensíveis na arte "das altas contemplações".

Capítulo IX

Chegou o dia da partida. Na véspera, o atencioso Sr. Thomson nos havia trazido cartas de insistentes recomendações ao barão Trampe, governador da Islândia, ao Sr. Picturson, o bispo-auxiliar, e ao Sr. Finsen, prefeito de Reykjavik. Em troca, o meu tio lhe deu os mais calorosos apertos de mão.

No dia 2, às seis horas da manhã, as nossas preciosas bagagens estavam a bordo da *Valquíria.* O capitão nos levou a cabines bastante estreitas e dispostas sob uma espécie de camarote de convés.

– O vento é bom? – perguntou meu tio.

– Excelente – respondeu o capitão Bjarne –; o vento do sudeste. Vamos sair do estreito com vento a favor e com todas as velas abertas.

Alguns instantes depois, a escuna, com traquete, bergantina, gávea e joanete, aprestou-se e saiu com todas as velas pelo canal. Uma hora depois, a capital da Dinamarca parecia mergulhar nas ondas distantes e a *Valquíria* roçava a costa de Elsinor. Nervoso como estava, eu esperava ver a sombra de Hamlet errando no terraço lendário.

– Sublime insensato! – dizia eu. – Com certeza você nos aprovaria! Talvez nos seguisse rumo ao centro do globo em busca da solução da sua dúvida eterna!

Mas nada apareceu nas antigas muralhas. O castelo é, aliás, muito mais novo do que o heroico príncipe da Dinamarca. Serve agora de suntuosa residência ao vigia do estreito do Sund, onde todo ano passam quinze mil navios de todas as nações.

O castelo de Krongborg logo desapareceu na bruma, bem como a torre de Helsinborg, que se eleva na margem sueca, e a escuna se inclinou ligeiramente sob as brisas do Kattegat.

A *Valquíria* era um veleiro moderno, mas com um navio a velas nunca se sabe muito com o que contar. Transportava para Reykjavik carvão, utensílios domésticos, cerâmicas, roupas de lã e um carregamento de trigo. Cinco homens da tripulação, todos dinamarqueses, bastavam para manobrá-la.

– Qual será a duração da travessia? – perguntou o meu tio ao capitão.

– Uns dez dias – respondeu este último –, se não encontrarmos muitas borrascas do noroeste na travessia das ilhas Feroé.

– Mas o senhor costuma sofrer grandes atrasos?

– Não, senhor Lidenbrock, fique tranquilo, nós chegaremos.

Anoitecia quando a escuna dobrou o cabo Skagen no extremo norte da Dinamarca, atravessou durante a noite o Skager-Rak, margeou a extremidade da Noruega pelo cabo Lindness e deu no mar do Norte.

Dois dias depois, avistamos as costas da Escócia na altura de Peterheade, e a *Valquíria* se dirigiu para as ilhas Feroé, passando entre as Órcades e as Shetlands.

A nossa escuna logo foi sacudida pelas ondas do Atlântico. Teve que navegar contra o vento do norte e chegou com dificuldade às ilhas Feroé. No dia 8, o capitão reconheceu Myganness, a mais oriental dessas ilhas, e, a partir dali, foi direto para o cabo Portland, situado na costa meridional da Islândia.

A travessia não ofereceu nenhum incidente digno de nota. Eu suportava bastante bem as provações do mar; meu tio, para sua grande decepção, e mais ainda para grande vergonha sua, enjoou o tempo todo.

Por isso, não pôde conversar com o capitão Bjarne sobre o Sneffels, os meios de comunicação, as facilidades de transporte; teve que deixar essas explicações para a chegada e passou o tempo todo deitado na cabine, cujas divisórias estalavam com os fortes balanços do navio. É preciso confessar que ele merecia um pouco aquela sorte.

No dia 11, ultrapassamos o cabo Portland. O tempo claro permitiu vislumbrar o Myrdals Yokul. O cabo é composto de uma colina imponente, com acentuados declives, assentada sozinha na praia.

A *Valquíria* se manteve a razoável distância das costas, afastando-se para o oeste, no meio de muitas baleias e tubarões. Logo surgiu um imenso rochedo, em torno do qual o mar espumoso quebrava enfurecido. As ilhotas de Westman pareciam sair do oceano, como se fossem rochas em uma planície líquida. A partir desse momento, a escuna recuou para ver melhor o cabo Reykjaness, que forma o ângulo ocidental da Islândia.

O mar, muito forte, impedia o meu tio de subir na ponte para admirar aquelas costas recortadas e assoladas pelos ventos do sudoeste.

Quarenta e oito horas depois, ao sair de uma tempestade que forçou a escuna a se afastar com as velas abaixadas, ultrapassamos no leste a baliza do pico Skagen, cujas rochas perigosas se prolongam a grande distância sob as ondas. Um piloto islandês veio a bordo, e, três horas depois, a *Valquíria* ancorava diante de Reykjavik na baía de Faxa.

O professor finalmente saiu da cabine, um pouco pálido, um pouco desfeito, mas sempre entusiasta, e com olhar de satisfação.

A população da cidade, singularmente interessada na chegada de um navio em que cada um tinha alguma coisa a pegar, se juntava no cais.

Meu tio tinha pressa de abandonar a sua prisão flutuante, para não dizer o seu hospital. Mas antes de deixar a ponte da escuna, ele me puxou para a frente, e lá, com o dedo, mostrou-me, na parte setentrional da baía, uma alta montanha com dois cumes, um cone duplo coberto de neves eternas.

– O Sneffels! – exclamou. – O Sneffels!

Em seguida, depois de me recomendar, com um gesto, silêncio absoluto, ele desceu ao bote à sua espera. Segui-o, e logo pisamos o solo da Islândia.

Primeiro, apareceu um homem bem apessoado e com farda de general. No entanto, era um simples magistrado, o governador da ilha, o barão Trampe em pessoa. O professor reconheceu a quem devia dirigir-se. Entregou ao governador as suas cartas de Copenhague e entabulou-se em dinamarquês um curto diálogo ao qual fiquei totalmente alheio, já que nada compreendia. Mas dessa primeira conversa resultou que o barão Trampe se punha à inteira disposição do professor Lidenbrock.

Meu tio recebeu uma acolhida muito amável por parte do prefeito, o Sr. Finsen, não menos militar pela roupa do que o governador, mas igualmente pacífico de temperamento e disposição.

Quanto ao bispo-auxiliar, o Sr. Pictursson, no momento estava numa viagem episcopal à província do Norte; tivemos que renunciar provisoriamente a lhe sermos apresentados. Mas um homem encantador, e cuja ajuda nos foi muito valiosa, foi o Sr. Fridriksson, professor de ciências naturais na escola de Reykjavik. Aquele cientista modesto que só falava islandês e latim veio oferecer-me os seus préstimos na língua de Horácio, e eu senti que íamos nos entender muito bem. Foi, realmente, a única personagem com a qual pude conversar durante a minha estada na Islândia.

Dos três quartos que compunham a casa, aquele excelente homem pôs dois à nossa disposição, e logo lá nos instalamos com as nossas bagagens, cuja quantidade assustou um pouco os habitantes de Reykjavik.

– E então, Axel – disse meu tio –, está tudo indo muito bem, e o mais difícil já foi feito.

– Como assim, o mais difícil? – exclamei.

– É claro, agora só temos que descer.

– Se olhar por esse lado, tem razão; mas depois de descer, será preciso subir, não?

– Oh! Não estou nem um pouco preocupado com isso! Vamos! Não há tempo a perder. Vou à biblioteca. Quem sabe não há aqui algum manuscrito de Saknussemm. Eu teria muito prazer em consultá-lo.

– Enquanto isso, eu vou visitar a cidade. Não quer fazer o mesmo?

– Oh! Isso não me interessa nem um pouco. O interessante nessa terra da Islândia não está em cima, mas embaixo.

Saí, e vaguei ao acaso.

Perder-se nas duas ruas de Reykjavik não era fácil. Portanto, não fui obrigado a perguntar pelo caminho a seguir, o que, na língua dos gestos, possibilita muitos mal-entendidos.

A cidade se estende sobre um terreno bastante baixo e pantanoso, entre duas colinas. Uma imensa corrente de lavas a cobre de um lado e desce em ladeiras bastante suaves para o mar. Do outro, estende-se a vasta baía de Faxa, limitada ao norte pela enorme geleira do Sneffels, e na qual a *Valquíria* era a única embarcação ancorada naquele momento. Geralmente os navios pesqueiros ingleses e franceses se mantinham ancorados ao largo, mas estavam no momento em serviço nas costas orientais da ilha.

A mais extensa das duas ruas de Reykjavik é paralela à praia; nela moram os comerciantes e os negociantes, em cabanas de madeira feitas de vigas vermelhas horizontalmente dispostas; a outra rua, situada mais a oeste, corre para um pequeno lago, entre as casas do bispo e das outras pessoas alheias ao comércio.

Percorri logo aqueles caminhos sombrios e tristes; de vez em quando vislumbrava um pedaço de vegetação desbotada, como um velho tapete de lã gasto pelo uso, ou algum vestígio de horta, cujos escassos legumes, batatas, repolhos e alfaces caberiam numa mesa liliputiana; alguns cravos doentes também tentavam tomar um pouco de sol.

Lá pelo meio da rua não comercial, cheguei ao cemitério público, cercado por um muro de terra e com lugar de sobra. Alguns passos adiante, cheguei à casa do governador, um casebre, se comparado com a prefeitura de Hamburgo, um palácio, perto das choupanas islandesas.

Entre o laguinho e a cidade se erguia a igreja, construída conforme o gosto protestante e levantada com pedras calcinadas, cuja extração ficava por conta dos próprios vulcões. Seu teto de telhas vermelhas devia evidentemente se dispersar por ação dos grandes ventos do oeste, para prejuízo dos fiéis.

Numa elevação vizinha, vi a Escola Nacional, onde, como fiquei sabendo mais tarde pelo nosso hospedeiro, se ensinava hebraico, inglês, francês e dinamarquês, quatro línguas das quais, vergonhosamente para mim, não sabia nem uma palavra. Eu seria provavelmente o último dos quarenta alunos que compunham a pequena escola, e indigno de dormir com eles nos dormitórios de dois compartimentos onde os mais delicados sufocavam desde a primeira noite.

Em três horas, havia visitado não apenas a cidade, mas também as suas cercanias. O aspecto geral era singularmente triste. Sem árvores, vegetação, por assim dizer. Por toda parte, as arestas vivas das rochas vulcânicas. As choupanas dos islandeses são feitas de terra e de turfa, e as suas paredes são inclinadas para dentro. Parecem telhados colocados no chão. São os únicos prados relativamente fecundos. Graças ao calor da casa, a grama lá cresce com perfeição, e é podada cuidadosamente na época da floração, senão os animais domésticos viriam pastar nessas moradas verdejantes.

Durante a minha excursão, encontrei poucos habitantes. Voltando à rua comercial, via a maior parte da população ocupada em secar, salgar e carregar bacalhaus, principal artigo de exportação. Os homens eram robustos, porém pesados, como alemães loiros de olhar pensativo, que se sentem um pouco fora da humanidade, pobres exilados relegados a essa terra de gelo, cuja natureza podia muito bem fazê-los nascer esquimós, já que os condenava a viver no limite do círculo polar! Eu tentava em vão surpreender um sorriso em seus rostos; de vez em quando, riam por uma espécie de contração involuntária dos músculos, mas nunca sorriam.

A roupa deles consistia numa grosseira túnica de lã preta, conhecida nos países escandinavos com o nome de *vadmel*, um chapéu com grandes abas, calças de debrum vermelho e um pedaço de couro dobrado fazendo as vezes de sapato.

As mulheres, de aparência triste e resignada, de um tipo bastante agradável, mas sem expressão, usavam um colete e uma saia de *vadmel* escura: as solteiras usavam nos cabelos trançados em guirlandas um pequeno gorro escuro de tricô; as casadas punham em volta da cabeça um lenço colorido e a cobriam com uma tela de linho branco.

Depois de um bom passeio, quando voltei para a casa do Sr. Fridriksson, o meu tio já estava em companhia do seu hospedeiro.

Capítulo X

O jantar estava pronto; foi devorado com avidez pelo professor Lidenbrock, cuja dieta forçada a bordo transformara o seu estômago num buraco profundo. Aquela refeição, mais dinamarquesa do que islandesa, não tinha nada de especial; mas o nosso hospedeiro, mais islandês do que dinamarquês, lembrou-me os heróis da antiga hospitalidade. Pareceu-me que estávamos na casa dele mais do que ele mesmo.

A conversa foi feita na língua local, que o meu tio entremeava com alemão e o Sr. Fridriksson com latim, para que eu pudesse compreendê-la. Abordaram-se questões científicas, como convém a cientistas; mas o professor Lidenbrock se manteve excessivamente reservado, e os seus olhos me recomendavam, a cada frase, silêncio absoluto em relação aos nossos projetos futuros.

No começo, o Sr. Fridriksson inquiriu o meu tio sobre o resultado das suas pesquisas na biblioteca.

– Essa vossa biblioteca só tem livros avulsos em prateleiras quase vazias! – exclamou o último.

– Como?! – respondeu o Sr. Fridriksson. – Possuímos oito mil livros, dos quais muitos são preciosos e raros, obras na velha língua escandinava, e todas as novidades que Copenhague nos fornece todo ano.

– Onde o senhor viu esses oito mil exemplares? De acordo com os meus cálculos...

– Oh! senhor Lidenbrock, eles percorrem o país. Temos o gosto pelo estudo em nossa velha ilha de gelo! Não há um só agricultor, um só pescador que não saiba ler e que não leia. Acreditamos que os livros, em vez de mofarem atrás de uma grade de ferro, longe dos olhares curiosos, devem ser usados pelos olhos dos leitores. Por isso, tais exemplares passam de mão em mão, folheados, lidos e relidos, e em geral só voltam para a prateleira depois de um ou dois anos de ausência.

– E os estrangeiros? – replicou titio com certo desprezo...

– O que o senhor quer! Os estrangeiros têm as suas bibliotecas em casa, e, antes de mais nada, é preciso que os nossos camponeses se instruam. Repito-lhe, o amor pelo estudo está no sangue islandês. Por isso, em 1816, fundamos uma Sociedade Literária que vai indo bem; alguns cientistas estrangeiros têm a honra de fazer parte dela. Tal sociedade publica livros destinados à educação dos nossos compatriotas e presta reais serviços ao país. Se quiser ser um dos nossos membros correspondentes, senhor Lidenbrock, ficaremos imensamente felizes.

Meu tio, que já pertencia a uma centena de sociedades científicas, aceitou o convite com uma deferência que tocou o Sr. Fridriksson.

– Agora – retomou este –, tenha a bondade de me indicar os livros que o senhor esperava encontrar em nossa biblioteca e talvez eu possa informá-lo a respeito deles.

Olhei para meu tio. Ele hesitou em responder. Aquilo tocava diretamente os seus projetos. No entanto, depois de refletir, decidiu falar.

– Senhor Fridriksson, gostaria de saber se, entre as obras antigas, haveria as de Arne Saknussemm?

– Arne Saknussemm!? – respondeu o professor de Reykjavik. – Está se referindo ao cientista do século XVI, o grande naturalista, o grande alquimista e grande viajante?

– Isso mesmo.

– Um homem ilustre dentre muitos?

– Correto.

– E cuja audácia se igualava ao gênio?

– Vejo que o conhece bem.

Meu tio transbordava de alegria só de ouvir falar assim do seu herói. Devorava com os olhos o Sr. Fridriksson.

– E então?! – perguntou. – E as obras dele?

– Ah! Não temos as obras dele.

– O quê? Na Islândia?

– Nem na Islândia nem em qualquer outro lugar.

– E por quê?

– Porque Arne Saknussemm foi perseguido por causa de heresia, e em 1573 suas obras foram queimadas em Copenhague pela mão do carrasco.

– Muito bem! Perfeito! – exclamou meu tio, o que escandalizou muito o professor de ciências naturais.

– O quê? – disse este último.

– Sim! Tudo se explica, tudo se encaixa, tudo está claro, e compreendo por que Saknussemm, posto no índex e forçado a ocultar as descobertas do seu gênio, teve que esconder num incompreensível criptograma o segredo...

– Que segredo? – perguntou energicamente o Sr. Fridriksson.

– Um segredo que... de que... – respondeu meu tio, balbuciando.

– O senhor teria algum documento particular? – retomou nosso hospedeiro.

– Não... Estava fazendo uma simples suposição.

– Bem – respondeu o Sr. Fridriksson, que teve a bondade de não insistir, ao ver a perturbação do seu interlocutor –, espero que o senhor não saia da nossa ilha sem pesquisar as suas riquezas mineralógicas!

– Com certeza, mas cheguei um pouco tarde. Já passaram cientistas por aqui?

– Sim, senhor Lidenbrock. Os trabalhos de Olafsen e Povelsen, por ordem do rei, os estudos de Troïl, a missão científica de Gaimard e Robert, a bordo da escuna francesa *La Recherche*[1], e, recentemente, as observações de cientistas embarcados na fragata *La Reine-Hortense* contribuíram substancialmente para o reconhecimento da Islândia. Mas, acredite, ainda há muito a fazer.

---

1. *La Recherche* foi enviada pelo almirante Duperé, em 1935, para procurar os restos de uma expedição perdida, de M. Blossevile e de la Liloise, da qual nunca mais se ouviu falar.

– O senhor acha? – perguntou meu tio meio bonachão, tentando conter o brilho dos seus olhos.

– Acho. Quantas montanhas, geleiras, vulcões pouco conhecidos há para se estudar! E nem é preciso ir muito longe, está vendo aquele monte que se ergue no horizonte? É o Sneffels.

– Ah! – disse meu tio. – O Sneffels.

– Sim, um dos vulcões mais curiosos e cuja cratera é raramente visitada.

– Extinto?

– Oh, extinto há quinhentos anos.

– Pois bem! – respondeu meu tio, que cruzava freneticamente as pernas para não dar pulos no ar. – Tenho vontade de começar os meus estudos por esse Seffel... Fessel... qual é o nome mesmo?

– Sneffels – retomou o excelente Sr. Fridriksson.

Essa parte da conversa foi feita em latim; entendi tudo, e só fiquei sério porque vi meu tio conter a satisfação que transbordava de todo o seu corpo; ele tentava afetar um arzinho inocente que parecia a careta de um velho diabo.

– Sim – disse ele –, as suas palavras me convenceram! Tentaremos escalar esse Sneffels, quem sabe até estudar a sua cratera!

– Lamento muito que as minhas ocupações não permitam que eu me ausente. Eu os acompanharia com prazer e interesse.

– Oh! Não, não – respondeu vivamente meu tio –; não queremos atrapalhar ninguém, senhor Fridriksson; agradeço-lhe de todo o coração. A presença de um cientista como o senhor seria muito útil, mas os deveres da sua profissão...

Me agrada pensar que o nosso anfitrião, na inocência da sua alma islandesa, não entendeu a imensa malícia do meu tio.

– Fico contente, senhor Lidenbrock, de que comece por esse vulcão. Lá o senhor fará muitas observações interessantes. Mas, diga-me, como pensa em chegar à península do Sneffels?

– Pelo mar, atravessando a baía. É o caminho mais rápido.

– Sem dúvida, mas é impossível tomá-lo.

– Por quê?

– Porque não temos nem mesmo uma só canoa em Reykjavik.

– Droga!

– É preciso ir por terra, margeando o litoral. Será mais longo, porém mais interessante.

– Muito bem. Verei se encontro um guia.

– Tenho justamente um a lhe oferecer.

– Um homem de confiança, inteligente?

– Sim, um morador da península. É um caçador de gansos, muito hábil, e de quem o senhor vai gostar. Fala fluentemente o dinamarquês.

– E quando poderei vê-lo?

– Amanhã, se quiser.

– Por que não hoje?

– Porque ele só chega amanhã.

– Amanhã, então – respondeu meu tio, suspirando.

Essa importante conversa terminou alguns instantes depois com calorosos agradecimentos do professor alemão ao professor islandês. Durante esse jantar, meu tio ficou sabendo coisas importantes, entre outras a história de Saknussemm, a razão do seu documento misterioso, por que o seu anfitrião não o acompanharia na expedição e que no dia seguinte teria um guia ao seu dispor.

Capítulo XI

À noite, dei um passeio pelas praias de Reykjavik e fui deitar-me cedo na minha cama de tábuas grossas, onde dormi um sono profundo.

Quando acordei, ouvi meu tio falando muito na sala vizinha. Levantei-me logo e me apressei a ir ao seu encontro.

Ele estava conversando em dinamarquês com um homem alto, forte e esbelto. Aquele grandalhão devia ter uma força descomunal. Os olhos dele, enterrados numa cabeça muito grande e bastante ingênua, me pareceram inteligentes. Eram de um azul sonhador. Cabelos compridos, que passariam por vermelhos, mesmo na Inglaterra, caíam-lhe sobre os atléticos ombros. Aquele aborígine se movimentava com leveza, mexendo pouco os braços, como um homem que ignorasse ou desdenhasse a língua dos gestos. Tudo nele revelava um temperamento de perfeita calma, não indolente, mas tranquilo. Intuía-se que ele não pedia nada a ninguém, que trabalhava para si mesmo, e que, neste mundo, a sua filosofia não podia nem ser surpreendida nem perturbada.

Captei as nuanças daquele caráter pela maneira com que o islandês escutou a fala apaixonada do seu interlocutor. Permanecia com os braços cruzados, imóvel em meio aos múltiplos gestos do meu tio; para negar, virava a cabeça da esquerda para a direita; inclinava-se para afirmar e, tão pouco, que os seus longos cabelos mal se mexiam. Era a economia do movimento levada até a avareza.

É claro que vendo aquele homem eu nunca adivinharia a sua profissão de caçador; com certeza não assustaria a caça, mas como poderia atirar nela?

Tudo se explicou quando o Sr. Fridriksson me contou que aquela tranquila personagem era apenas um "caçador de gansos", aves cuja plumagem constitui a maior riqueza da ilha. Na verdade, essa plumagem se chama edredom, e não é preciso despender muito movimento para consegui-la.

Nos primeiros dias do verão, a fêmea do ganso, uma bonita espécie de pato, vai construir o ninho entre os rochedos dos fiordes que recortam toda a costa. Uma vez construído, ela forra esse ninho com penas finas que arranca da própria barriga. Logo o caçador, ou melhor, o negociador, chega, pega o ninho, e a fêmea tem que recomeçar o trabalho. Isso continua acontecendo enquanto lhe resta alguma plumagem. Quando fica completamente sem nenhuma, cabe ao macho depenar-se. Como a pena dura e grosseira deste não tem nenhum valor comercial, o caçador não se dá ao trabalho de roubar o ninho da sua cria. Então, o ninho é concluído, a fêmea bota os ovos, os filhotes saem e, no ano seguinte, recomeça a colheita do edredom.

Como o ganso não escolhe as rochas escarpadas para nelas construir o ninho, mas sim as rochas fáceis e horizontais que vão perder-se no mar, o caçador islandês podia exercer a sua profissão sem grandes empecilhos. Era como um agricultor que não tinha nem que semear nem que ceifar a lavoura, mas simplesmente colhê-la.

Aquela personagem séria, fleumática e silenciosa se chamava Hans Bjelke. Vinha recomendado pelo Sr. Fridriksson, era o nosso futuro guia. Seus modos contrastavam singularmente com os de meu tio.

Mas eles se deram bem. Nem um dos dois se importava com o preço; um pronto para aceitar o que lhe ofereciam, o outro pronto para dar o que lhe seria pedido. Nunca foi tão fácil fechar um negócio.

E ficou estabelecido que Hans se comprometia a nos conduzir ao vilarejo de Stapi, situado na costa meridional da península do Sneffels, bem junto ao vulcão. Seria preciso fazer por terra cerca de vinte e duas milhas, viagem a ser concluída em dois dias, segundo a opinião do meu tio.

Mas quando ele ficou sabendo que se tratava de milhas dinamarquesas de oito mil metros, teve de refazer o cálculo, e dada a precariedade dos caminhos, prever sete ou oito dias de viagem.

Quatro cavalos seriam postos à sua disposição, dois para carregar meu tio e eu, e outros dois destinados às nossas bagagens. Hans, de acordo com o seu costume, iria a pé. Conhecia muito bem aquela parte do litoral, e prometeu ir pelo caminho mais curto.

Seu compromisso com meu tio não expirava quando chegássemos a Stapi; ele continuaria a seu serviço durante o tempo necessário às suas excursões científicas, ao preço de três risdales[2] por semana. Mas ficou expressamente combinado que essa soma seria dada ao guia todo sábado à noite, condição *sine qua non*.

A partida foi marcada para o dia 16 de junho. Meu tio quis dar ao caçador um sinal pelo serviço, mas este recusou com uma palavra.

– *Efter*.

– Depois – disse o professor, explicando-me.

Uma vez concluído o trato, Hans se retirou.

– Um homem formidável – exclamou meu tio –, mas não percebe o papel maravilhoso que o futuro lhe reserva.

– Então ele nos acompanhará até...

– Sim, Axel, até o centro da Terra.

Ainda faltavam passar quarenta e oito horas. Muito contrariado, tive que empregá-las em nossos preparativos. Toda a nossa inteligência foi usada para dispor cada objeto da maneira mais adequada, com os instrumentos de um lado e as armas do outro, as ferramentas num fardo, os víveres noutro. Eram ao todo quatro fardos.

Os instrumentos compreendiam:

1. Um termômetro centígrado de Eigel, com escala até cento e cinquenta graus, o que me parecia a um só tempo demais e insuficiente. Demais, pois se o calor ambiente chegasse até aquela altura, seríamos cozidos. Insuficiente, se se tratasse de medir a temperatura das fontes ou de qualquer outra matéria em fusão;

2. Um manômetro de ar comprimido, disposto para indicar pressões superiores às da atmosfera no nível do oceano. Na verdade, o barômetro comum não seria suficiente, porque a pressão atmosférica aumentaria proporcionalmente à nossa descida abaixo da superfície da Terra;

2. 16 francos e 98 cêntimos.

3. Um cronômetro de Boissonaas, rapaz de Genebra, perfeitamente ajustado ao meridiano de Hamburgo;

4. Duas bússolas de inclinação e de declinação;

5. Uma luneta noturna;

6. Dois aparelhos de Ruhmkorff, que, por meio de uma corrente elétrica, davam uma luz portátil, segura e pouco nociva.[3]

As armas consistiam em duas carabinas de Purdley More e Cia., e em dois revólveres Colt. Para que armas? Acho que não temos nem selvagens nem animais ferozes a temer. Mas meu tio parecia apegar-se ao seu arsenal, bem como aos seus instrumentos, principalmente a uma considerável quantidade de algodão-pólvora inalterável à umidade, e cuja força explosiva é muito superior à da pólvora comum.

As ferramentas compreendiam dois picões, duas picaretas, uma escada de corda, três arpões de ferro, um machado, um martelo, uma dúzia de cunhas e escápulas de ferro, e compridas cordas com nós. Aquilo fazia um volume bem grande, pois a escada media cem metros de comprimento.

Enfim, havia provisões; o fardo não era grande, porém animador, pois eu sabia que em carnes concentradas e

---

3. O aparelho de Ruhmkorff consiste numa pilha de Bunzen acionada por meio do bicromato de potássio, que não tem cheiro algum. Uma bobina de indução põe a eletricidade produzida pela pilha em comunicação com uma lanterna de particular disposição; nessa lanterna há uma serpentina de vidro a vácuo, na qual fica apenas um resíduo de gás carbônico ou de azoto. Quando o aparelho funciona, esse gás fica luminoso, produzindo uma luz esbranquiçada e contínua. A pilha e a bobina são postas numa bolsa de couro que o viajante leva a tiracolo. A lanterna, posta do lado de fora, ilumina satisfatoriamente as obscuridades profundas; permite que se adentre sem medo de quaisquer explosões, no meio dos mais inflamáveis gases, e não apaga nem nas mais profundas correntes de água. O Sr. Ruhmkorff é um cientista e hábil físico. A sua grande descoberta é a bobina de indução que permite produzir eletricidade de alta tensão. Ele recebeu em 1864 o prêmio quinquenal de 50.000 francos que a França reservou para a mais engenhosa aplicação da eletricidade. (N.A.)

biscoitos secos tínhamos reservas para seis meses. O gim era tudo o que havia de líquido, e não havia água de modo algum; mas tínhamos cantis, e o meu tio contava com as fontes para enchê-los; as observações que eu pudera fazer sobre a sua qualidade, a sua temperatura e até mesmo sobre a sua total ausência foram infrutíferas.

Para completar a nomenclatura exata dos nossos artigos de viagem, ressaltarei uma farmácia portátil que continha tesouras de lâminas cegas, talas para fraturas, bandagens e compressas, esparadrapo, uma espátula para sangria, objetos totalmente assustadores; além disso, uma série de frascos contendo dextrina, álcool cicatrizante, acetato de chumbo líquido, éter, vinagre e amoníaco, todas drogas de emprego pouco animador; enfim, as matérias necessárias aos aparelhos de Ruhmkorff.

O meu tio cuidou para não se esquecer da provisão de tabaco, pólvora de caça e estopim, tampouco de um cinto de couro que usava em torno dos quadris e onde havia uma quantidade suficiente de moedas de ouro, dinheiro e papel. Havia, entre os utensílios, seis pares de bons sapatos, impermeabilizados por um banho de alcatrão e de resina plástica.

– Vestidos, calçados, equipados assim, não há nenhuma razão para não irmos longe – disse meu tio.

O dia 14 foi totalmente dedicado a organizar esses diferentes objetos. À noite, jantamos na casa do barão Trampe, na companhia do prefeito de Reykjavik e do doutor Hyaltalin, o grande médico da região. O Sr. Fridriksson não estava entre os convidados; fiquei sabendo mais tarde que o governador e ele não concordavam sobre um problema de administração e não se falavam mais. Portanto, não tive oportunidade de compreender uma palavra do que se disse durante aquele jantar semioficial. Notei apenas que o meu tio falou o tempo todo.

No dia seguinte, 15, os preparativos foram concluídos. O nosso anfitrião proporcionou um significativo prazer ao professor ao lhe confiar um mapa da Islândia incomparavelmente mais perfeito do que o de Handerson, o mapa do Sr. Olaf Nikolas Olsen, reduzido à escala de 1:480.000, publicado pela Associação Literária Islandesa, com base nos trabalhos geodésicos do Sr. Scheel Frisac e no levantamento topográfico do Sr. Bjorn Gumlaugsonn. Era um precioso documento para um mineralogista.

A última noite foi passada numa conversa íntima com o Sr. Fridriksson, por quem eu tinha uma viva simpatia; depois da conversa sucedeu um sono bastante agitado, pelo menos da minha parte.

Às cinco horas da manhã, o relinchar de quatro cavalos que se agitavam debaixo da minha janela me acordou. Vesti-me às pressas e desci à rua. Hans estava acabando de carregar as nossas bagagens nos animais quase sem se mexer. No entanto, ele o fazia com uma destreza pouco comum. Meu tio fazia mais barulho do que qualquer outra coisa, e o guia parecia não estar muito preocupado com as suas recomendações.

Tudo terminou às seis horas. O Sr. Fridriksson nos deu um aperto de mãos e meu tio agradeceu-lhe em islandês pela amável hospitalidade. Quanto a mim, gastei o meu melhor latim numa saudação cordial. Em seguida, montamos, e o Sr. Fridriksson me deu com o seu último adeus este verso que Virgílio parecia ter feito especialmente para nós, viajantes de rumo incerto:

Et quacumque viam dederit fortuna sequamur.[4]

Capítulo XII

Partimos com um tempo coberto, porém firme. Nem calores sufocantes nem chuvas desastrosas a temer. Um tempo de turistas.

---

4. Qualquer que seja o caminho a que a Fortuna nos leve, nós o seguiremos. (N. T.)

O prazer de cavalgar através de um país desconhecido me deixava bem-disposto para o começo da empreitada. Estava totalmente entregue à felicidade do excursionista, feita de desejos e de liberdade. E começando a tomar parte na aventura.

"Além do mais", pensava, "o que tenho a perder viajando num país tão interessante?! Escalando uma montanha tão importante?! Na pior das hipóteses, descendo ao fundo de uma cratera extinta?! Está mais do que claro que esse Saknussemm não fez outra coisa. Quanto à existência de uma galeria que desemboca no centro da Terra, pura imaginação! Pura impossibilidade! Portanto, vou aproveitar o que há de bom nessa expedição, e sem barganhar."

Mal acabara de concluir esse raciocínio, saímos de Reykjavik.

Hans andava na frente, com passo rápido, uniforme, contínuo. Os dois cavalos carregados com as nossas bagagens o seguiam, sem que fosse preciso conduzi-los. Meu tio e eu vínhamos em seguida, e realmente não fazíamos má figura sobre os nossos pequenos, porém vigorosos, animais.

A Islândia é uma das maiores ilhas da Europa. Mede cento e três mil quilômetros quadrados, e só tem seiscentos mil habitantes. Os geógrafos a dividiram em quatro setores, e tínhamos que atravessar quase obliquamente o que se chama Região do Quadrante Sudoeste, *Sudvestr Fjordùngr*.

Ao deixar Reykjavik, Hans subira de imediato às margens do mar. Atravessamos pastagens ralas que mal passavam por verdes; o amarelo seria mais adequado. Os topos rugosos de traquito se apagavam no horizonte nas brumas do leste; por momentos, algumas placas de neve, concentrando a luz difusa, resplandeciam na vertente dos cumes distantes; alguns picos, mais afiados, furavam as nuvens cinzentas e reapareciam sobre vapores em movimento, como bancos de areia que surgissem em pleno céu.

Geralmente aquelas cadeias de rochas áridas apontavam para o mar e invadiam a pastagem; mas sempre sobrava lugar suficiente para passar. Os nossos cavalos, aliás, escolhiam instintivamente os lugares propícios sem nunca diminuir o passo. O meu tio não tinha nem mesmo o consolo de atiçar a sua montaria com a voz ou com o chicote; não lhe era permitido ser impaciente. Eu não podia impedir-me de sorrir ao vê-lo tão grande em cima do pequeno cavalo, e, como as suas compridas pernas arrastavam no chão, ele parecia um Centauro de seis pés.

– Upa, cavalinho! Upa, cavalinho! – dizia ele. – Você verá, Axel, que nenhum animal supera em inteligência o cavalo islandês. Neves, tempestades, caminhos impraticáveis, rochedos, geleiras, nada o detém. É valente, sóbrio, seguro. Nunca dá um passo em falso, nunca uma reação. Se surgir algum rio, algum fiorde a atravessar, e surgirá, você o verá lançar-se na água sem hesitar, como um anfíbio, e alcançar a margem oposta! Mas não o apressemos, deixemo-lo agir e faremos, uns depois dos outros, os nossos quarenta e cinco quilômetros diários.

– Nós, com certeza – respondi –, mas e o guia?

– Oh! Ele não me preocupa nem um pouco. Essa gente anda sem perceber. Esse se mexe tão pouco que não deve nem se cansar. Aliás, se for preciso, eu lhe cederei a minha montaria. Logo estarei com cãibras, se não fizer nenhum movimento. Com os braços está tudo bem, mas é preciso pensar nas pernas.

Mas nós avançávamos com passo rápido. A região já estava quase deserta. Aqui e ali uma chácara isolada, algum *boër*[5] solitário, feito de madeira, terra, pedaços de lava, surgia como um mendigo à beira de um caminho vazio. Aquelas choupanas danificadas pareciam suplicar a caridade dos passantes, e quase parávamos para dar alguma

5. Casa do camponês islandês. (N. A.)

esmola. Naquele país não havia estradas, nem mesmo trilhas, e a vegetação, por mais rala que fosse, apagava logo as pegadas dos raros viajantes.

No entanto, aquela parte da província, situada a dois passos da sua capital, estava entre as regiões habitadas e cultivadas da Islândia. O que seriam então as regiões mais desertas do que aquele deserto? Depois de percorrer quatro quilômetros, ainda não havíamos encontrado nem um só agricultor à porta da sua choupana, nem um só pastor selvagem conduzindo um rebanho menos selvagem do que ele; só algumas vacas e carneiros abandonados à própria sorte. O que seriam então as regiões onde havia tremores de terra, abaladas pelos fenômenos eruptivos, nascidas das explosões vulcânicas e dos tremores subterrâneos?

Estávamos destinados a conhecê-las mais tarde. Consultando o mapa de Olsen, vi que as evitávamos, ao acompanhar a margem sinuosa da costa. Na verdade, o grande movimento plutônico se concentrou principalmente dentro da ilha; lá as camadas horizontais de rochas superpostas, chamadas *trapps* em língua escandinava, as faixas traquíticas, as erupções de basalto, calcário, todos os conglomerados vulcânicos, as correntes de lava e pórfiro em fusão formaram uma região de horror sobrenatural. Então, duvidava muito pouco do espetáculo que nos esperava na península do Sneffels, onde os desgastes de uma natureza fogosa formam um formidável caos.

Duas horas depois de deixar Reykjavik, chegamos à vila de Gufunes, chamada *Aoalkirkja* ou igreja principal. Não oferecia nada digno de nota. Apenas algumas casas. Não se comparava a um vilarejo da Alemanha.

Hans lá parou por cerca de meia hora. Participou da nossa refeição frugal, respondeu com sim ou com não às perguntas do meu tio sobre a natureza da estrada, e quando lhe perguntaram em que lugar ele pensava passar a noite:

– *Gardär* – disse tão somente.

Consultei o mapa para saber o que era *Gardär*. Vi uma aldeia com esse nome às margens do Hvalfjörd, a trinta e dois quilômetros de Reykjavik. Mostrei-a a meu tio.

– Só trinta e dois quilômetros! – disse ele. – Trinta e dois quilômetros em cento e setenta e seis! Que lindo passeio.

Ele quis fazer uma observação ao guia, que, sem lhe responder, retomou a frente dos cavalos e se pôs a caminho.

Três horas depois, ainda pisando o capim desbotado das pastagens, foi preciso contornar o Kollafjörd, desvio mais fácil e menos comprido do que a travessia desse golfo. Logo entramos num *pingstaoer*, local de jurisdição comunal, chamado Ejulberg, e cujo campanário teria batido meio-dia, se as igrejas islandesas fossem ricas o bastante para possuir um relógio; mas se parecem muito com os seus paroquianos, que não têm relógios, e que passam muito bem sem eles.

Lá, os cavalos se refrescaram; depois, passando por uma praia espremida entre uma cadeia de colinas e o mar, eles nos levaram num átimo à *Aoalkirkja* de Brantär, e, oito quilômetros mais a frente, à *Saurböer Annexia*, igreja anexa, situada na margem meridional do Hvalfjörd.

Eram então quatro horas da tarde; havíamos percorrido trinta e dois quilômetros.

Naquele trecho, o fiorde tinha no mínimo quatro quilômetros de largura; as ondas quebravam com estardalhaço nas rochas agudas; aquele golfo se alargava entre muralhas de rochedos, um tipo de escarpa com o topo a mil metros de altura e notável pelas suas camadas escuras que separavam os leitos de calcário por uma nuança avermelhada. Por mais inteligentes que fossem os nossos cavalos, eu não previa nada de agradável na travessia de um verdadeiro braço de mar sobre o lombo de um quadrúpede.

"Se forem inteligentes", pensei, "não tentarão passar. Mesmo assim, encarrego-me de ser inteligente por eles."

Mas o meu tio não queria esperar. Esporeou o cavalo para a praia. A montaria farejou a última arrebentação das ondas e parou. Meu tio, que tinha lá o seu instinto, forçou-a a seguir em frente. Nova recusa do animal, que balançou a cabeça. Então palavrões e chicotadas, o animal deu coices e começou a tentar derrubar o seu cavaleiro. Enfim, o pequeno cavalo, dobrando as patas traseiras, saiu de entre as pernas do professor e o deixou completamente plantado sobre duas pedras da praia, como o colosso de Rodes.

– Ah! Maldito animal! – exclamou o cavaleiro, subitamente transformado em pedestre e envergonhado como um oficial da cavalaria que fosse rebaixado.

– *Färja* – disse o guia, tocando-lhe o ombro.

– Quê? Uma balsa?

– *Der* – respondeu Hans, mostrando um barco.

– Sim – exclamei –, há uma balsa.

– Por que não disse logo? Vamos lá!

– *Tidvatten* – retomou o guia.

– O que ele disse?

– Disse maré – respondeu meu tio, traduzindo a palavra dinamarquesa.

– Então é preciso esperar a maré?

– *Förbida?* – perguntou meu tio.

– *Já* – respondeu Hans.

Meu tio bateu o pé, enquanto os cavalos se dirigiam para a balsa.

Entendi perfeitamente a necessidade de esperar o momento da maré para fazer a travessia do fiorde, aquele em que o mar, tendo chegado à sua maior altura, fica estável. Então o fluxo e o refluxo não têm nenhuma ação sensível, e a balsa não corre o risco de ser levada, seja para o fundo do golfo, seja para o meio do oceano.

O momento favorável só chegou depois das seis horas da tarde: meu tio, eu e o guia, dois passantes e os quatro cavalos, havíamos tomado lugar numa espécie de balsa plana bastante frágil. Como estava habituado aos barcos a vapor do Elba, achei os remos dos barqueiros pobres engenhos mecânicos. Foi preciso mais de uma hora para atravessar o fiorde; mas, enfim, a passagem foi feita sem acidentes.

Meia hora depois, chegamos à *Aoalkirkja* de *Gardär*.

Capítulo XIII

Devia ser noite, mas no paralelo sessenta e cinco a claridade noturna das regiões polares não devia surpreender-me; na Islândia, durante os meses de junho e julho, o sol não se põe.

No entanto, a temperatura havia caído. Eu estava com frio e, principalmente, com fome. Bendito *boër* que abriu a porta hospitaleiramente para nos receber.

Era a casa de um camponês, mas em termos de hospitalidade valia tanto quanto a de um rei. À nossa chegada, o dono veio estender-nos a mão, e, sem mais cerimônias, fez-nos sinal para que o seguíssemos.

Segui-lo, é claro, porque acompanhá-lo seria impossível. Uma passagem comprida, estreita e escura dava acesso àquela casa construída com vigas grossas e permitia chegar a cada um dos cômodos. Eram quatro: a cozinha, a oficina de tecelagem, a *badstofa* – dormitório da família – e, o melhor de todos, o quarto dos hóspedes. Meu tio, em cuja altura não haviam pensado ao construir a casa, bateu três ou quatro vezes a cabeça nas saliências do teto.

Fomos introduzidos em nosso quarto, espécie de grande sala com chão de terra batida e iluminada por uma janela cujos vitrais eram feitos de membranas de carneiro muito pouco transparentes. As camas eram feitas de forragem seca, lançada em dois estrados de madeira pintada de vermelho e decorados com provérbios islandeses. Eu não esperava aquele conforto; mas naquela casa reinava um forte odor de peixe seco, de carne moída e de leite azedo que me fazia muito mal ao nariz.

Quando pusemos de lado os nossos arreios, ouvimos a voz do anfitrião que nos convidava a ir para a cozinha, único cômodo onde havia fogo, mesmo nas épocas mais frias.

Meu tio apressou-se a obedecer àquela amigável convocação. Eu o segui.

A lareira da cozinha era de um modelo antigo; no meio do cômodo, uma pedra fazia as vezes de fogão; no teto, um buraco pelo qual saía a fumaça. A cozinha servia também de sala de jantar.

À nossa entrada, o anfitrião, como se ainda não nos tivesse visto, cumprimentou-nos com a palavra *saellvertu*, que significa "seja feliz", e veio beijar-nos no rosto.

A sua mulher, depois dele, pronunciou as mesmas palavras, acompanhadas do mesmo cerimonial; em seguida, os dois esposos, pondo a mão direita no coração, inclinaram-se profundamente.

Apresso-me a dizer que a islandesa era mãe de dezenove filhos, todos, grandes e pequenos, agitando-se numa algazarra em meio aos rolos de fumaça que o fogão soltava por todo o cômodo. Toda hora eu via uma cabecinha loira e um pouco melancólica sair daquela balbúrdia. Parecia uma guirlanda de anjos mal lavados.

Meu tio e eu fomos muito bem acolhidos por aquela "ninhada"; logo havia três ou quatro meninos em nossos ombros, bem como nos joelhos e o resto entre as pernas. Os que falavam repetiam *saellvertu* em todos os tons imagináveis. Os que não falavam, gritavam ainda mais alto.

O concerto foi interrompido pelo anúncio da refeição. Nesse momento, entrou o caçador, que acabava de dar de comer aos cavalos, ou seja, acabava de soltá-los nos campos; os pobres animais tinham que se contentar com os poucos musgos dos rochedos e alguns fungos pouco nutritivos, e no dia seguinte não deixariam de vir por si mesmos retomar o trabalho da véspera.

– *Saellvertu* – disse Hans.

Depois, com mais tranquilidade, automaticamente, sem que nenhum beijo fosse mais acentuado do que outro, abraçou o hospedeiro, a hospedeira e os seus dezenove filhos.

Terminada a cerimônia, vinte e quatro pessoas foram para a mesa, e, por conseguinte, umas sobre as outras, literalmente. Os mais privilegiados tinham apenas dois garotos sobre os joelhos.

No entanto, fez-se silêncio naquele pequeno mundo à chegada da sopa, e a melancolia natural, mesmo nos garotos islandeses, voltou a imperar. O anfitrião nos serviu uma sopa de liquens bem saborosa, em seguida uma enorme porção de peixe seco nadando na manteiga azeda de vinte anos, e, portanto, preferível à manteiga fresca, segundo as ideias gastronômicas da Islândia. Havia junto com aquilo *skyr,* espécie de coalhada, acompanhada de biscoito regado com suco de caroços de zimbro; enfim, para beber, soro de leite misturado com água, chamado *blanda* na região. Se aquela estranha comida era boa ou não, eu não sei avaliar. Estava com fome, e, na sobremesa, engoli até a última bocada uma grossa papa de trigo sarraceno.

Terminada a refeição, as crianças desapareceram; os adultos cercaram o fogão onde se queimava carvão, estevas, estrume de vaca e ossos de peixe secos. Em seguida, depois daquela "sessão de calor", os diversos grupos voltaram para os seus respectivos quartos. A hospedeira, como de costume, ofereceu-se para tirar-nos as meias e as calças; mas, depois de uma amabilíssima recusa da nossa parte, ela não insistiu, e eu pude, finalmente, recolher-me à minha cama de capim.

No dia seguinte, às cinco horas, dávamos os nossos adeus ao camponês islandês; foi a duras penas que o meu tio fez com que ele aceitasse uma remuneração conveniente, e Hans deu o sinal de partida.

A cem passos de *Gardär*, o terreno começou a mudar de aspecto; o chão ficou pantanoso e menos favorável à marcha. À direita, a série de montanhas se prolongava indefinidamente como um imenso sistema de fortificações naturais, cujo lado externo seguíamos; muitas vezes surgiam riachos que tinham que ser atravessados a pé e sem molhar demais as bagagens.

O deserto ficava cada vez mais profundo; por vezes, entretanto, uma sombra humana parecia fugir ao longe; se os desvios da estrada nos aproximavam inopinadamente de um daqueles espectros, eu, em compensação, sentia um repentino mal-estar ao ver uma cabeça inchada, de pele lustrosa, desprovida de cabelos e com feridas repugnantes que apareciam pelos buracos dos miseráveis trapos.

A infeliz criatura não vinha estender a mão deformada; na verdade, escondia-se, mas tão rápido que Hans não a podia saudar com o *saellvertu* habitual.

– *Spetelsk* – dizia ele.

– Um leproso! – repetia meu tio.

E aquela simples palavra produzia o seu efeito repulsivo. Essa horrível afecção, a lepra, é muito comum na Islândia. Não é contagiosa, mas sim hereditária, por isso esses miseráveis não podem casar-se.

Aquelas aparições naturalmente não alegravam a paisagem que se tornava profundamente triste; os últimos tufos de vegetação vinham morrer aos nossos pés. Nenhuma árvore, apenas alguns buquês de bétulas anãs parecidas com espinheiros. Nenhum animal, apenas alguns cavalos, aqueles cujo dono não podia alimentá-los e que erravam nas planícies lúgubres. Às vezes, um falcão planava nas nuvens cinzentas e se apressava batendo as asas rumo às regiões meridionais; deixava-me invadir pela melancolia daquela natureza selvagem, e as minhas lembranças me levavam de volta à minha terra natal.

Logo foi preciso atravessar vários fiordes pequenos sem importância, e, enfim, um verdadeiro golfo; a maré, então estável, permitiu-nos atravessar depressa e chegar à pequena aldeia de Alfanes, situada oito quilômetros à frente.

À noite, depois de atravessar a pé dois riachos ricos em trutas e em lúcios, o Alfa e o Heta, fomos obrigados a passar a noite numa cabana abandonada, digna de ser assombrada por todos os duendes da mitologia escandinava; com certeza o gênio do frio nela morava, e aprontou das suas durante a noite.

No dia seguinte não aconteceu nada digno de nota. O mesmo solo pantanoso, a mesma uniformidade, a mesma fisionomia triste. À noite, havíamos transposto metade da distância a percorrer, e dormimos na *Annexia* de Krösolbt.

Em 19 de junho, durante cerca de oito quilômetros, um terreno de lava se estendia aos nossos pés; essa disposição do solo é chamada *hraun* no país; a lava enrugada na superfície tinha a forma de cabos ora esticados, ora enrolados sobre si mesmos; um imenso fluxo descia das montanhas vizinhas, vulcões atualmente extintos, mas cujas marcas atestavam a violência sofrida. Algumas fumaças de mananciais quentes apareciam aqui e ali.

Faltava-nos tempo para observar esses fenômenos; tínhamos que andar. Logo o solo pantanoso reapareceu sob os pés das nossas montarias; pequenos lagos o entremeavam. Agora, a nossa direção era o oeste; havíamos realmente contornado a grande baía de Faxa, e o duplo cume branco do Sneffels se erguia nas nuvens a menos de quarenta quilômetros.

Os cavalos andavam bem; as dificuldades do solo não os detinham; quanto a mim, eu estava começando a ficar bastante cansado; o meu tio permanecia firme e ereto como no primeiro dia; não podia impedir-me de admirá-lo, bem como ao caçador, que via aquela expedição como um simples passeio.

No sábado, dia 20 de junho, às seis horas da tarde, chegamos a Büdir, pequena aldeia à beira-mar, e o guia reclamou a paga combinada. O meu tio acertou tudo com ele. Foi a própria família de Hans, ou seja, os seus tios e primos, que nos ofereceu hospitalidade; fomos bem recebidos e, sem abusar da bondade daquela brava gente, eu bem que me teria refeito dos cansaços da viagem ali mesmo. Mas meu tio, que não tinha nada a refazer, não via a coisa desse jeito, e no dia seguinte tivemos que montar de novo os nossos pobres animais.

O solo se ressentia da proximidade da montanha cujas raízes de granito saíam do chão, como as de um velho carvalho. Contornamos a imensa base do vulcão. O professor não o perdia de vista; gesticulava, parecia desafiá-lo e dizer: "Então é esse o gigante que vou domar!" Enfim, depois de quatro horas de marcha, os cavalos pararam por si mesmos na porta do presbitério de Stapi.

Capítulo XIV

Stapi é uma aldeiazinha formada por umas trinta choupanas, e construída em plena lava sob os raios do sol refletidos pelo vulcão. Estende-se ao fundo de um pequeno fiorde encravado numa muralha basáltica, de aspecto estranhíssimo.

Todos sabem que o basalto é uma rocha escura de origem ígnea. Apresenta formas regulares que surpreendem pela disposição. Aqui a natureza age geometricamente e trabalha à moda humana, como se tivesse usado o esquadro, o compasso e o fio de prumo. Se em todos os outros lugares ele faz arte com as suas grandes massas lançadas desordenadamente, os seus cumes mal esboçados, as suas pirâmides imperfeitas, com a curiosa sucessão das suas linhas, aqui, querendo dar o exemplo da regularidade, e precedendo os arquitetos das primeiras eras, ela criou uma ordem rígida, que nem os esplendores da Babilônia nem as maravilhas da Grécia jamais superaram.

Já tinha ouvido falar muito da Calçada dos Gigantes na Irlanda, e da Gruta de Fingal numa das ilhas Hébridas, mas o espetáculo de uma substrução basáltica ainda não me havia sido oferecido aos olhos.

E ali em Stapi esse fenômeno se dava em toda a sua beleza.

A muralha do fiorde, como todo o litoral da península, era composta de uma sequência de colunas verticais, com dez metros de altura. Aquelas hastes retas e de proporção perfeita sustentavam uma moldura de colunas horizontais cuja concavidade formava meia abóbada acima do mar. A certos intervalos, e sob aquela calha natural, era possível perceber aberturas ogivais de um traçado admirável, através das quais as ondas do mar vinham arrebentar, espumando. Alguns pedaços de basalto, arrancados pela fúria do oceano, espalhavam-se no solo como as ruínas de um templo antigo, ruínas eternamente jovens, sobre as quais os séculos passavam sem danificá-las.

Era essa a última etapa da nossa viagem terrestre. Hans nos havia levado para lá com inteligência, e eu me tranquilizava um pouco, achando que ele continuaria a nos acompanhar.

Chegando à porta da casa do pároco, uma simples cabana, nem mais bela nem mais confortável do que as suas vizinhas, vi um homem ferrando um cavalo, com o martelo na mão, e o avental de couro na cintura.

– *Saellvertu* – disse-lhe o caçador.

– *God dag* – respondeu, no seu dinamarquês perfeito.

– *Kyrkoherde* – disse Hans, voltando-se para meu tio.

– O pároco! – repetiu este último. – Parece, Axel, que esse valente homem é o pároco.

Enquanto isso, o guia punha o *kyrkoherde* a par da situação; este, suspendendo o trabalho, deu uma espécie de grito com certeza usual entre cavalos e tropeiros, e logo uma enorme megera saiu da cabana. Se ela não media dois metros de altura, faltava pouco para isso.

Eu temia que ela viesse dar aos viajantes o beijo islandês, mas não aconteceu nada disso, e ela não demonstrou nem boa vontade em nos convidar a entrar na casa.

O quarto dos hóspedes me pareceu ser o pior do presbitério, estreito, sujo e infecto. Mas foi preciso contentar-se com ele. O pároco não parecia praticar a velha hospitalidade. Longe disso. Antes do fim do dia, vi que estávamos lidando com um ferreiro, com um pescador, com um caçador, com um carpinteiro, e de forma alguma com um ministro do Senhor. É verdade que estávamos num dia da semana. Talvez se recuperasse no domingo.

Não quero falar mal desses pobres clérigos que, no final das contas, são muito miseráveis; recebem do governo dinamarquês um tratamento ridículo e ganham um quarto do dízimo da sua paróquia, o que não dá sessenta marcos correntes.[6] Daí a necessidade de trabalhar para viver. Mas de tanto pescar, caçar, ferrar cavalos, acaba-se por tomar as maneiras, o tom e os hábitos dos caçadores, dos pescadores e de outras pessoas um pouco rudes. Na mesma noite, percebi que o nosso hospedeiro não tinha a sobriedade entre as suas virtudes.

Meu tio compreendeu logo com que tipo de homem estava lidando. Em vez de um corajoso e digno cientista, ele via um camponês pesado e grosseiro. Resolveu, portanto, começar o mais cedo possível a sua grande expedição e deixar aquele cura pouco hospitaleiro. Não se importou com o cansaço e decidiu passar alguns dias na montanha.

Assim sendo, os preparativos para a partida foram feitos no dia seguinte à nossa chegada a Stapi. Hans contratou o serviço de três islandeses para substituir os cavalos no transporte das bagagens; mas, uma vez chegados ao fundo da cratera, aqueles nativos deveriam voltar e deixar-nos

6. Moeda de Hamburgo, cerca de 90 francos. (N. A.)

entregues à nossa própria sorte. Este ponto ficou totalmente acertado.

Naquele momento, meu tio teve que dizer ao caçador que a sua intenção era continuar fazendo o reconhecimento do vulcão até os últimos limites.

Hans limitou-se a inclinar a cabeça. Ir para lá ou a qualquer outro lugar, meter-se nas entranhas da sua ilha ou percorrê-la, no seu entender não fazia a menor diferença. Quanto a mim, distraído até então pelos incidentes da viagem, esquecera-me um pouco do futuro, mas agora eu sentia a aflição tomar conta de mim. Que fazer? A resistência ao professor Lidenbrock deveria ter sido efetuada em Hamburgo e não ao pé do Sneffels.

Uma ideia, entre outras, incomodava-me muito, ideia assustadora e feita para abalar nervos menos sensíveis do que os meus.

"Vejamos", pensava eu, "vamos escalar o Sneffels. Visitaremos a cratera. Tudo bem. Outros o fizeram e não morreram. Mas isso não é tudo. Se houver um caminho para descer às entranhas do solo, se esse malfadado Saknussemm falou a verdade, nos perderemos no meio das galerias subterrâneas do vulcão. Ora, quem garante que o Sneffels está extinto?! Quem pode provar que não se prepara uma erupção? Do fato de esse monstro estar dormindo desde 1229 se deve deduzir que não pode despertar? E se despertar, o que será de nós?"

Aquilo dava o que pensar, e eu pensava. Não conseguia dormir sem sonhar com erupções. Acontece que o papel de escória me parecia muito brutal para ser representado.

Enfim, não me contive mais, resolvi submeter o caso à apreciação de meu tio o mais rápido possível, e na forma de uma hipótese totalmente irrealizável.

Fui à procura dele. Participei-lhe os meus temores e me afastei para que ele explodisse à vontade.

– Estava pensando nisso – foi tudo o que respondeu.

Que significavam essas palavras? Ia, portanto, escutar a voz da razão? Pensava em suspender os seus projetos? Era muito bom para ser verdade.

Depois de alguns instantes de silêncio, durante os quais eu não ousava interrogá-lo, ele retomou, dizendo:

– Estava pensando nisso. Desde a nossa chegada a Stapi, tenho estado preocupado com o grave problema que você acaba de me apresentar, pois não podemos agir com imprudência.

– Não – respondi energicamente.

– Faz seiscentos anos que o Sneffels está mudo, mas pode falar. Ocorre que as erupções são sempre precedidas de fenômenos bem conhecidos. Portanto, interroguei os moradores da região, estudei o solo e posso dizer-lhe, Axel: não haverá erupção.

Diante de tal afirmação, fiquei sem ação e não consegui replicar.

– Você duvida das minhas palavras? – disse meu tio. – Muito bem, siga-me.

Obedeci mecanicamente. Quando saiu do presbitério, o professor pegou um caminho direto que, por uma abertura da muralha basáltica, se afastava do mar. Logo estávamos num campo liso, se é que podemos dar esse nome a uma pilha enorme de matérias vulcânicas. A região parecia esmagada por uma chuva de pedras imensas, *trapp*, basalto, granito e todas as rochas piroxênicas.

Eu via, aqui e ali, fumacinhas subindo no ar; aqueles vapores brancos, chamados *reykir* em língua islandesa, vinham de fontes termais e indicavam, pela sua violência, a atividade vulcânica do solo. Por isso fiquei desacorçoado quando meu tio me disse:

– Está vendo toda essa fumaça, Axel? Pois bem, ela prova que não precisamos temer os furores do vulcão!

– Como não?! – exclamei.

– Preste bastante atenção – retomou o professor. – Quando uma erupção está próxima, essas fumacinhas redobram a sua atividade para desaparecerem completamente no decorrer do fenômeno, pois não tendo a tensão necessária, os fluidos elásticos retomam o caminho das crateras em vez de escapar pelas fissuras da Terra. Portanto, se esses vapores se mantêm no seu estado habitual, se a energia deles não aumenta, e se você acrescentar a essa observação que o vento e a chuva não são substituídos pelo ar pesado e calmo, poderá afirmar que não há erupção iminente.

– Mas...

– Basta. Quando a ciência afirma, só nos resta calar.

Voltei ao presbitério de cabeça baixa. O meu tio me vencera com argumentos científicos. Mas eu ainda tinha uma esperança, já que, uma vez chegados ao fundo da cratera, seria impossível, dada a ausência de galerias, descer mais profundamente. E isso apesar de todos os Saknussemm do mundo.

Passei a noite seguinte tendo pesadelos com vulcões e com as profundezas da Terra, senti-me lançado nos espaços planetários na forma de rocha eruptiva.

No dia seguinte, 23 de junho, Hans nos esperava com os seus companheiros carregados de provisões, ferramentas e instrumentos. Dois arpões de ferro, dois fuzis, duas cartucheiras estavam reservadas para o meu tio e para mim. Hans, como homem precavido, acrescentara às nossas bagagens um cantil cheio que, junto com as nossas cabaças, garantiria água por oito dias.

Eram nove horas da manhã. O pároco e a sua enorme megera esperavam na frente da porta. Com certeza queriam dar-nos o adeus supremo do hospedeiro ao viajante. Mas aquele adeus tomou a inesperada forma de uma enorme conta, na qual estava incluído até o ar da residência pastoral, ouso dizer. O digno casal nos espoliava como um estalajadeiro suíço e cobrava um alto preço pela hospitalidade concedida.

Meu tio pagou sem pechinchar. Um homem que partia para o centro da Terra não se importava com alguns risdales.

Feito o acerto, Hans deu o sinal da partida, e alguns instantes depois havíamos deixado Stapi.

Capítulo XV

O Sneffels tem mil seiscentos e cinquenta metros de altura. O seu cume duplo forma uma faixa traquítica que se destaca das outras montanhas da ilha. Do nosso ponto de partida não era possível ver os seus dois picos perfilarem-se contra o fundo cinzento do céu. Vislumbrava apenas um enorme boné de neve inclinado sobre a fronte do gigante.

Andávamos em fila, precedidos pelo caçador. Este subia estreitas trilhas onde duas pessoas não poderiam cruzar-se. Portanto, era quase impossível conversar.

Além da muralha basáltica do fiorde do Stapi, havia, primeiro, um solo de carvão vegetal e fibroso, resíduo da antiga vegetação de pântanos da península; a massa desse combustível ainda inexplorado bastaria para aquecer toda a população da Irlanda durante um século; aquela vasta carvoaria, medida do fundo de certos barrancos, tinha muitas vezes vinte e três metros de altura e apresentava camadas sucessivas de detritos carbonizados, separadas por lâminas de calcário poroso.

Como legítimo sobrinho do professor Lidenbrock e apesar das minhas preocupações, observei com interesse as curiosidades mineralógicas expostas naquele amplo laboratório de história natural; ao mesmo tempo, refazia na mente toda a história geológica da Islândia.

Aquela ilha, tão curiosa, com certeza saiu do fundo das águas numa época relativamente moderna. Talvez ainda hoje ela se erga por um movimento imperceptível. Se for isso mesmo, só podemos atribuir a sua origem à ação dos fogos subterrâneos. Nesse caso, portanto, a teoria de Humphry Davy, o documento de Saknussemm, as pretensões do meu tio, tudo viraria fumaça. Essa hipótese me levou a examinar com atenção a natureza do solo, e logo me dei conta da sucessão dos fenômenos que presidiram à sua formação.

A Islândia, privada de qualquer terreno sedimentar, compõe-se apenas de tufo vulcânico, isto é, de um aglomerado de pedras e rochas de textura porosa. Antes da existência dos vulcões, era feita de um maciço de *trapps*, levemente erguido acima das ondas pelo impulso das forças centrais. Os fogos internos ainda não haviam irrompido para fora.

Porém, mais tarde, uma ampla fenda se abriu na diagonal do sudoeste ao nordeste da ilha, pela qual se expandiu toda a massa traquítica. O fenômeno se dava, então, sem violência; a passagem era enorme, e as matérias fundidas, rejeitadas pelas entranhas da Terra, se estenderam aos poucos em vastos lençóis ou em massas onduladas. Naquela época, surgiram os feldspatos, os sienitos e os pórfiros.

Mas, graças a essa expansão, a espessura da ilha aumentou consideravelmente, e, por conseguinte, a sua força de resistência. É possível imaginar a quantidade de fluidos elásticos que se armazenou dentro dela quando não oferecia mais nenhuma passagem, depois do resfriamento da crosta traquítica. Portanto, chegou um momento em que a potência mecânica dos gases foi tamanha que estes levantaram a pesada crosta e escavaram altas chaminés. Daí o surgimento do vulcão, feito pela elevação da crosta, e da cratera repentinamente aberta no cume do vulcão.

Depois dos fenômenos eruptivos, aconteceram os fenômenos vulcânicos. Pelas aberturas recém-formadas saíram, primeiro, as matérias basálticas, e a planície que atravessávamos nos oferecia aos olhos os mais maravilhosos espécimes. Andávamos sobre aquelas rochas pesadas, de um cinza escuro, moldadas em prismas de base hexagonal pelo resfriamento. Ao longe se viam inúmeros cones achatados, que outrora foram outros tantos vulcões.

Em seguida, uma vez esgotada a erupção basáltica, o vulcão, cuja potência foi aumentada pela força das crateras extintas, deu passagem às lavas e aos tufos de cinzas e de escórias cujas longas correntes espalhadas sobre as encostas pareciam uma enorme cabeleira.

Tal foi a sucessão de fenômenos que formaram a Islândia; todos provinham dos fogos internos, e supor que a massa interna não ficava num estado permanente de incandescência líquida seria uma loucura. Loucura ainda maior era pretender chegar ao centro da Terra!

Mas, caminhando rumo à conquista do Sneffels, eu me tranquilizava quanto ao resultado da nossa empresa.

O caminho ficava cada vez mais difícil; o solo se erguia; os fragmentos de rochas se abalavam e era necessária a mais escrupulosa atenção para evitar quedas perigosas.

Hans avançava tranquilamente como num terreno uniforme; às vezes, desaparecia atrás dos grandes blocos, e, por momentos, nós o perdíamos de vista; então um assobio agudo, que lhe escapava dos lábios, indicava a direção a seguir. Muitas vezes também parava, pegava alguns fragmentos de rochas, dispunha-os de modo identificável, e formava, assim, balizas destinadas a indicar a volta. Precaução boa, mas que os acontecimentos futuros tornaram inútil.

Três cansativas horas de caminhada nos haviam levado tão somente à base da montanha. Lá, Hans fez um sinal para pararmos, e uma refeição sumária foi dividida entre todos. O meu tio comia porções em dobro para ir mais rápido. Só que aquela pausa para a refeição, sendo também uma pausa para descanso, dependia da boa vontade do guia, que deu o sinal de partida uma hora depois. Os três islandeses, tão taciturnos quanto o seu colega caçador, não pronunciaram uma só palavra e comeram sobriamente.

Começávamos agora a escalar as encostas do Sneffels. O seu topo nevado, por uma ilusão de ótica comum nas montanhas, parecia-me muito perto, mas quantas horas foram necessárias para atingi-lo! Quanto cansaço, principalmente! As pedras, que não se ligavam por nenhum cimento de terra, nenhuma erva, rolavam sob os nossos pés e iam perder-se na planície com a rapidez de uma avalanche.

Em alguns lugares, as encostas do monte formavam com o horizonte um ângulo de, no mínimo, trinta e seis graus; era impossível escalá-las, e aquelas rampas pedregosas tinham que ser contornadas a duras penas. Prestamo-nos então um auxílio mútuo com a ajuda dos nossos bastões.

Devo dizer que o meu tio ficava perto de mim o máximo possível; não me perdia de vista, e, várias vezes, o seu braço me forneceu um sólido apoio. Quanto a ele, possuía sem dúvida o senso inato do equilíbrio, pois não dava nenhum passo em falso. Os islandeses, apesar de carregados, subiam com agilidade de montanheses.

Ao ver a altura do topo do Sneffels, parecia-me impossível conseguir atingi-lo daquele lado, se o ângulo de inclinação das encostas não diminuísse. Felizmente, após uma hora de cansaço e de proezas, no meio do vasto tapete de neve desenrolado no topo do vulcão, de repente apareceu uma espécie de escada, o que facilitou a subida. Era formada por uma dessas torrentes de pedras lançadas pelas erupções, e cujo nome islandês é *stinâ*. Se aquela torrente não tivesse sido detida na sua queda pela disposição dos sopés da montanha, teria caído no mar e formado novas ilhas.

Tal como estava, a escada nos foi de muita serventia. A inclinação das encostas aumentava, mas os degraus de pedra permitiam escalá-las facilmente, e até mesmo tão rápido que, tendo ficado um momento para trás enquanto os meus companheiros continuavam a subir, os vislumbrei a distância já reduzidos a uma dimensão microscópica.

Às sete horas da noite, havíamos subido os dois mil degraus da escada, e ocupávamos uma excrescência da montanha, espécie de base na qual se apoiava o cone da cratera propriamente dito.

O mar ficava a mil e sessenta metros. Havíamos ultrapassado o limite das neves perpétuas, muito pouco elevadas na Islândia devido à constante umidade do clima. Fazia um frio violento. O vento soprava com força. Eu estava esgotado. O professor viu que as minhas pernas não queriam contribuir, e então, apesar da sua impaciência, decidiu parar. Acenou para o caçador, que balançou a cabeça, dizendo:

– *Ofvanför*.

– Parece que precisamos subir mais um pouco – disse meu tio.

Depois, perguntou a Hans o motivo da sua resposta.

– *Mistour* – respondeu o guia.

– *Já, mistour* – repetiu um dos islandeses com um tom bastante amedrontado.

– Que significa essa palavra? – perguntei com inquietação.

– Olhe – disse meu tio.

Olhei para a planície. Uma imensa coluna de pedras-pomes pulverizadas, areia e poeira se erguia, rodopiando como um furacão. O vento a comprimia contra a encosta do Sneffels, onde estávamos agarrados. Aquela cortina opaca estendida diante do sol produzia uma grande sombra que se lançava sobre a montanha. Se aquele furacão se inclinasse, inevitavelmente nos envolveria no seu turbilhão. Aquele fenômeno, bastante frequente quando o vento sopra naquelas geleiras, se chama *mistour* na língua islandesa.

– *Hastigt, hastigt* – exclamou o nosso guia.

Sem saber dinamarquês, entendi que era preciso seguir Hans o mais rápido possível. Este começou a contornar o cone da cratera, mas de modo enviesado, para facilitar a caminhada. Logo o furacão se abateu sobre a montanha, que estremeceu com o choque; as pedras capturadas nos redemoinhos do vento voaram em chuva como numa erupção. Felizmente, estávamos na vertente oposta e ao abrigo de qualquer perigo. Sem a precaução do guia, os nossos corpos retalhados, reduzidos a poeira, teriam caído ao longe como o produto de algum meteoro desconhecido.

Mas Hans não julgou prudente passar a noite nas encostas do cone. Continuamos a subir em ziguezague; os quinhentos metros que faltavam ultrapassar levaram quase cinco horas; os desvios, os contratempos tinham no mínimo doze quilômetros. Eu não aguentava mais; sucumbia ao frio e à fome. O ar, um pouco rarefeito, não era suficiente para o ritmo dos meus pulmões.

Finalmente, às onze horas da noite, em plena escuridão, o cume do Sneffels foi atingido, e, antes de ir abrigar-me dentro da cratera, tive tempo de vislumbrar "o sol da meia-noite" no ponto mais baixo da sua trajetória, projetando os seus pálidos raios sobre a ilha adormecida aos meus pés.

Capítulo XVI

A ceia foi rapidamente devorada e a pequena tropa se acomodou como pôde. A cama era dura, o abrigo pouco sólido, a situação muito sofrível, a mil seiscentos e cinquenta metros acima do nível do mar. Mas o meu sono foi particularmente tranquilo durante aquela noite, um dos melhores que tivera havia muito tempo. Nem cheguei a sonhar.

No dia seguinte, acordamos meio gelados por um vento cortante, sob os raios de um lindo sol. Saí da cama de granito e fui gozar do magnífico espetáculo que se apresentava aos meus olhos.

Eu ocupava o topo de um dos dois picos do Sneffels, o do sul. Dali, via a maior parte da ilha. A ótica, comum a todas as grandes altitudes, destacava os contornos, enquanto as partes centrais pareciam afundar. Parecia que um desses mapas em relevo de Helbesmer se estendia aos meus pés. Via os vales profundos cruzarem-se em todos os sentidos, os precipícios abrirem-se como poços, lagos transformarem-se em charcos, rios virarem regatos. À minha direita se sucediam as inúmeras geleiras e os múltiplos picos, alguns dos quais se recobriam de nuvens passageiras. As ondulações daquelas montanhas infinitas, que as suas camadas de neve pareciam tornar espumantes, lembravam-me a superfície de um mar agitado. Se eu virasse para oeste, via o oceano em sua majestosa extensão, como uma continuação daqueles cumes que pareciam carneiros. O olho mal distinguia onde terminava a terra, onde começavam as ondas.

Mergulhei, assim, naquele primoroso êxtase que os altos cumes dão, e dessa vez sem vertigens, pois finalmente me acostumava com aquelas sublimes contemplações. Os meus olhos fascinados nadavam na transparente irradiação dos raios solares. Esquecia-me de quem era, de onde estava, para viver a vida dos elfos ou das sílfides, habitantes imaginários da mitologia escandinava. Embriagava-me com a voluptuosidade das altitudes, sem pensar nos abismos onde a minha sina ia atirar-me. Mas fui levado de volta à realidade pela chegada do professor e de Hans, que se juntaram a mim no topo do pico.

Meu tio, virando-se para oeste, indicou-me com a mão um leve vapor, uma bruma, algo que parecia com terra e acompanhava a linha das ondas.

– A Groenlândia – disse ele.

– A Groenlândia?! – exclamei.

– Sim, estamos a cento e quarenta quilômetros dela, e durante os degelos os ursos-brancos vêm à Islândia, levados pelos pedaços do gelo do norte. Mas pouco importa. Estamos no topo do Sneffels, e eis dois picos, um ao sul, o outro ao norte. Hans vai nos dizer que nome os islandeses dão àquele em que estamos.

Feita a pergunta, o caçador respondeu:

– *Scartaris*.

Meu tio olhou para mim, triunfante.

– À cratera! – disse ele.

A cratera do Sneffels parecia um cone invertido cujo orifício podia ter cerca de setecentos metros de diâmetro. Eu calculava a sua profundidade em cerca de seiscentos e cinquenta metros. Imagine-se o estado de semelhante recipiente quando ele se enchia de trovões e de chamas. O fundo do funil não devia ter mais do que cento e sessenta metros de circunferência, de modo que as suas encostas bastante suaves permitiam chegar facilmente à parte inferior. Sem querer, eu comparava aquela cratera com a boca de um enorme bacamarte, e a comparação me espantava.

"Descer num bacamarte", pensava eu, "quando pode estar carregado e disparar ao menor choque, é coisa de malucos."

Mas eu não podia recuar. Hans, indiferente, retomou a frente da tropa. Eu o segui sem dizer palavra.

A fim de facilitar a descida, Hans descrevia elipses muito alongadas dentro do cone. Era preciso andar no meio das rochas eruptivas, e algumas, abaladas nas suas bases, caíam aos pulos até o fundo do abismo. A sua queda provocava repercussões de ecos de estranha sonoridade.

Algumas partes do cone formavam geleiras internas. Hans então só avançava com extrema precaução, sondando o solo com o arpão de ferro para descobrir-lhe as fraturas. Em algumas passagens duvidosas, foi preciso atar-nos com uma corda comprida, para que aquele que escorregasse de repente fosse seguro pelos companheiros. Essa solidariedade era uma atitude prudente, mas não excluía todos os perigos. Mas, e apesar das dificuldades da descida sobre as encostas que o guia não conhecia, o caminho foi traçado sem acidentes, exceto a queda de um fardo de cordas que escapou das mãos de um islandês e foi pelo caminho mais curto parar no fundo do abismo.

Chegamos ao meio-dia. Levantei a cabeça e vi o orifício superior do cone, no qual se enquadrava um pedaço de céu de uma circunferência muito reduzida, mas quase perfeita. Só não se fechava num ponto: era o pico do Scartaris, que afundava na imensidão.

No fundo da cratera se abriam três chaminés pelas quais, no tempo das erupções do Sneffels, o fogo central expulsava as suas lavas e vapores. Cada chaminé tinha cerca de trinta metros de diâmetro. Estavam ali, escancaradas aos nossos pés. Não tive coragem de olhar. Já o professor havia feito um exame rápido da sua disposição; estava ofegante; corria de uma para outra, gesticulando e dizendo palavras incompreensíveis. Hans e os seus companheiros, sentados em pedaços de lavas, olhavam-no fazer aquilo. Com certeza o achavam louco.

De repente meu tio deu um grito. Achei que ele havia escorregado e caído num dos três golfos. Mas não. Vislumbrei-o, com os braços estendidos, as pernas separadas, de pé na frente de uma rocha de granito posta no centro da cratera, como um enorme pedestal feito para a estátua de um Plutão. Estava na pose de uma pessoa espantada, mas cujo espanto logo deu lugar a uma alegria insensata.

– Axel, Axel! – exclamou. – Venha! Venha!

Corri. Nem Hans nem os islandeses se mexeram.

– Olhe – disse-me o professor.

E, partilhando da sua estupefação, para não dizer da sua alegria, li na face ocidental do bloco, em caracteres rúnicos roídos pelo tempo, este nome mil vezes maldito:

– Arne Saknussemm! – exclamou meu tio. – Ainda tem dúvidas?

Não respondi, e voltei consternado ao meu banco de neve. A evidência me esmagava.

Quanto tempo fiquei assim mergulhado nas minhas reflexões, ignoro. Tudo o que sei é que levantando a cabeça vi o meu tio e Hans sozinhos no fundo da cratera. Os islandeses haviam sido dispensados e agora desciam os declives externos do Sneffels para voltar a Stapi.

Hans dormia tranquilamente ao pé de uma rocha, numa corrente de lava onde fizera uma cama improvisada; meu tio girava no fundo da cratera, como um animal selvagem no fosso de uma armadilha. Não tive nem vontade nem força para me levantar, e seguindo o exemplo do guia, entreguei-me a um doloroso torpor, achando que ouvia barulhos ou que sentia tremores nas encostas da montanha.

Dessa forma se passou a primeira noite no fundo da cratera.

No dia seguinte, um céu cinza, cheio de nuvens, carregado, se abateu sobre o topo do cone. Reparei nisso não tanto pela escuridão do golfo, mas pela raiva que tomou conta do meu tio.

Compreendi a razão disso, e um resto de esperança me voltou ao coração. Eis por quê.

Dos três caminhos abertos a nossos pés só um havia sido seguido por Saknussemm. No dizer do cientista islandês, dever-se-ia reconhecê-lo por aquela particularidade assinalada no criptograma, cujas beiradas a sombra do Scartaris acabava de acariciar nos últimos dias do mês de junho.

Realmente era possível considerar aquele pico pontiagudo como o ponteiro de um imenso relógio solar, cuja sombra num determinado dia marcava o caminho do centro da Terra.

Acontece que se não fizesse sol, não haveria sombra. Por conseguinte, nenhuma indicação. Estávamos no dia 25 de junho. E se o céu ficasse encoberto durante seis dias, seria preciso remeter a observação para um outro ano.

Me nego a descrever a impotente raiva do professor Lidenbrock. O dia se passou, e nenhuma sombra veio estender-se no fundo da cratera. Hans não mudou de lugar; devia, no entanto, estar se perguntando o que esperávamos, se é que ele se perguntava alguma coisa! O meu tio não me dirigiu uma única vez a palavra. Os seus olhos invariavelmente voltados para o céu perdiam-se na sua cor cinza e nebulosa.

No dia 26, nada ainda. Uma chuva misturada com neve caiu durante o dia todo. Hans construiu uma cabana com pedaços de lava. Gozei de certo prazer ao seguir com os olhos as milhares de cascatas que se formavam nas encostas do cone, e cujo barulho ensurdecedor aumentava a cada pedra que a água rebatia.

Meu tio não se continha mais. Aquilo irritaria até uma pessoa mais paciente, pois era o mesmo que morrer na praia.

Mas às grandes dores, o céu mistura sempre as grandes alegrias, e ele reservava ao professor Lidenbrock uma satisfação igual aos seus desesperadores aborrecimentos.

No dia seguinte o céu ainda ficou coberto; mas no domingo, 28 de junho, antepenúltimo dia do mês, com a mudança de lua veio a mudança de tempo. O sol derramou os seus raios como ondas na cratera. Cada montículo, cada rocha, cada pedra, cada aspereza tinha o seu quinhão do luminoso eflúvio e projetava instantaneamente a sua sombra no chão. Entre todas, a do Scartaris se desenhou como uma aguda aresta e se pôs a girar imperceptivelmente com o astro radioso.

O meu tio girava com ela.

Ao meio-dia, no seu período mais curto, ela veio lamber docemente a beirada da chaminé central.

– É por ali! – exclamou o professor. – É por ali que se vai para o centro da Terra! – acrescentou em dinamarquês.

Eu olhei para Hans.

– *Forüt!* – disse tranquilamente o guia.

– Em frente! – respondeu meu tio.

Era uma hora e treze minutos da madrugada.

Capítulo XVII

Começava a viagem propriamente dita. Até então os cansaços haviam triunfado sobre as dificuldades, agora estas iam realmente nascer sob os nossos pés.

Ainda não havia olhado para aquele poço insondável onde eu ia mergulhar. Chegara o momento. Ainda podia participar ativamente da coisa ou recusar-me a tentar. Mas tive vergonha de recuar na frente do caçador. Hans aceitava com tanta tranquilidade a aventura, com tanta indiferença, que corei à simples ideia de ser menos corajoso do que ele. Se estivesse sozinho, teria desfiado o rosário das desculpas; mas na presença do guia, calei-me. Uma das minhas lembranças voou para a minha linda virlandesa, e aproximei-me da chaminé central.

Acho que tinha trinta metros de diâmetro, ou cem metros de circunferência. Inclinei-me por cima de uma rocha que pendia sobre o buraco e olhei. Os meus cabelos se arrepiaram. A sensação de vazio tomou conta do meu ser. Senti o centro de gravidade deslocar-se em mim e a vertigem subir-me à cabeça como se eu estivesse ficando bêbado. Não existe nada mais chato do que a atração do abismo. Ia cair. Uma mão me segurou. A de Hans. Decididamente, eu não havia tido muitas "lições de abismo" na Frelsers-kirk de Copenhague.

No entanto, se tivesse olhado um pouco para dentro daquele poço, teria percebido a sua conformação. As paredes, quase perpendiculares, apresentavam inúmeras saliências que deviam facilitar a descida. Mas se não faltava a escada, faltava o corrimão. Uma corda atada ao orifício bastaria para nos sustentar, mas como desatá-la quando chegássemos à sua extremidade inferior?

Meu tio utilizou um método bem simples para resolver aquela dificuldade. Desenrolou uma corda da grossura do polegar e com cento e trinta metros de comprimento.

Primeiro, deixou-a desenrolar pela metade, depois a enrolou em torno de um bloco saliente de lava e jogou a outra metade no buraco. Assim todos nós podíamos descer, segurando na mão as duas metades da corda. Após descer sessenta metros, nada seria mais fácil do que recuperá-la, soltando uma ponta e puxando a outra. Depois, recomeçaríamos esse exercício *ad infinitum*.

– Agora – disse meu tio, depois de terminados esses preparativos –, cuidemos das bagagens. Elas serão divididas em três fardos, e cada um de nós porá um deles nas costas; quer dizer, refiro-me apenas aos objetos frágeis.

O audacioso professor com certeza não nos incluía nessa última categoria.

– Hans – retomou ele –, cuide dos utensílios e de uma parte dos víveres. Você, Axel, vai ficar com outra parte da comida e com uma parte das armas. Eu cuido do resto das provisões e dos instrumentos delicados.

– Mas e as roupas, esse monte de cordas e de escadas, quem vai descê-las? – disse eu.

– Descerão sozinhas.

– Como? – perguntei.

– Você vai ver.

Meu tio, como sempre, não hesitava em mandar. Por ordem dele, Hans juntou num só fardo os objetos não frágeis, e esse pacote, bem amarrado, foi simplesmente lançado no buraco.

Ouvi o barulho produzido pelo deslocamento das camadas do ar. O meu tio, pendurado no abismo, seguia satisfeito a descida das suas bagagens, e só se levantou quando as perdeu de vista.

– Bom – disse ele –, agora é com a gente.

Pergunto a qualquer homem de boa-fé se seria possível ouvir semelhantes palavras sem estremecer!

O professor pôs o fardo dos instrumentos nas costas; Hans pegou o das ferramentas, e eu o das armas. A descida começou na seguinte ordem: Hans, meu tio e eu. Foi feita num profundo silêncio, perturbado apenas pela queda dos pedaços de rocha no abismo.

Deixava-me escorregar, por assim dizer, apertando fortemente as duas cordas com uma das mãos, e enganchando-me com o arpão de ferro na outra. Só tinha um pensamento: temia que o ponto de apoio viesse a me faltar. Aquela corda me parecia muito frágil para sustentar o peso de três pessoas. Servia-me dela o mínimo possível, operando milagres de equilíbrio nas saliências de lava que o meu pé procurava pegar como uma mão.

Quando um daqueles degraus escorregadios se movia sob os pés de Hans, este dizia com a sua voz tranquila:

– *Gif akt!*

– Atenção! – repetia meu tio.

Depois de meia hora, havíamos chegado à superfície de uma rocha fortemente engastada na parede da chaminé.

Hans puxou a corda por uma das pontas e a outra subiu no ar; depois de ultrapassar o rochedo de cima, caiu tirando lascas de pedra e de lava, provocando uma espécie de chuva, ou melhor, de granizo muito perigoso.

Inclinando-me sobre o nosso estreito platô, notei que ainda não se via o fundo do buraco.

A manobra da corda recomeçou, e meia hora depois havíamos descido mais sessenta metros.

Não sei se durante tal descida algum fervoroso geólogo teria tentado estudar a natureza dos terrenos que o circundavam. Quanto a mim, nada disso me preocupava. Pliocênicos, miocênicos, eocênicos, cretáceos, jurássicos, triásicos, permianos, carboníferos, devonianos, silurianos ou primitivos pouco me importavam. Mas é claro que o professor fez as suas observações ou tomou notas, pois numa das paradas ele me disse:

– Quanto mais descemos, mais confiança tenho. A disposição desses terrenos vulcânicos dá total razão à teoria de Davy. Estamos em pleno solo primordial, solo onde se produziu a operação química dos metais inflamados ao contato com o ar e com a água. Rejeito totalmente o sistema de um calor central. Aliás, nós veremos isso.

Sempre a mesma conclusão. É compreensível que não me agradava discutir. O meu silêncio foi tomado por um assentimento, e a descida recomeçou.

Ao cabo de três horas, eu ainda não vislumbrava o fundo da chaminé. Quando levantava a cabeça, via o seu orifício diminuir cada vez mais. As paredes, devido a uma leve inclinação, tendiam a se aproximar. Aos poucos ia escurecendo.

No entanto, continuávamos descendo; parecia-me que as pedras que se soltavam das paredes eram engolidas com menos barulho e deviam chegar mais rápido ao fundo do abismo.

Como eu tivera o cuidado de contar todas as nossas manobras com a corda, pude calcular com precisão a profundeza atingida e o tempo gasto para tanto.

Tínhamos, então, repetido catorze vezes a manobra que durava meia hora. Eram, portanto, sete horas, mais catorze quartos para a hora de descanso ou três horas e meia. Ao todo, dez horas e meia. Havíamos partido à uma hora e naquele momento deviam ser onze horas.

Quanto à profundidade que havíamos atingido, aquelas catorze manobras com uma corda de sessenta metros davam ao todo oitocentos e quarenta metros.

Nesse momento, ouvimos a voz de Hans:

– *Halt!* – disse ele.

Parei bem na hora em que ia bater com os pés na cabeça do meu tio.

– Chegamos – disse este.

– Onde? – perguntei, deixando-me escorregar para perto dele.

– Ao fundo da chaminé perpendicular.

– Isso quer dizer que não há outra passagem?

– Há, sim, estou vendo uma espécie de corredor que se desvia para a direita. Veremos isso amanhã. Agora vamos comer e depois dormir.

A escuridão ainda não era total. Abrimos o saco de provisões, comemos e nos deitamos o melhor que pudemos numa cama de pedras e de pedaços de lava.

E quando, deitado de costas, abri os olhos, percebi um ponto brilhante no alto daquele tubo de mil metros de altura que se transformava numa luneta gigantesca.

Era uma estrela sem cintilação alguma e que, segundo os meus cálculos, devia ser Beta da Ursa Menor.

Depois, dormi um sono profundo.

Capítulo XVIII

Às oito horas da manhã, um raio do dia veio despertar-nos. As mil facetas da lava das paredes o recolhiam na sua passagem e o espalhavam como uma chuva de chamas.

Aquela luz era forte o suficiente para permitir distinguir os objetos ao redor.

– E então, Axel, o que diz? – exclamou meu tio, esfregando as mãos. – Já passou uma noite tão agradável na casa da Königstrasse? Sem barulho de carroças, sem gritos de feirantes, sem berros de barqueiros!

– Com certeza estamos bem tranquilos no fundo desse poço, mas até essa calma parece algo assustador.

– Mais essa! Se você já se assusta agora, o que acontecerá mais tarde? Ainda não entramos uma polegada sequer nas entranhas da Terra!

– O que quer dizer?

– Quero dizer que só atingimos o solo da ilha! Esse longo tubo vertical, que desemboca na cratera do Sneffels, termina perto do nível do mar.

– Tem certeza?

– Muita. Consulte o barômetro.

Realmente, o mercúrio, após haver baixado no instrumento à medida que descíamos, parou em setenta e seis metros.

– Está vendo – repetiu o professor. – Só temos a pressão de uma atmosfera, e não vejo a hora em que o manômetro venha substituir esse barômetro.

Aquele instrumento ia, de fato, tornar-se inútil, no momento em que o peso do ar ultrapassasse a sua pressão calculada no nível do oceano.

– Mas – disse eu – não corremos o risco de que essa pressão cada vez maior nos prejudique?

– Não. Desceremos lentamente, e os nossos pulmões se acostumarão a respirar uma atmosfera mais comprimida. Os aeronautas acabam ficando sem ar quando sobem às camadas superiores, e talvez soframos demais. Mas prefiro isso. Não percamos tempo. Onde está o pacote que lançamos dentro da montanha?

Então, lembrei-me de que não o havíamos encontrado na noite anterior. O meu tio interrogou Hans, que, depois de examinar atentamente com os seus olhos de caçador, respondeu:

– *Der huppe!*

– Lá em cima.

O pacote estava efetivamente pendurado numa saliência de rocha, cerca de trinta metros acima de nós. Logo o ágil islandês subiu como um gato, e, em alguns minutos, o fardo voltou a nós.

– Agora – disse meu tio –, comamos, mas comamos como pessoas que podem ter um longo caminho a percorrer.

O biscoito e a carne seca foram regados com alguns goles de água misturada com genebra.

Terminada a refeição, meu tio tirou do bolso uma caderneta destinada às observações; depois, pegou os seus diversos instrumentos e anotou os dados seguintes:

Segunda-feira, 1º de julho

Cronômetro: 8h17min da manhã.
Barômetro: 29 p. 7l.

Termômetro: 6º.
Direção: L.-S.-L.

A última observação se aplicava à galeria escura e foi indicada pela bússola.

– Agora, Axel – exclamou o professor com voz entusiasmada –, vamos realmente mergulhar nas entranhas do globo. Portanto, é chegado o momento preciso em que a nossa viagem começa.

Dito isso, meu tio pegou com uma das mãos o aparelho de Ruhmkorff pendurado em seu pescoço e, com a outra, ligou a corrente elétrica com a serpentina da lanterna, e uma luz bastante forte dissipou as trevas da galeria.

Hans trazia o segundo aparelho, que foi igualmente ativado. Essa engenhosa aplicação da eletricidade nos permitia caminhar por muito tempo, criando um dia artificial, mesmo no meio dos mais inflamáveis gases.

– Andando! – disse meu tio.

Cada um pegou o seu fardo. Hans se encarregou de empurrar adiante de si o pacote de cordas e roupas, e, comigo em terceiro, entramos na galeria.

No momento de mergulhar naquele corredor escuro, levantei a cabeça e vi pela última vez, pela abertura do imenso tubo, o céu da Islândia "que eu não devia rever".

A lava, na última erupção de 1229, abrira uma passagem através desse tubo. Atapetava o seu interior com uma camada espessa e brilhante; a luz elétrica nela se refletia, aumentando cem vezes a sua intensidade.

Toda a dificuldade do caminho consistia em não escorregar depressa demais sobre uma encosta a cerca de quarenta e cinco graus. Felizmente algumas erosões, alguns ressaltos funcionavam como degraus, e só tínhamos que descer deixando escorregar as bagagens, presas por uma corda comprida.

Mas o que eram degraus sob os nossos pés se tornavam estalactites nas outras paredes. A lava, porosa em alguns lugares, apresentava pequenas ampolas arredondadas:

cristais de quartzo opaco enfeitados com límpidas gotas de vidro e pendurados na abóbada como lustres. Pareciam iluminar-se à nossa passagem. Seria possível dizer que os gênios do golfo iluminavam os seus palácios para receber os hóspedes da Terra.

– É magnífico! – exclamava eu, involuntariamente. – Que espetáculo, tio! Não são demais essas nuanças da lava que vão do vermelho escuro ao amarelo, brilhando em imperceptíveis gradações? E esses cristais que nos aparecem como globos luminosos?

– Ah! Lá vem você, Axel! – respondeu meu tio. – Ah! Acha isso esplêndido, meu rapaz! Espero que veja muitas outras coisas esplêndidas. Andando! Andando!

Seria melhor que dissesse "escorregando", pois deixamo-nos ir sem cansaço sobre as encostas inclinadas. Era o *facilis descensus Averni* de Virgílio. A bússola, que eu consultava a toda hora, indicava a direção do sudeste com imperturbável rigor. Aquela corrente de lava não ia nem para um lado nem para o outro. Tinha a inflexibilidade da linha reta.

Nós, porém, não sentíamos o calor aumentar. O que dava razão às teorias de Davy, e mais de uma vez consultei o termômetro com espanto. Duas horas após a partida, marcava tão somente dez graus, ou seja, um aumento de quatro graus. Isso me autorizava pensar que a nossa descida era mais horizontal do que vertical. Quanto a conhecer exatamente a profundeza atingida, nada era mais fácil. O professor media exatamente os ângulos de desvio e de inclinação do caminho, mas guardava para si o resultado das suas observações.

À noite, por volta de oito horas, deu o sinal de parar. As lâmpadas foram penduradas numa saliência de lava. Estávamos numa espécie de caverna onde não faltava ar. Muito pelo contrário. Alguns sopros chegavam bem até nós. O que os produzia? A que agitação atmosférica atribuir a sua origem? Era um problema que não tentei resolver naquele momento.

A fome e o cansaço me tornavam incapaz de raciocinar. Não se faz uma descida de sete horas consecutivas sem grande dispêndio de energias. Estava esgotado. Assim sendo, foi um prazer ouvir a palavra *halte*. Hans pôs um pouco de comida em cima de um bloco de lava, e todos comeram com apetite. Mas uma coisa me preocupava; a nossa reserva de água já havia sido consumida pela metade. O meu tio contava repô-la nas fontes subterrâneas, mas até então não as encontrara. Não pude impedir-me de chamar a sua atenção para isso.

– Essa falta de fontes o surpreende? – disse ele.

– É claro, e chega até mesmo a me preocupar. Só temos água para cinco dias mais.

– Fique tranquilo, Axel, respondo que encontraremos água, e mais do que quisermos.

– Quando isso?

– Quando sairmos desse invólucro de lava. Como você quer que jorrem fontes através dessas paredes?

– Mas talvez essa corrente se prolongue a grandes profundezas. Parece-me que ainda não andamos muito verticalmente.

– O que o faz supor isso?

– É que se estivéssemos bem dentro da crosta terrestre o calor seria bem maior.

– Segundo o seu sistema – respondeu meu tio. – O que indica o barômetro?

– Apenas quinze graus, o que dá um aumento de nove graus desde a nossa partida.

– Isso mesmo. Conclua.

– Eis a minha conclusão. De acordo com as mais exatas observações, o aumento da temperatura dentro do globo é de um grau a cada trinta metros. Mas algumas condições locais podem modificar essa cifra. Assim, em Yakust, na Sibéria, observou-se que o aumento de um grau ocorria a cada onze metros. Essa diferença evidentemente depende da condutibilidade das rochas. Acrescentarei também que nas proximidades de um vulcão extinto, e por meio do gnaisse, se observou que o aumento de temperatura era de apenas um grau a cada quarenta metros. Portanto, tomemos essa última hipótese, que é a mais favorável, e calculemos.

– Calcule, meu rapaz.

– Nada é mais fácil – disse eu, dispondo números na minha caderneta. – Nove vezes quarenta metros é igual a trezentos e sessenta metros de profundidade.

– Exatíssimo.

– E então?

– Então, de acordo com as minhas observações, chegamos a três mil metros abaixo do nível do mar.

– Impossível!

– Sim, ou os números não são mais os números!

Os cálculos do professor estavam exatos. Já havíamos ultrapassado em dois mil metros as maiores profundidades alcançadas pelo homem, tais como as minas de Kitz-Bahl, no Tirol, e as de Wuttemberg, na Boêmia.

A temperatura, que devia ser de oitenta e um graus naquele lugar, era só de quinze. Isso dava o que pensar.

Capítulo XIX

No dia seguinte, terça-feira, 30 de junho, às seis horas, a descida foi retomada.

Continuávamos seguindo a galeria de lava, verdadeira ladeira natural, suave como esses planos inclinados que até hoje fazem as vezes de escada nas velhas casas. Isso até o meio-dia e dez minutos, instante preciso em que alcançamos Hans, que parara há pouco.

– Ah! – exclamou meu tio –, chegamos à extremidade da chaminé.

Olhei à minha volta. Estávamos no centro de um cruzamento em que desembocavam dois caminhos escuros e estreitos. Qual convinha pegar? Era uma dificuldade decidir.

No entanto, como meu tio não quis parecer hesitante nem na minha frente nem na frente do guia, designou o túnel do leste, e logo nós três lá estávamos.

Aliás, qualquer indecisão diante daquele caminho duplo se prolongaria indefinidamente, pois nenhum indício poderia determinar a escolha de um ou outro; era preciso aventurar-se totalmente ao acaso.

A encosta dessa nova galeria era pouco acentuada, e o seu interior bastante desigual. De vez em quando, surgia à nossa frente uma série de arcos semelhantes aos corredores de entrada de uma catedral gótica. Os artistas da Idade Média poderiam ali estudar todas as formas dessa arquitetura religiosa que busca inspiração na ogiva. Um quilômetro e meio adiante, tínhamos que curvar a cabeça para desviar dos arcos rebaixados, de estilo romano, onde grossos pilares presos ao alicerce se inclinavam no começo das abóbadas. Em alguns lugares, essa disposição dava lugar a arcos mais baixos, parecidos com uma toca de castores, e tínhamos que rastejar por passagens estreitas.

O calor se mantinha num grau suportável. Involuntariamente, eu pensava na sua intensidade quando as lavas vomitadas pelo Sneffels jorravam por esse caminho hoje tão tranquilo. Imaginava as torrentes de fogo batendo nos cantos da galeria e a quantidade de fumaça superaquecida que devia acumular-se naquele lugar tão estreito!

"Tomara", pensava eu, "que o velho vulcão não queira fazer de novo algumas das suas antigas artes!".

Eu nem cogitava contar essas reflexões ao meu tio Lidenbrock; ele não as compreenderia. Só pensava em seguir em frente. Andava, escorregava, chegava a rolar, com uma convicção que, apesar de tudo, era de se admirar.

Às seis da tarde, depois de uma caminhada pouco cansativa, havíamos avançado nove quilômetros ao sul, mas apenas quatrocentos metros de profundidade.

O meu tio deu o sinal de descanso. Comemos sem muita conversa, e adormecemos sem refletir demais.

As nossas provisões para passar a noite eram bastante simples; uma coberta de viagem, na qual nos enrolávamos, era a roupa de cama. Não precisávamos temer nem o frio nem uma visita importuna. Os viajantes que se enfiam no meio dos desertos da África, no meio das florestas do novo mundo, são forçados a fazer turnos de vigia durante as horas de sono. Mas aqui, havia solidão absoluta e segurança completa. Não precisávamos temer nem selvagens nem animais ferozes, nenhuma dessas raças perigosas.

Despertamos no dia seguinte renovados e dispostos. Foi retomada a marcha. Seguíamos um caminho de lava como no dia anterior. Impossível reconhecer a natureza dos terrenos que tal caminho atravessava. O túnel, em vez de mergulhar nas entranhas do globo, tendia a tornar-se de todo horizontal. Acreditei perceber até mesmo que subia à superfície da Terra. Essa tendência ficou tão manifesta por volta das dez da manhã, e, por conseguinte, cansativa, que fui forçado a moderar a nossa marcha.

– E então, Axel? – disse impacientemente o professor.

– E então, o fato é que não aguento mais – respondi.

– Quê?! Depois de três horas de caminhada num caminho tão fácil!

– Não digo que não seja fácil, mas com certeza cansativo.

– Como?! Só temos que descer!

– Mas estamos subindo, quer o senhor goste ou não!

– É, subindo! – disse meu tio, dando de ombros.

– Isso mesmo. Faz meia hora que as encostas se modificaram, e se continuar assim, com certeza voltaremos para a Islândia.

O professor balançou a cabeça como um homem que não quer admitir o óbvio. Tentei retomar a conversa. Ele não me respondeu e deu o sinal da partida. Percebi muito bem que o silêncio dele não passava de mau humor reprimido.

No entanto, peguei de novo o meu fardo com coragem e segui rapidamente Hans, que precedia meu tio. Cuidava para não ficar para trás. A minha grande preocupação era não perder os meus companheiros de vista. Tremia só de pensar em me perder nas profundezas daquele labirinto.

Aliás, se o caminho ascendente estava ficando mais difícil, eu me consolava pensando que ele me reaproximava da superfície da Terra. Era uma esperança. Cada passo o confirmava, e eu me regozijava com a ideia de rever a minha pequena Graüben.

Ao meio-dia houve uma mudança de aspecto nas paredes da galeria. Percebi isso pelo enfraquecimento da luz elétrica refletida pelas paredes. Ao revestimento de lava sucedia a rocha viva. O maciço se compunha de camadas inclinadas e em geral dispostas verticalmente. Estávamos em plena era de transição, em pleno período siluriano.[7]

"É evidente", pensava eu, "pois os sedimentos das águas formaram, na segunda era da Terra, esses xistos, esses calcários e esses arenitos! Demos as costas ao maciço granítico! Parecemos os habitantes de Hamburgo, que tomariam o caminho de Hanover para ir a Lubeck."

Tive que guardar as minhas observações para mim. Contudo, o meu temperamento de geólogo triunfou sobre a prudência, e o tio Lidenbrock ouviu as minhas exclamações.

– O que foi? – disse ele.

– Veja! – respondi eu, mostrando-lhe a sucessão variada dos arenitos, dos calcários e os primeiros indícios dos terrenos de ardósia.

– E daí?

– E daí que chegamos ao período em que apareceram as primeiras plantas e os primeiros animais!

– Ah! Você acha isso mesmo?

---

7. Assim chamado porque os terrenos desse período se encontram em grande parte na Inglaterra, nas regiões antigamente habitadas pelo povo celta dos siluros. (N. A.)

– Claro, olhe, examine, observe!

Forcei o professor a passar a lâmpada pelas paredes da galeria. Esperava alguma exclamação da sua parte. Mas ele não disse palavra, e continuou o seu caminho.

Será que me compreendera ou não? Não queria admitir, por amor-próprio de tio e de cientista, que se enganara escolhendo o túnel do leste, ou queria reconhecer aquela passagem até o fim? Era evidente que havíamos saído do caminho das lavas, e que aquele caminho só podia levar ao forno do Sneffels.

Contudo, pensava com os meus botões se não estava dando demasiada importância àquela modificação dos terrenos. Não estaria eu próprio enganado? Será que não atravessaríamos aquelas camadas de rochas superpostas até o maciço granítico?

"Se tenho razão", pensei, "preciso encontrar algum resto de planta primitiva, e então será preciso render-se às evidências. Procuremos."

Não andara nem cem metros quando provas incontestáveis se ofereceram aos meus olhos. Aquilo devia ser da era siluriana, pois os mares continham mais de mil e quinhentas espécies vegetais ou animais. Os meus pés, habituados ao solo duro das lavas, pisaram de repente numa poeira feita de restos de plantas e de conchas. Viam-se, nas paredes, distintamente, marcas de fungos e de licopódios. O professor Lidenbrock não podia deixar de perceber aquilo, mas fechava os olhos, imagino, e continuava o seu caminho com o mesmo passo.

Era uma teimosia que extrapolava todos os limites. Não aguentei mais. Peguei uma casca perfeitamente conservada, que pertencera a um animal mais ou menos parecido com o tatuzinho atual, alcancei-a ao meu tio e disse-lhe:

– Veja!

– O que é que tem? – respondeu tranquilamente. – É a casca de um crustáceo da extinta ordem dos trilobitas. Nada mais.

– Mas não conclui daí que...

– O mesmo que você concluiu? Sim. Perfeitamente. Saímos da camada de granito e do caminho das lavas. É possível que eu me tenha enganado; mas só terei certeza do meu erro quando tiver chegado ao fim dessa galeria.

– Meu tio, o senhor tem razão de agir assim e eu concordaria se não tivéssemos que temer um perigo cada vez mais ameaçador.

– Qual?

– A falta de água.

– Pois então, Axel, racionemos.

Capítulo XX

Foi realmente preciso racionar. A nossa provisão só duraria três dias. Foi o que percebi à noite, na hora do jantar. E, lamentável expectativa, tínhamos pouca esperança de encontrar uma fonte viva naqueles terrenos da era da transição.

Passamos todo o dia seguinte percorrendo a galeria com os seus intermináveis arcos. Andávamos sem dizer quase nada. O mutismo de Hans nos contagiara.

O caminho não subia, pelo menos perceptivelmente. Às vezes, parecia até mesmo inclinar. Mas essa tendência, diga-se de passagem pouco marcada, não devia tranquilizar o professor, pois a natureza das camadas não se modificava, e o período de transição se afirmava mais.

A luz elétrica fazia cintilar, esplendidamente, os xistos, o calcário e os velhos arenitos vermelhos das paredes. Parecia que estávamos numa trincheira aberta no meio do Devonshire, que deu o seu nome a esse tipo de terreno. Magníficas amostras de mármores revestiam as paredes, umas de um cinza-ágate com listras brancas caprichosamente marcadas, outras de um escarlate ou de um amarelo manchado de placas vermelhas; mais além, havia outros mármores de cores escuras, em que se destacava o calcário em nuanças vivas.

A maior parte daqueles mármores oferecia restos de animais primitivos. Desde a véspera, a criação fizera um progresso evidente. Em vez dos trilobitas rudimentares, eu via restos de uma ordem mais perfeita; entre outros, peixes ganoides e aqueles sáurios em que o olho do paleontólogo soube descobrir as primeiras formas répteis. Os mares devonianos eram habitados por muitos animais dessa espécie, e os depositaram aos milhares sobre as rochas recém-formadas.

Ficava patente que subíamos a escala da vida animal cujo topo é ocupado pelo homem. Mas o professor Lidenbrock não parecia perceber isso.

Esperava duas coisas: ou que um poço vertical viesse abrir-se-lhe aos pés e permitir-lhe retomar a descida, ou que um obstáculo o impedisse de continuar aquele caminho. Mas a noite chegou sem que nenhuma dessas esperanças fosse realizada.

Na sexta-feira, depois de uma noite durante a qual eu comecei a padecer dos tormentos da sede, a nossa pequena tropa mergulhou de novo nas curvas da galeria.

Após dez horas de caminhada, percebi que a reverberação das nossas lâmpadas nas paredes diminuía singularmente. O mármore, o xisto, o calcário, o arenito das paredes davam lugar a um revestimento escuro e sem brilho. Num momento em que o túnel ficou muito estreito, apoiei-me na parede da esquerda.

Quando tirei a mão, ela estava inteiramente preta. Olhei mais de perto. Estávamos em plena hulheira.

– Uma mina de carvão! – exclamei.

– Uma mina sem mineiros – respondeu o meu tio.

– Ah é? Quem disse?

– Eu disse – replicou o professor com tom lacônico –, e tenho a certeza de que essa galeria perfurada através das camadas de hulha não foi feita por mão humana. Mas quer seja obra da natureza, quer não, tanto faz. Está na hora de comer. Vamos comer.

Hans preparou alguns alimentos. Comi com dificuldade e tomei algumas gotas de água que compunham a minha ração. O cantil do guia estava pela metade, e aquilo era tudo o que restava para matar a sede de três homens.

Depois da refeição, os meus dois companheiros deitaram nas suas cobertas e encontraram no sono um remédio para os seus cansaços. Quanto a mim, não consegui dormir e contei as horas até o amanhecer.

No sábado, às seis horas, retomamos caminho. Vinte minutos depois, chegamos a uma vasta escavação; então, percebi que a mão humana não podia ter escavado aquela hulheira; caso contrário, as abóbadas teriam sido escoradas, mas na verdade elas só se sustinham por um milagre de equilíbrio.

Aquela espécie de caverna tinha trinta metros de largura por quarenta e cinco de altura. O terreno havia sido violentamente separado por um tremor subterrâneo. O maciço terrestre, cedendo a algum poderoso impulso, se deslocara, deixando aquele amplo vazio onde habitantes da Terra entravam pela primeira vez.

Toda a história do período carbonífero estava escrita naquelas escuras paredes, e um geólogo podia facilmente seguir as suas diversas fases. Os leitos de carvão eram separados por estratos de arenitos e de argila compactos, e como que esmagados pelas camadas superiores.

Na idade do mundo que precedeu a era secundária, a Terra se cobriu de imensas vegetações devidas à dupla ação de um calor tropical e de uma umidade persistente. Uma atmosfera de vapores envolvia o globo de todas as partes, roubando-lhe, além disso, os raios do sol.

Daí a conclusão de que as altas temperaturas não provêm desse forno novo. Talvez até mesmo o astro do dia não estivesse preparado para desempenhar o seu resplandecente papel. Os "climas" ainda não existiam e um calor tórrido se espalhava por toda a superfície do globo, tanto no equador quanto nos polos. De onde vinha tal calor? De dentro do globo.

Apesar das teorias do professor Lidenbrock, um fogo violento ardia nas entranhas da Terra; a sua ação se fazia sentir até nas últimas camadas da crosta terrestre; as plantas, privadas dos saudáveis eflúvios do sol, não davam nem flores nem perfumes, mas as suas raízes absorviam uma poderosa vida nos terrenos ardentes dos primeiros dias.

Havia poucas árvores, apenas plantas herbáceas, imensas relvas, fetos, licopódios, sigilárias, asterofilitas, famílias raras cujas espécies se contavam, na época, aos milhares.

Ocorre que a origem da hulha era aquela exuberante vegetação. A crosta ainda elástica do globo obedecia aos movimentos da massa líquida que ela recobria. Daí as fissuras e as numerosas depressões. As plantas, arrastadas debaixo da água, formaram aos poucos imensos depósitos.

Então a ação da química natural interveio; no fundo dos mares, as massas vegetais se tornaram, num primeiro momento, turfas; depois, graças à influência dos gases, e sob o fogo da fermentação, sofreram total mineralização.

Assim se formaram estas imensas camadas de carvão que um consumo excessivo deve, no entanto, esgotar em menos de três séculos, se os povos industriais não tomarem cuidado.

Essas reflexões me vinham à mente enquanto eu pensava nas riquezas carboníferas acumuladas naquela parte do maciço terrestre. Estas últimas, sem dúvida, jamais serão descobertas. A exploração daquelas minas longínquas demandariam sacrifícios excessivos. Para que, aliás, quando a hulha ainda está espalhada, por assim dizer, pela superfície da Terra em várias regiões? Por isso, aquelas camadas intactas estariam do mesmo jeito quando chegasse o fim do mundo.

No entanto, andávamos, e isolado dos meus companheiros, eu me esquecia do comprimento do caminho para me perder em considerações geológicas. A temperatura permanecia praticamente a mesma de quando passamos no meio das lavas e dos xistos. Só que o meu olfato percebia um cheiro muito forte de protocarburato de hidrogênio. Na hora, reconheci naquela galeria a presença de uma considerável quantidade desse fluido perigoso que os mineiros chamam de grisu e cuja explosão já provocou muitas vezes espantosas catástrofes.

Felizmente, éramos iluminados pelos engenhosos aparelhos de Ruhmkorff. Se, por azar, estivéssemos imprudentemente explorando aquela galeria de tocha na mão, uma explosão terrível encerraria a viagem, eliminando os viajantes.

A excursão na hulheira durou até a noite. O meu tio continha a duras penas a impaciência que lhe causava a horizontalidade do caminho. A escuridão, que a vinte passos de nós era sempre profunda, impedia que calculássemos o comprimento da galeria, e eu começava a julgá-la interminável, quando, de repente, às seis horas, surgiu um muro à nossa frente. Não havia nenhuma passagem nem à direita, nem à esquerda, nem em cima, nem embaixo. Havíamos chegado ao fundo de um beco sem saída.

– Ah! Melhor assim! – exclamou meu tio. – Pelo menos sei com o que estou lidando. Não estamos mais na rota de Saknussemm e só nos resta voltar. Vamos descansar esta noite, e, antes de três dias, voltaremos ao ponto em que as duas galerias se bifurcam.

– É – disse eu – se tivermos força para tanto!

– E por que não?

– Porque amanhã não teremos um só pingo de água.

– E também não teremos coragem? – disse o professor, olhando-me severamente.

Não ousei responder-lhe.

Capítulo XXI

No dia seguinte, partimos bem cedo. Era preciso andar rápido. Estávamos a cinco dias de viagem da encruzilhada.

Não me cabe falar muito dos sofrimentos da nossa volta. O meu tio os suportou com a raiva de um homem que não se sente o mais forte; Hans, com a resignação da sua natureza pacífica; eu, confesso, queixando-me e desesperando-me; que não me era fácil aceitar aquela má sorte.

Como eu havia previsto, ao fim do primeiro dia de caminhada acabou a água. A nossa provisão líquida ficou, então, reduzida à genebra, mas essa bebida infernal queimava a goela, e eu não conseguia suportar nem mesmo vê-la. Achava a temperatura sufocante. O cansaço me paralisava. Mais de uma vez, quase desmaiei. Quando isso ocorria, parávamos um pouco; meu tio ou o islandês me reconfortavam o melhor que podiam. Mas eu já via que o primeiro reagia a duras penas contra o extremo cansaço e as torturas devidas à privação de água.

Finalmente, na terça-feira, 7 de julho, rastejando sobre os joelhos e as mãos, chegamos meio mortos ao ponto de junção das duas galerias. Fiquei lá como uma massa inerte, deitado no chão de lava. Eram dez horas da manhã.

Hans e meu tio, encostados à parede, tentaram morder alguns pedaços de biscoitos. Longos gemidos me escapavam dos lábios inchados. Caí num estado de letargia profunda.

Algum tempo depois, meu tio aproximou-se de mim e me ergueu entre os seus braços:

– Pobrezinho! – murmurou com sincero tom de piedade.

Fiquei tocado com aquelas palavras, já que não estava acostumado com a ternura do irritado professor. Peguei as suas mãos frementes nas minhas. Deixou que eu o fizesse, olhando para mim. Os seus olhos estavam úmidos.

Então eu o vi pegar o cantil que levava a tiracolo. Para grande surpresa minha, ele o aproximou dos meus lábios:

– Beba – disse ele.

Eu estava escutando bem? O meu tio ficara louco? Eu o olhava meio abobado. Não podia compreendê-lo.

– Beba – retomou.

E erguendo o cantil, esvaziou-o totalmente entre os meus lábios.

Oh! Gozo infinito! Um gole de água veio umedecer a minha boca que pegava fogo, um único, mas que bastou para reavivar em mim a vida que se me escapava.

Agradeci ao meu tio, de mãos postas.

– Sim – disse ele –, um gole de água! O último! Ouviu bem? O último! Eu o havia guardado cuidadosamente no fundo do meu cantil. Vinte vezes, cem vezes, tive que resistir ao meu terrível desejo de bebê-lo! Mas não, Axel, eu o reservava para você.

– Titio! – murmurei eu, enquanto grossas lágrimas me molhavam os olhos.

– Sim, pobre criança, eu sabia que quando você chegasse a essa encruzilhada cairia meio morto, e conservei as minhas últimas gotas de água para reanimá-lo.

– Obrigado! Obrigado! – exclamei.

Por pouco que a sede houvesse diminuído, eu havia, entretanto, recobrado alguma força. Os músculos da minha goela, contraídos até então, relaxaram, e a inflamação dos meus lábios havia melhorado. Eu podia falar.

– Vejamos – disse eu –, agora só temos uma decisão a tomar: não temos água, precisamos voltar.

Enquanto eu falava, meu tio evitava me olhar; ficava de cabeça baixa, seus olhos fugiam dos meus.

– Precisamos voltar – exclamava eu – e pegar novamente o caminho do Sneffels. Que Deus nos dê forças para subirmos ao topo da cratera!

– Voltar! – disse meu tio, como se respondesse para si mesmo em vez de para mim.

– Sim, voltar, e agora mesmo.

Houve um momento de silêncio bastante longo.

– Quer dizer, Axel – retomou o professor com tom estranho –, que as poucas gotas de água não lhe devolveram a coragem e a energia?

– A coragem!

– Eu o vejo abatido como antes, e falando em desespero!

Com que homem eu estava lidando e que projetos a sua mente audaciosa ainda fazia?

– Quê! Você não quer?...

– Renunciar a essa expedição, no momento em que tudo indica que pode dar certo?! Nunca!

– Então tenho que aceitar a morte?

– Não, Axel, não! Vá embora. Não quero a sua morte! Que Hans o acompanhe. Deixe-me sozinho!

– Abandoná-lo!

– Deixe-me, estou dizendo! Eu comecei essa viagem, irei até o fim, ou não volto mais. Vá embora, Axel, vá embora!

Meu tio falava com extrema excitação. Sua voz, por um instante enternecida, voltou a ser dura, ameaçadora. Ele lutava com muita energia contra o impossível! Eu não queria abandoná-lo no fundo daquele abismo, e, no entanto, o instinto de preservação me levava a fugir.

O guia assistia à cena com a indiferença costumeira. Mas entendia o que estava acontecendo entre os seus dois companheiros. Os nossos gestos indicavam suficientemente bem a via diferente para a qual um tentava levar o outro; mas Hans parecia interessar-se pouco pela questão que envolvia a sua sobrevivência, pronto para partir se lhe dessem o sinal de partida, pronto para ficar à menor vontade do patrão.

Se ele me tivesse compreendido naquele momento! As minhas palavras, os meus gemidos, o meu tom teriam surtido efeito sobre aquela natureza fria. Os perigos de que o guia não parecia desconfiar, eu faria com que ele os compreendesse e apresentaria provas irrefutáveis. Talvez juntos conseguíssemos convencer o teimoso professor. Se preciso, nós o obrigaríamos a voltar para o topo do Sneffels!

Aproximei-me de Hans. Pus a minha mão na dele. Ele não se mexeu. Mostrei o caminho da cratera. Permaneceu imóvel. O meu jeito ofegante denunciava todos os meus sofrimentos. O islandês balançou com calma a cabeça, e apontando tranquilamente para o meu tio, disse:

– *Master*.

– O patrão! – exclamei. – Insensato! Não, ele não é o dono da sua vida! É preciso fugir! É preciso arrastá-lo! Ouviu? Entendeu?

Peguei Hans pelo braço. Queria obrigá-lo a se levantar. Lutava com ele. O meu tio interveio.

– Calma, Axel – disse ele. – Você não vai conseguir nada desse impassível servidor. Portanto, escute o que tenho a lhe propor.

Cruzei os braços, encarando bem o meu tio.

– A falta de água – disse ele – é o único obstáculo à realização dos meus projetos. Nessa galeria do leste, feita de lavas, xistos, hulhas não encontramos uma única molécula líquida. É possível que tenhamos mais sorte se seguirmos o túnel do oeste.

Balancei a cabeça com ar de profunda incredulidade.

– Escute-me até o fim – retomou o professor, erguendo a voz. – Enquanto você jazia aqui inerte, fui reconhecer a conformação da galeria. Ela mergulha direto nas entranhas do globo, e, em poucas horas, nos levará ao maciço granítico. Lá devemos encontrar nascentes abundantes. A natureza da rocha quer assim, e o instinto concorda com a lógica para apoiar a minha convicção. Portanto, eis o que quero propor-lhe. Quando Colombo pediu três dias à tripulação para encontrar novas terras, a tripulação, doente, assustada, no entanto, atendeu ao seu pedido e ele descobriu um novo mundo. Eu, o Colombo dessas regiões subterrâneas, peço-lhe apenas um dia. Se, passado esse tempo, eu não tiver encontrado água, juro que voltaremos à superfície da Terra.

Apesar da minha irritação, fiquei emocionado com aquelas palavras e com a violência que, para manter aquela linguagem, o meu tio fazia contra si mesmo.

– Tudo bem! – exclamei. – Que seja feita a sua vontade, e que Deus recompense a sua energia sobre-humana. Só lhe restam algumas horas para tentar a sua sorte. Em frente!

Capítulo XXII

Dessa vez a descida foi recomeçada pela nova galeria. Hans andava na frente, como de costume. Ainda não havíamos dado cem passos quando o professor, passeando a lâmpada ao longo das muralhas, exclamou:

– Eis os terrenos primitivos! Estamos no caminho certo, vamos, vamos!

Quando a Terra esfriou, aos poucos, nos primeiros dias do mundo, a diminuição do seu volume produziu deslocamentos, rupturas, enrugamentos e fendas na crosta. O corredor atual era uma fissura desse tipo, pela qual outrora passava o granito eruptivo. Os seus mil desvios formavam um complicado labirinto no solo primordial.

À medida que descíamos, a sucessão das camadas que compunham o terreno primitivo ia aparecendo com maior nitidez. A ciência geológica considera esse terreno primitivo a base da crosta mineral, e reconheceu que é composto de três camadas diferentes, os xistos, os gnaisses, os micaxistos, que repousam nessa rocha inabalável que se chama granito.

Acontece que os mineralogistas nunca se viram em circunstâncias tão maravilhosas para estudar a natureza *in loco*. O que a sonda, máquina ininteligente e brutal, não podia relatar à superfície do globo, a sua textura interna, nós íamos estudar com os nossos olhos, com o toque das nossas mãos.

No estágio dos xistos, que eram coloridos de lindas nuanças verdes, serpenteavam faixas metálicas de cobre e de manganês com alguns traços de platina e de ouro. Eu pensava naquelas riquezas escondidas nas entranhas do globo e cujo gozo a avidez humana nunca terá! Aqueles tesouros que os tremores dos primeiros dias enterraram tão fundo nem a picareta nem o picão conseguirão arrancar do seu túmulo.

Aos xistos sucederam os gnaisses, de estrutura estratiforme, notáveis pela regularidade e pelo paralelismo das suas lâminas, depois os micaxistos, dispostos em grandes lâminas que, graças às cintilações da mica branca, eram visíveis.

Por volta de seis horas, aquela festa da luz diminuiu perceptivelmente, quase cessou; as paredes tomaram uma coloração cristalizada, porém escura; a mica se misturou mais intimamente com o feldspato e com o quartzo, para formar a rocha por excelência, a pedra dura entre todas, a que suporta, sem ser esmagada, as quatro camadas de terrenos do globo. Estávamos emparedados na imensa prisão de granito.

Eram oito horas da noite. Ainda havia a falta de água. Eu sofria terrivelmente. O meu tio andava na frente. Não queria parar. Apurava os ouvidos para surpreender os murmúrios de alguma nascente. Mas nada!

As minhas pernas, entretanto, recusavam-se a me sustentar. Eu resistia a essa tortura para não obrigar meu tio a parar. Seria, para ele, o golpe de misericórdia, pois o dia estava acabando, o último que ele tinha.

Mas as minhas forças acabaram por me abandonar. Dei um grito e caí.

– Socorro! Estou morrendo!

Meu tio voltou-se. Olhou-me de braços cruzados; em seguida, estas palavras surdas saíram dos seus lábios:

– Está tudo acabado!

Um assustador gesto de raiva golpeou novamente os meus olhos, e fechei-os.

Quando os abri de novo, vi os meus dois companheiros imóveis e enrolados nas suas cobertas. Estariam dormindo? Quanto a mim, eu não conseguia dormir mais. Sofria demais, e principalmente com a ideia de que o meu mal não tinha remédio. As últimas palavras do meu tio ressoavam-me nos ouvidos. "Está tudo acabado!", pois naquele estado de fraqueza, não se podia sequer pensar em voltar à superfície do globo.

Eram quase sete quilômetros de crosta terrestre! Parecia-me que aquela massa pesava com todo o seu volume sobre os meus ombros. Sentia-me esmagado, e esgotava-me em esforços violentos para me virar sobre a minha cama de granito.

Algumas horas se passaram. Um silêncio profundo reinava à nossa volta, um silêncio sepulcral. Não era possível ouvir nada através daquelas muralhas e a menor delas devia ter uns sete quilômetros de espessura.

Todavia, em meio à minha tontura, acreditei ouvir um ruído. O túnel estava escuro. Olhei mais atentamente, e parece que vi o islandês desaparecer, de lâmpada na mão.

Por que aquela saída? Será que Hans estava nos abandonando? Meu tio dormia. Eu quis gritar. A minha voz não conseguiu passar entre os meus lábios ressecados. A escuridão se tornara profunda, e os últimos ruídos acabavam de se extinguir.

– Hans está nos abandonando! – exclamei. – Hans! Hans!

Eu gritava essas palavras para mim mesmo. Elas não iam mais longe. Contudo, depois do primeiro instante de terror, tive vergonha de estar desconfiando de um homem cuja conduta não tinha nada de suspeita até então. A saída dele não podia ser uma fuga. Em vez de subir novamente a galeria, ele a descia. Se tivesse más intenções, iria para cima e não para baixo. Esse raciocínio me acalmou um pouco, e voltei a pensar em outra coisa. Só um motivo grave poderia arrancar Hans, aquele homem pacífico, do seu repouso. Iria descobrir algo? Ouvira durante a noite silenciosa algum murmúrio que eu não tinha conseguido perceber?

Capítulo XXIII

Durante uma hora, imaginei no meu cérebro delirante todas as razões que poderiam ter feito com que o tranquilo caçador agisse. As ideias mais absurdas se embaralhavam na minha cabeça. Achei que ia ficar louco!

Mas finalmente um barulho de passos se produziu nas profundezas do golfo. Hans subia. A luz fraca estava começando a deslizar nas paredes, mas logo saiu pelo orifício do corredor. Hans apareceu.

Aproximou-se de meu tio, pôs-lhe a mão no ombro e o acordou docemente. Meu tio se levantou.

– O que é que foi? – disse ele.

– *Vatten* – respondeu o caçador.

Temos que acreditar que sob a inspiração de violentas dores todos se tornam poliglotas. Eu não sabia uma única palavra de dinamarquês, mas compreendi instintivamente a palavra do nosso guia.

– Água! Água! – exclamei, dando palmas, gesticulando como um louco.

– Água! – repetia meu tio. – *Hvar?* – perguntou ele ao islandês.

– *Nedat* – respondeu Hans.

Onde? Embaixo! Entendi tudo. Pegara as mãos do caçador e as apertava, enquanto ele me olhava com calma.

Os preparativos para a partida não foram demorados, e logo caminhávamos num corredor cujo declive chegava a trinta centímetros por metro.

Nesse momento, ouvi distintamente um som estranho correr nos flancos da muralha granítica, uma espécie de barulho surdo, como um riacho distante. Durante essa primeira meia hora de caminhada, não encontrando a fonte anunciada, sentia as angústias tomarem de novo conta de mim; mas o meu tio, então, me mostrou a origem dos barulhos que se ouviam.

– Hans não se enganou – disse ele –, o que você está ouvindo é o barulho de um riacho.

– Um riacho? – exclamei.

– Sem dúvida alguma. Um rio subterrâneo circula à nossa volta!

Apertamos o passo, excitadíssimos pela esperança. Não sentia mais o cansaço. Só aquele barulho de água murmurante já me refrescava. E aumentava perceptivelmente. O riacho, depois de ter ficado muito tempo acima de nós, corria agora na parede da esquerda, rugindo e quebrando. Eu passava toda hora a mão sobre a rocha, esperando nela encontrar traços de transpiração ou de umidade. Mas em vão.

Mais uma meia hora se passou. Percorremos mais dois quilômetros.

Então se tornou evidente que o caçador, durante a sua ausência, não havia podido levar as suas pesquisas mais adiante. Guiado por um instinto particular aos montanheses, aos hidróscopos, ele "sentiu" aquele riacho através da rocha, mas com certeza não vira o precioso líquido; não havia matado a sede nele.

Logo descobrimos que, se continuássemos andando, nós nos distanciaríamos da corrente cujo murmúrio tendia a diminuir.

Arrepiamos caminho. Hans parou no lugar preciso onde o riacho parecia estar mais perto.

Sentei-me perto da muralha, enquanto as águas corriam com extrema violência a meio metro de mim. Mas um muro de granito ainda nos separava delas.

Sem refletir, sem me perguntar se havia algum meio de conseguir aquela água, fui num primeiro momento tomado pelo desespero.

Hans me olhou, e pensei ver um sorriso surgir nos lábios dele.

Ele se levantou e pegou a lâmpada. Segui-o. Ele se dirigiu para a muralha. Olhei-o fazer isso. Colou o ouvido na pedra seca, e o passeou lentamente, escutando com grande cuidado. Compreendi que procurava o ponto preciso onde o riacho se fazia ouvir com mais força. Encontrou tal ponto na parede lateral da esquerda, um metro acima do chão.

Eu estava tão emocionado! Não ousava adivinhar o que o caçador queria fazer! Mas eu bem que devia compreender, aplaudir e abraçar o caçador com toda força quando o vi pegar o picão para furar a rocha ali mesmo.

– Salvos! – exclamei.

– Sim – repetia meu tio com frenesi –, Hans tem razão! Ah! O valente caçador! Não encontraríamos isso!

Claro que não! Apesar de simples, não pensaríamos nisso. Não há nada mais perigoso do que escavar esse alicerce do globo. E se ocorresse algum desmoronamento que nos esmagasse?! E se o riacho, ao jorrar pela rocha, provocasse uma inundação?! Esses perigos não tinham nada de quimérico; mas naquele momento os temores de desmoronamento e de inundação não nos podiam deter, e a nossa sede era tanta que para saciá-la teríamos escavado no leito do próprio oceano.

Hans se pôs a fazer esse trabalho, o que nem o meu tio nem eu conseguiríamos. Diante dos golpes precipitados das nossas impacientes mãos, a rocha teria voado aos pedaços. O guia, ao contrário, calmo e moderado, desbastou aos poucos o rochedo por uma série de pequenos golpes repetidos, cavando uma abertura de doze centímetros de largura. Eu ouvia o barulho do riacho aumentar, e julgava já sentir a água milagrosa entrar pelos meus lábios.

Logo o picão afundou meio metro na muralha de granito. O trabalho durava mais de uma hora. Eu me contorcia de impaciência! Meu tio queria partir logo para a violência. Tive dificuldades em detê-lo, quando de repente ouvimos um chiado. Um jato de água jorrou da muralha e veio bater na parede oposta.

Hans, meio inclinado devido ao choque, não pôde conter um grito de dor. Entendi a coisa quando, mergulhando as mãos no jato líquido, foi a minha vez de dar um grito violento. A nascente estava fervendo.

– Água a cem graus! – exclamei.

– Tudo bem, esfriará – respondeu meu tio.

O corredor se enchia de vapores, enquanto um riacho se formava e ia perder-se nas sinuosidades subterrâneas; logo demos o nosso primeiro gole.

Ah! Que gozo! Que incomparável volúpia! O que era aquela água? De onde vinha? Pouco importava. Era água, e, embora quente ainda, reconduzia a vida que escapava ao coração. Eu bebia sem parar, sem nem mesmo sentir.

Foi só depois de um minuto de deleite que exclamei:

– Mas é água ferruginosa!

– Excelente para o estômago – replicou meu tio – e de grande mineralização! Eis uma viagem que valerá uma a Spa ou a Toeplitz!

– Ah! Então é boa!

– Acho que sim, pois é uma água captada a nove quilômetros abaixo da superfície! Tem um gosto de tinta que não tem nada de desagradável. Uma notável nascente que Hans encontrou! Por isso, proponho dar o nome dele a esse riacho.

– Tudo bem! – exclamei.

E o nome *Hans-bach* foi logo adotado.

Hans não podia estar mais orgulhoso. Depois de se refrescar com moderação, ele se acocorou num canto com a calma costumeira.

– Agora – disse eu –, não podemos deixar essa água perder-se.

– Por quê? – respondeu meu tio –, desconfio que a fonte é inesgotável.

– Que importa?! Vamos encher o cantil e as cabaças, depois vamos tentar tapar a abertura.

Meu conselho foi seguido. Hans, utilizando pedaços de granito e de estopa, tentou obstruir a passagem feita na parede. Não foi fácil. Queimávamos as mãos e não conseguíamos; a pressão era grande, e os nossos esforços foram vãos.

– É evidente – disse eu – que os lençóis superiores desse curso de água se situam numa grande altitude, a julgar pela força do jato.

– Disso não tenho dúvida – replicou meu tio –; se essa coluna de água tiver mil metros de altura, a pressão da água será de mil atmosferas. Mas tenho uma ideia.

– Que ideia?

– Por que teimar em tapar essa abertura?

– Porque...

Fiquei embaraçado, tentando encontrar uma razão.

– Quando as nossas cabaças ficarem vazias, existe alguma certeza de que poderemos enchê-las de novo?

– É claro que não.

– Pois então, deixemos a água correr! Como só pode descer, ela nos guiará e ao mesmo tempo nos refrescará no caminho!

– Bem pensado! – exclamei. – E tendo esse riacho por companhia, não haverá mais nenhuma razão para que não levemos a bom termo os nossos projetos.

– Ah! Está resolvido, meu rapaz – disse o professor, rindo.

– É claro que sim.

– Um instante! Primeiro vamos descansar por algumas horas.

Eu realmente me esquecia de que era noite. O cronômetro se encarregou de me lembrar. Logo, todos nós, suficientemente restabelecidos e refrescados, caímos num sono profundo.

Capítulo XXIV

No dia seguinte já havíamos esquecido as nossas dores passadas. Surpreendi-me, antes de mais nada, por não sentir mais sede, e perguntei a razão disso. O riacho que corria aos meus pés, murmurando, se encarregou de me responder.

Comemos e bebemos daquela excelente água ferruginosa. Sentia-me completamente reanimado e decidido a ir em frente. Por que um homem convencido como o meu tio não triunfaria, com um guia industrioso como Hans e um sobrinho "determinado" como eu? Eis as belas ideias que me passavam pela cabeça! Se alguém me falasse em voltar ao topo do Sneffels, eu recusaria com indignação.

Mas, graças a Deus, íamos descer.

– Vamos! – exclamei, animado, acordando os velhos ecos do globo.

Retomamos a caminhada na quinta-feira, às oito horas da manhã. O corredor de granito, desviando sinuosamente, apresentava ângulos inesperados, e era confuso como um labirinto; mas, enfim, a sua direção principal continuava sendo o sudeste. Meu tio não parava de consultar com o maior cuidado a bússola, para se dar conta do caminho percorrido.

A galeria descia quase horizontalmente, com uma inclinação de, no máximo, cinco centímetros a cada dois metros. O riacho corria sem precipitação, murmurando sob os nossos pés. Era como um gênio familiar que nos guiava pela Terra, e eu acariciava a tranquila náiade cujos cantos acompanhavam os nossos passos. Meu bom humor gostava de se expressar pela mitologia.

Quanto ao meu tio, "o homem das verticais", praguejava contra a horizontalidade da rota. O seu caminho se alongava indefinidamente, e em vez de escorregar pelo raio terrestre, conforme a sua expressão, seguia pela hipotenusa. Mas não tínhamos escolha, e visto que avançávamos para o centro, por pouco que fosse, não se teria do que reclamar.

Aliás, de vez em quando, as rampas tendiam para baixo; a náiade começava a despencar, rugindo, e nós descíamos mais profundamente com ela.

Em suma, naquele dia e no dia seguinte, percorremos muito caminho horizontal, e relativamente pouco caminho vertical.

Na sexta-feira à noite, 10 de julho, segundo os nossos cálculos, devíamos estar a cento e trinta e cinco quilômetros a sudeste de Reykjavik e a uma profundidade de doze quilômetros.

Então, sob os nossos pés se abriu um poço bastante assustador. Meu tio não conseguiu deixar de bater as mãos quando calculava o ângulo de declividade das rampas.

– Este, sim, vai levar-nos bem longe – exclamou –, e facilmente, pois as saliências da rocha formam uma verdadeira escada!

As cordas foram dispostas por Hans para prevenir qualquer acidente. Começou a descida. Ouso dizer que não era perigosa, pois já estava familiarizado com aquele tipo de exercício.

O poço era uma fenda estreita aberta no maciço, do tipo chamado de "falha". Surgira, evidentemente, da contração do alicerce terrestre, na época do seu resfriamento. Era pouco provável que tivesse servido de passagem às matérias eruptivas vomitadas pelo Sneffels, uma vez que não havia nenhum vestígio delas. Descíamos por uma espécie de rosca de um parafuso gigante feito pela mão humana.

De quinze em quinze minutos, era preciso parar para um descanso e para devolver a elasticidade às nossas pernas. Então, sentávamo-nos sobre alguma saliência, com as pernas dependuradas, conversando e matando a sede no riacho.

É desnecessário dizer que, naquela falha, o *Hans-bach* formava uma cascata e que o seu volume diminuía; mas bastava para saciar a nossa sede e ainda por cima sobrava; aliás, com as declividades menos acentuadas, ele retomava o seu tranquilo curso. Naquele momento ele me lembrava o meu digno tio, com as suas impaciências e raivas, enquanto pelos declives suavizados era a própria calma do caçador islandês.

Nos dias 11 e 12 de julho, seguimos as espirais da falha, penetrando mais nove quilômetros na crosta terrestre, o que dava cerca de vinte e dois quilômetros abaixo do nível do mar. Mas no dia 13, por volta do meio-dia, a falha ficou, na direção sudeste, com uma inclinação muito mais suave, a cerca de quarenta e cinco graus.

Por conseguinte, o caminho ficou fácil e totalmente monótono. Era difícil não ser assim. A viagem não era alterada pelos incidentes da paisagem.

Finalmente, na quarta-feira, dia 15, estávamos a trinta e um quilômetros abaixo da superfície e a cerca de duzentos e trinta quilômetros de distância do Sneffels. Embora um pouco cansados, a nossa saúde se mantinha num estado tranquilizador, e a farmácia de viagem ainda estava intacta.

O meu tio consultava, de hora em hora, as indicações da bússola, do cronômetro, do manômetro e do termômetro, as mesmas que publicou no relatório científico da sua viagem. Portanto, ele podia facilmente dar-se conta da sua situação. Quando me disse que estávamos a uma distância horizontal de duzentos e trinta quilômetros, não pude conter uma exclamação.

– O que é que foi? – perguntou ele.

– Nada, estava só pensando.

– Em quê, meu rapaz?

– Em que se os seus cálculos estiverem corretos, não estamos mais embaixo da Islândia.

– Você acha?

– É fácil saber.

Fiz os meus cálculos com o compasso sobre o mapa.

– Eu não estava enganado – disse eu. – Ultrapassamos o cabo Portland, e esses duzentos e trinta quilômetros a sudeste nos situam no meio do mar.

– No meio do mar – replicou meu tio, esfregando as mãos.

– Sendo assim – exclamei –, o oceano se encontra acima das nossas cabeças!

– E daí, Axel, o que há de estranho nisso? Não há em Newcastle minas de carvão que avançam bem longe sob as ondas?

O professor podia achar aquela situação bastante simples, mas a ideia de passear sob a massa da água não deixou de me preocupar. E, entretanto, se eram as planícies e as montanhas da Islândia que estavam suspensas sobre a nossa cabeça, ou se eram as ondas do Atlântico, isso não fazia muita diferença, visto que a coluna granítica era sólida. Além disso, habituei-me de imediato a essa ideia, pois o corredor, ora reto, ora sinuoso, caprichoso nos seus declives bem como nos seus desvios, mas sempre voltado para sudeste ou para baixo, rapidamente nos levava a grandes profundidades.

Quatro dias depois, no sábado, 18 de julho, à noite, chegamos a uma espécie de gruta bastante ampla; o meu tio pagou a Hans os três risdales semanais e foi decidido que o dia seguinte seria dedicado ao descanso.

Capítulo XXV

No dia seguinte, portanto, acordei sem a usual preocupação com uma partida imediata. E, mesmo que estivesse no mais profundo dos abismos, aquilo não deixava de ser agradável. Aliás, estávamos destinados àquela existência de trogloditas. Eu quase não pensava no sol, nas estrelas, na lua, nas árvores, nas casas, nas cidades, em todas essas coisas supérfluas tão necessárias aos seres sublunares. Em nossa qualidade de fósseis, pouco nos importávamos com essas inúteis maravilhas.

A gruta formava uma ampla sala. No solo granítico corria docemente o fiel riacho. Aquela distância da nascente, a água tinha a temperatura ambiente e era possível bebê-la sem dificuldades.

Depois do café da manhã, o professor quis consagrar algumas horas a arrumar as suas anotações cotidianas.

– Primeiro – disse ele – vou fazer cálculos para determinar a nossa localização exata; quero poder, na volta, traçar um mapa da nossa viagem, uma espécie de secção vertical do globo, que dará o perfil da expedição.

– Será bem curioso, meu tio, mas terão as suas observações suficiente grau de precisão?

– Sim. Anotei com cuidado os ângulos e os declives. Tenho a certeza de que não me enganei. Vejamos primeiro onde estamos. Pegue a bússola e observe a direção indicada.

Olhei o instrumento e, depois de um exame atento, respondi:

– Leste-quarto-sudeste.

– Bem! – disse o professor, anotando a observação e fazendo alguns cálculos rápidos. – Concluo, portanto, que percorremos trezentos e oitenta e dois quilômetros e meio desde o nosso ponto de partida.

– Quer dizer que viajamos debaixo do Atlântico?

– Isso mesmo.

– E que neste momento talvez esteja havendo uma tempestade e alguns navios estejam balançando sobre as nossas cabeças, ao sabor das ondas e de um furacão?

– Pode ser.

– E as baleias podem estar batendo a cauda nas muralhas da nossa prisão?

– Fique tranquilo, Axel, elas não chegarão a nos incomodar. Mas voltemos aos nossos cálculos. Estamos no sudeste, a trezentos e oitenta e dois quilômetros da base do Sneffels, e, de acordo com as minhas anotações precedentes, calculo que a profundidade agora seja de setenta e dois quilômetros.

– Setenta e dois quilômetros! – exclamei.

– Isso mesmo.

– Mas é o limite extremo admitido pela ciência como espessura da crosta terrestre.

– É verdade.

– Então, segundo a lei do aumento da temperatura, aqui deveria fazer um calor de mil e quinhentos graus.

– Deveria, meu rapaz.

– E todo esse granito não poderia manter-se no estado sólido e estaria em plena fusão.

– Você está vendo que não está acontecendo nada disso e que os fatos, como de costume, vêm desmentir as teorias.

– Sou forçado a concordar, mas isso não deixa de me surpreender.

– Que indica o termômetro?

– Vinte e sete graus e seis décimos.

– Portanto, faltam mil quatrocentos e setenta e quatro graus e quatro décimos para que os cientistas tenham razão. Portanto, o aumento proporcional da temperatura é um erro. Portanto, Humphry Davy não estava enganado. Portanto, não me enganei quando lhe dei ouvidos. O que você tem a responder?

– Nada.

Na verdade, eu tinha muitas coisas a dizer. Não admitia a teoria de Davy de jeito nenhum, acreditava no calor central, embora não sentisse os respectivos efeitos. Preferia, na realidade, admitir que aquela chaminé, recoberta pelas lavas de um vulcão extinto, não permitia que a temperatura se propagasse pelas suas paredes.

Mas, sem me deter na busca de novos argumentos, limitei-me a admitir a situação tal como era.

– Meu tio – retomei –, julgo exatos todos os seus cálculos, mas permita-me tirar uma rigorosa conclusão deles.

– Vá em frente, rapaz, fique à vontade.

– No ponto em que estamos, sob a latitude da Islândia, o raio terrestre é de cerca de sete mil cento e vinte e três quilômetros?

– Isso mesmo.

– Vamos arredondar para sete mil e duzentos quilômetros. Numa viagem de sete mil e duzentos quilômetros, só percorremos setenta e dois?

– Exatamente.

– Em cerca de vinte dias?

– Em vinte dias.

– Acontece que setenta e dois quilômetros equivalem a um centésimo do raio terrestre. Se continuar assim, então levaremos dois mil dias ou quase cinco anos e meio para descer!

O professor não respondeu.

– Sem contar que a uma vertical de setenta e dois quilômetros corresponde uma horizontal de trezentos e sessenta, o que dá seis mil quilômetros a sudeste, ou seja, muito tempo depois de termos saído por um ponto da circunferência antes de atingir o centro!

– Vá para o inferno com os seus cálculos! – replicou meu tio com um movimento de raiva. – Vá para o inferno com as suas hipóteses! Em que elas se baseiam? Quem lhe diz que esse corredor não nos vai levar diretamente ao nosso objetivo? Aliás, tenho um precedente. O que estou fazendo, outro já fez, e uma vez que ele triunfou, eu também triunfarei.

– Assim espero; mas, enfim, tenho o direito de...

– Tem o direito de calar a boca, Axel, se não quiser abusar da sorte.

Percebi que o terrível professor ameaçava reaparecer sob a pele do meu tio, e aceitei o aviso.

– Agora – retomou ele –, consulte o manômetro. Que indica?

– Uma pressão considerável.

– Bem. Você pode perceber que descendo suavemente, habituando-nos aos poucos com a densidade da atmosfera, não sofreremos nada com ela.

– Nada, exceto algumas dores de ouvido.

– Isso não é nada, e você dissipará esse mal-estar pondo rápido o ar exterior em contato com o ar contido nos seus pulmões.

– Perfeitamente – respondi, já decidido a não contrariá-lo mais. – É até mesmo um prazer sentir-se mergulhado nessa atmosfera mais densa. Você percebeu com que intensidade o som se propaga nela?

– É claro. Um surdo acabaria por ouvir às mil maravilhas nessa atmosfera.

– Mas com certeza essa densidade aumentará?

– Sim, segundo uma lei um pouco vaga. É verdade que quanto mais descermos, menor será a força da gravidade. Você sabe que na superfície da Terra a sua ação é sentida com mais intensidade e que no centro do globo os objetos não pesam mais.

– Eu sei. Mas, diga-me, o ar não acabará adquirindo a densidade da água?

– É claro, sob uma pressão de setecentas e dez atmosferas.

– E mais embaixo?

– Mais embaixo, a densidade será ainda maior.

– Então, como vamos descer?

– Colocando pedras nos bolsos.

– Pelo amor de Deus, tio, você tem resposta para tudo.

Não ousei ir mais a fundo no campo das hipóteses, pois eu me defrontaria com alguma impossibilidade que provocaria um acesso de raiva no professor.

Mas era evidente que o ar, sob uma pressão que podia atingir milhares de atmosferas, acabaria passando para o estado sólido, e então, admitindo que os nossos corpos resistissem, seria preciso parar, apesar de todos os raciocínios do mundo.

No entanto, não tentei impor esse argumento. O meu tio retrucaria com o seu eterno Saknussemm, precedente, diga-se de passagem, não muito valioso, pois, mesmo considerando verdadeira a viagem do cientista islandês, havia uma coisa bastante simples a responder:

No século XVI, o barômetro e o manômetro ainda não haviam sido inventados; então, como Saknussemm poderia ter determinado a sua chegada ao centro do globo?

Mas guardei essa objeção para mim, e aguardei os acontecimentos.

O resto do dia se passou em meio a cálculos e conversas. Concordei em tudo com o professor Lidenbrock, e invejei a total indiferença de Hans, que, sem se interessar pelos efeitos e as causas, caminhava cegamente por onde o destino o conduzisse.

Capítulo XXVI

Devo admitir que até então as coisas iam bem, e eu seria um mal-agradecido se reclamasse. Se a "média" das dificuldades não aumentasse, não deixaríamos de atingir o nosso objetivo. E que glória seria! Eu estava quase começando a raciocinar como Lidenbrock. E seriamente. Estaria isso ligado ao estranho ambiente em que eu me encontrava?

Durante alguns dias, por causa dos declives mais íngremes, alguns até de uma assustadora verticalidade, penetramos mais fundo dentro do maciço. Havia dias em que fazíamos de sete a nove quilômetros em direção ao centro. Descidas perigosas, durante as quais a habilidade de Hans e o seu maravilhoso sangue-frio nos foram de grande ajuda. Aquele impassível islandês agia com surpreendente falta de cerimônia, e, graças a ele, conseguimos superar muitas dificuldades que, sozinhos, não conseguiríamos.

Por exemplo, o mutismo dele aumentava dia a dia. Acho que chegava a nos contagiar. Os objetos exteriores têm real ação sobre o cérebro. Quem adoece entre quatro paredes acaba perdendo a faculdade de associar as ideias e as palavras. Quantos prisioneiros ficaram imbecis, para não dizer loucos, por não exercitar as faculdades mentais!

Durante as duas semanas subsequentes à nossa última conversa, não aconteceu nenhum incidente digno de ser relatado. Só encontro na memória, e com razão, um único acontecimento de extrema gravidade. Seria difícil esquecer o mais ínfimo detalhe dele.

Em 7 de agosto, as nossas descidas sucessivas nos haviam levado a uma profundidade de cento e trinta e cinco quilômetros, ou seja, havia sobre as nossas cabeças cento e trinta e cinco quilômetros de rocha, de oceano, de continentes e de cidades. Devíamos estar então a novecentos quilômetros da Islândia.

Naquele dia, o túnel seguia um plano um pouco inclinado.

Eu andava na frente. Meu tio carregava um dos dois aparelhos de Ruhmkorff, e eu o outro. Eu examinava as camadas de granito.

De repente, voltando-me, percebi que estava sozinho.

"Bom", pensei, "andei rápido demais, ou Hans e tio pararam no caminho. Vamos, é preciso encontrá-los. Felizmente, a subida não é muito acentuada."

Voltei. Andei durante quinze minutos. Olhei. Ninguém. Chamei. Não obtive resposta. A minha voz se perdeu no meio dos ecos que ela, subitamente, procurava dentro daquelas cavernas.

Comecei a ficar preocupado. Um arrepio me percorreu o corpo todo.

– Um pouco de calma – disse em voz alta. – Tenho a certeza de que reencontrarei os meus companheiros. Não há duas rotas! Portanto, se eu estava na frente, basta voltar para trás.

Voltei durante uma meia hora. Prestei atenção para ver se alguém me chamava, e, naquela atmosfera tão densa, o chamado podia vir de longe. Reinava um silêncio completo na imensa galeria.

Parei. Não podia acreditar que estava sozinho. Preferia estar afastado a estar perdido. Afastados, nós nos encontraríamos.

– Vejamos – repeti –, já que só há uma rota, já que eles a estão percorrendo, devo encontrá-los. A menos que, porque não me viram, e porque se esqueceram de que eu estava na frente, eles pensaram em voltar para trás. Tudo bem! Mesmo nesse caso, se eu me apressasse, eu os reencontraria. É evidente!"

Repetia essas últimas palavras como um homem que não está convencido. Aliás, para associar essas ideias tão simples e juntá-las na forma de um raciocínio, gastei muito tempo.

Então, uma dúvida tomou conta de mim. Estava mesmo na frente? Claro, pois Hans me seguia, precedendo meu tio. Chegou até mesmo a parar por alguns instantes para amarrar as bagagens no ombro. Esse detalhe me vinha à mente. Deve ter sido exatamente no momento em que eu continuara o meu caminho.

"Aliás", pensei, "tenho um meio seguro de não me enganar, um fio indestrutível para me guiar nesse labirinto, o meu fiel riacho. Se voltar acompanhando o seu curso, com certeza encontrarei os traços dos meus companheiros."

Esse raciocínio me reanimou, e resolvi pôr-me a caminho imediatamente.

Como abençoei a clarividência do meu tio, quando ele impediu que o caçador tapasse o buraco feito na parede de granito! Dessa forma, aquela abençoada nascente, além de matar a nossa sede durante a rota, iria guiar-me pelas sinuosidades da crosta terrestre.

Antes de subir, julguei que uma ablução me faria bem.

Então, abaixei-me para mergulhar as mãos na água do *Hans-bach*!

Imaginem a minha surpresa!

Bati num granito seco e áspero! O riacho não corria mais aos meus pés!

Capítulo XXVII

Impossível descrever o meu desespero. Nenhuma palavra da língua humana poderia expressar os meus sentimentos. Estava enterrado vivo, com a perspectiva de morrer torturado pela fome e pela sede.

Maquinalmente eu passava as mãos ardentes pelo chão. Como aquela rocha me pareceu seca!

Mas como havia eu abandonado o curso do riacho? Pois, afinal de contas, ele não estava mais lá! Então, compreendi o motivo daquele estranho silêncio, quando procurei escutar pela primeira vez algum chamado dos meus companheiros. Visto que só tentava ouvir vozes, no momento em que dei o primeiro passo no caminho errado não percebi a ausência do riacho. É evidente que naquele momento uma bifurcação da galeria se abriu à minha frente, enquanto o *Hans-bach*, obedecendo aos caprichos de uma outra ladeira, partia com os meus companheiros rumo a profundezas desconhecidas!

Como voltar? Não havia traços. O meu pé não deixava nenhuma marca naquele granito. Eu quebrava a cabeça para encontrar a solução daquele problema insolúvel. A minha situação se resumia numa só palavra: perdido!

Sim! Perdido a uma profundidade que me parecia incomensurável! Aqueles cento e trinta e cinco quilômetros de crosta terrestre me pesavam sobre os ombros com um peso assustador. Sentia-me esmagado.

Tentei pensar nas coisas da Terra. Quase não conseguia. Hamburgo, a casa da Königstrasse, a minha pobre

Gräuben, todo aquele mundo debaixo do qual eu estava perdido passou rápido na minha mente desorientada. Revi numa viva alucinação os incidentes da viagem, a travessia, a Irlanda, o Sr. Fridriksson, o Sneffels! Pensei que na minha situação a sombra de uma esperança seria sinal de loucura, e que só me restava entrar em desespero!

De fato, que poder humano poderia reconduzir-me à superfície terrestre e separar aquelas abóbadas enormes que se armavam sobre a minha cabeça? Quem poderia colocar-me de novo no caminho de volta e juntar-me aos meus companheiros?

– Oh! Meu tio! –, exclamei em desespero.

Foi a única palavra de censura que me veio aos lábios, pois compreendi o quanto o pobre homem devia estar sofrendo à minha procura.

Quando me vi, enfim, fora do alcance de qualquer socorro humano, incapaz de fazer o que quer que fosse para me salvar, apelei para a ajuda do Céu. As lembranças da minha infância, as da minha mãe que eu só conhecera quando ainda era nenê, me voltaram à mente. Recorri à prece, embora não tivesse muito direito de ser ouvido por Deus, a quem eu me dirigia tão tarde, e implorei com fervor.

O apelo à Providência me deixou um pouco mais calmo, e consegui concentrar todas as forças da mente na minha situação.

Tinha provisões para três dias, e o meu cantil estava cheio. No entanto, não podia ficar por muito tempo mais. Mas devia subir ou descer?

Subir, é claro! Só subir!

Devia chegar ao ponto em que abandonara a nascente, à funesta bifurcação. Lá, com o riacho sob os pés, poderia ainda chegar ao topo do Sneffels.

Como não pensei nisso antes! Era evidentemente uma chance de salvação. Urgia, portanto, reencontrar o curso do *Hans-bach*.

Levantei-me e, apoiando-me no arpão de ferro, voltei a subir a galeria. A inclinação ali era bastante acentuada. Eu andava com esperança e disposição, como alguém que não tem escolha quanto ao caminho a seguir.

Durante uma meia hora, nenhum obstáculo me deteve. Tentava reconhecer a minha rota pela forma do túnel, pela saliência de algumas rochas, pela disposição das curvas. Mas não identifiquei nenhum sinal particular e logo reconheci que aquela galeria não podia reconduzir-me à bifurcação. Era sem saída. Bati contra uma parede impenetrável e caí sobre a rocha.

Não sei dizer que pavor, que desespero tomou conta de mim então. Fiquei arrasado. A minha última esperança acabava de se quebrar contra aquela muralha de granito.

Perdido naquele labirinto cujas sinuosidades se cruzavam em todos os sentidos, não podia mais tentar uma fuga impossível. Só me restava morrer da mais terrível morte! E, coisa estranha, pensei que, se o meu corpo fossilizado fosse um dia encontrado a cento e trinta e cinco quilômetros nas entranhas da Terra, isso levantaria sérias questões científicas!

Quis falar em voz alta, mas só ruídos abafados passaram entre os meus lábios ressecados. Ofegava.

No meio daquelas angústias, um novo terror veio tomar conta de mim. A minha lanterna amassara com o tombo. Não tinha nenhum meio de consertá-la. A luz estava mais fraca e me faria falta!

Olhei a corrente luminosa encolher na serpentina do aparelho. Uma procissão de sombras começou a passar nas paredes escurecidas. Não ousava baixar as pálpebras, temendo perder um átomo que fosse daquela claridade fugitiva! A cada instante parecia que ela ia apagar-se e que eu seria tragado pelo "negror".

Finalmente, um último lampejo tremulou na lâmpada. Eu o segui, aspirei-o com o olhar, concentrei sobre ele toda a força dos meus olhos, como se fosse a última sensação de luz que eu ia ter, e fiquei completamente mergulhado nas trevas.

Deixei escapar um grito terrível! Na superfície, mesmo nas mais densas noites, a luz nunca renuncia totalmente aos seus direitos! Pode ficar difusa, sutil, mas por mais fraca que seja, a retina ainda consegue percebê-la! Mas aqui, nada. A sombra absoluta fazia de mim um cego em toda a acepção da palavra.

Então, perdi a cabeça. Levantei os braços para a frente, tateando da forma mais dolorosa. Comecei a correr, pisando ao acaso naquele inextricável labirinto, sempre descendo, correndo pela crosta terrestre, como um habitante das falhas subterrâneas, chamando, gritando, urrando, batendo nas saliências das rochas, caindo e levantando-me ensanguentado, tentando beber aquele sangue que me inundava o rosto, e sempre à espera de uma muralha que viesse oferecer à minha cabeça um obstáculo para rachá-la!

Aonde me levou aquela corrida insensata? Continuo sem saber. Após várias horas, com certeza ao fim das minhas forças, caí como uma massa inerte ao lado da parede e perdi a consciência!

Capítulo XXVIII

Quanto recobrei os sentidos, o meu rosto estava molhado, porém molhado de lágrimas. Não sei dizer quanto tempo durou esse estado de insensibilidade. Eu não tinha mais nenhum meio de me dar conta do tempo. Nunca houve solidão parecida com a minha, nunca houve abandono tão completo!

Depois da queda, eu havia perdido muito sangue. Sentia-me inundado dele! Ah! Como lamentei não estar morto e "ainda ter coisas a fazer"! Não queria mais pensar. Expulsei todo e qualquer pensamento da cabeça e, vencido pela dor, rolei para perto da parede oposta.

Já sentia o desmaio voltar, e, com ele, o supremo aniquilamento, quando um barulho violento veio chocar-se com o meu ouvido. Parecia o barulho de um trovão, e ouvi as ondas sonoras se perderem pouco a pouco nas longínquas profundezas do abismo.

De onde vinha aquele barulho? Com certeza de algum fenômeno que ocorria dentro do maciço terrestre! A explosão de um gás, ou a queda de algum grande alicerce do globo!

Tentei escutar mais. Quis saber se o barulho ia produzir-se de novo. Passaram-se quinze minutos. Reinava o silêncio na galeria. Não ouvia sequer as batidas do meu coração.

De repente, encostei por acaso a orelha na muralha, acreditei que estava captando palavras vagas, incompreensíveis, distantes. Estremeci.

"É uma alucinação!", pensei.

Mas não. Escutando mais atentamente, ouvi mesmo um murmúrio de voz. Mas a minha fraqueza não me permitiu compreender o que dizia. Porém, havia vozes. Tinha a certeza.

Temi por um instante que aquelas palavras fossem minhas, repetidas pelo eco. Talvez houvesse gritado sem perceber. Fechei bem os olhos e encostei de novo a orelha na parede.

"É verdade, estão falando! Estão falando!"

Mesmo ficando a alguns metros da muralha, ouvia claramente. Consegui captar algumas palavras imprecisas, estranhas, incompreensíveis. Chegavam até mim como se tivessem sido pronunciadas em voz baixa, murmuradas, por assim dizer. A palavra *forloräd* era várias vezes repetida, com um tom de dor.

Que significava? Quem a estava pronunciando? Com certeza, meu tio e Hans. Mas se eu os ouvia, eles também podiam ouvir-me.

– Aqui! – exclamei com todas as minhas forças –, aqui!

Escutei, aguardei na sombra uma resposta, um grito, um suspiro. Nada ouvi. Passaram-se alguns minutos. Todo um mundo de ideias me surgiu na cabeça. Achei que a minha voz enfraquecida não podia chegar até os meus companheiros.

– Claro que são eles – repeti. – Quem mais poderia ter se enfiado a cento e trinta e cinco quilômetros debaixo da terra?

Pus-me a escutar novamente. Passando a orelha pela parede, achei um ponto matemático onde as vozes pareciam atingir a sua intensidade máxima. A palavra *forloräd* voltou-me ao ouvido; depois aquele trovão que me havia tirado do torpor.

– Não – disse –, não. Não é pelo maciço que essas vozes se fazem ouvir. A parede é feita de granito e não permitiria que a mais forte detonação a atravessasse! Esse barulho chega pela própria galeria! Deve ser um efeito especial da acústica!

Escutei de novo e, dessa vez, sim! Ouvi o meu nome claramente lançado pelo espaço!

Era meu tio quem o pronunciava! Estava conversando com o guia, e a palavra *forloräd* era uma palavra dinamarquesa!

Então, entendi tudo. Para que me ouvissem bastava falar ao lado daquela muralha que serviria para conduzir a minha voz como o fio conduz a eletricidade.

Mas eu não tinha tempo a perder. Se os meus companheiros se afastassem alguns passos, o fenômeno de acústica seria destruído. Portanto, aproximei-me da muralha e pronunciei estas palavras o mais distintamente possível:

– Tio Lidenbrock!

Esperei ansiosamente. O som não é muito rápido. A densidade das camadas de ar nem mesmo aumenta a sua velocidade, apenas a sua intensidade. Passaram-se alguns segundos, séculos, e, finalmente, estas palavras chegaram-me aos ouvidos.

– Axel, Axel! É você?

....

– Sim! Sim – respondi.

....

– Meu filho, onde você está?

....

– Perdido, na mais profunda escuridão!

....

– Mas onde está a sua lanterna?

....

– Pifou.

....

– E o riacho?

....

– Sumiu.

....

– Axel, meu pobre Axel, tenha coragem!

....

– Espere um pouco, estou esgotado! Não tenho mais forças para responder. Mas fale comigo!

....

– Coragem – prosseguiu meu tio. – Não fale, escute-me. Subimos e descemos a galeria, à sua procura. Impossível encontrá-lo. Ah! Como eu chorei, meu filho! Enfim, supondo que você ainda estava no caminho do *Hans-bach*, descemos de novo, dando alguns tiros de fuzil. Agora, embora as nossas vozes possam encontrar-se por efeito de acústica, as nossas mãos não podem tocar-se! Mas não se desespere, Axel! Conversar já é alguma coisa!

....

Refleti durante esse tempo. Certa esperança, vaga ainda, voltava-me ao coração. Havia sobretudo uma coisa que era preciso saber. Assim sendo, aproximei os lábios da muralha, e disse:

– Tio?

....

– Meu filho? –, foi-me respondido depois de alguns instantes.

....

– É preciso, antes de mais nada, saber a distância que nos separa.

....

– Isso é fácil.

....

– Está com o cronômetro?

....

– Estou.

....

– Então, pegue-o. Pronuncie o meu nome, marcando o segundo exato em que o disser. Eu o repetirei no momento em que o ouvir, e você marcará igualmente o momento exato em que a minha resposta chegar até você.

....

– Certo, e a metade do tempo compreendido entre a minha pergunta e a sua resposta indicará o tempo que a minha voz leva para chegar até você.

....

– Isso mesmo, tio.

....

– Está pronto?

....

– Estou.

....

– Pois bem, preste atenção, vou pronunciar o seu nome.

....

Encostei a orelha na parede e logo ouvi a palavra "Axel", depois repeti imediatamente "Axel" e esperei.

....

– Quarenta segundos – disse meu tio. – Quarenta segundos se passaram entre as duas palavras; o som demora vinte segundos para subir. Logo, a trezentos e quarenta metros por segundo, isso dá seis mil e oitocentos metros.

....

– Seis mil e oitocentos metros! – murmurei.

....

– Ora, isso é fácil, Axel!

....

– Mas devo subir ou descer?

....

– Descer, e eis o motivo. Chegamos a um amplo espaço, que desemboca em muitas galerias. A que você seguiu não pode deixar de dar aqui, pois parece que todas essas fendas, essas fraturas do globo se irradiam em volta de uma imensa caverna que nós ocupamos. Portanto, levante-se e pegue o caminho de novo. Ande, arraste-se, se preciso, deslize nos declives íngremes, e os nossos braços estarão à sua espera no fim do caminho. Em frente, meu filho, em frente!

....

Essas palavras me reanimaram.

– Adeus, meu tio – exclamei –, estou indo. No momento em que eu tiver saído desse lugar, as nossas vozes não poderão mais se comunicar! Portanto, adeus!

....

– Até logo, Axel! Até logo!

....

Foram essas as últimas palavras que ouvi.

Aquela conversa surpreendente por entre as paredes da massa terrestre, separadas por seis quilômetros de distância, foi encerrada por essas palavras de esperança. Orei, agradecendo a Deus, pois ele me havia guiado em meio àquelas imensidões escuras até o último ponto, talvez, em que a voz dos meus companheiros podia alcançar-me.

O incrível efeito acústico era fácil de se explicar unicamente pelas leis físicas, era provocado pela forma do corredor e pela condutibilidade da rocha. Há muitos exemplos dessa propagação de sons não perceptíveis nos espaços intermediários. Lembro-me de que esse fenômeno se produziu em muitos lugares, a exemplo da galeria interna do domo de São Paulo em Londres, e principalmente no meio das curiosas cavernas da Sicília, nas catacumbas perto de Siracusa. A mais famosa delas é conhecida pelo nome de Orelha de Dionísio.

Essas lembranças me vieram à mente, e vi claramente que, uma vez que a voz do meu tio chegava até mim, não havia nenhum obstáculo entre nós. Seguindo o caminho do som, eu devia, logicamente, chegar até ele, se as forças não me traíssem.

Assim sendo, levantei-me, mas só conseguia arrastar-me. A ladeira era bastante íngreme. Deixava-me deslizar.

Logo a velocidade da minha descida aumentou numa temerosa proporção, e ameaçava assemelhar-se a uma queda. Não tinha mais forças para parar.

De repente, não senti mais os pés no chão. Senti-me rolar, saltitando pelas asperezas de uma galeria vertical, um verdadeiro poço. Bati a cabeça numa rocha pontiaguda e perdi os sentidos.

Capítulo XXIX

Quando recuperei os sentidos, estava numa semiescuridão, estendido sobre grossas cobertas. O meu tio velava, buscando no meu rosto sinais de vida. Assim que suspirei, ele pegou a minha mão; assim que abri os olhos, ele deu um grito de alegria.

– Está vivo! Está vivo! Está vivo! – exclamou.

– Estou – respondi com voz fraca.

– Meu filho – disse meu tio, apertando-me contra o peito. – Está salvo!

Fiquei profundamente tocado pelo tom com que foram pronunciadas essas palavras, e mais ainda pelos cuidados que as acompanharam. Mas fora necessário passar por esse tipo de provação para provocar no professor semelhante reação.

Nesse momento, Hans chegou. Viu a minha mão na do meu tio; ouso afirmar que os olhos dele exprimiram um vivo contentamento.

– *God dag* – disse ele.

– Bom dia, Hans, bom dia – murmurei. – E agora, meu tio, diga-me onde estamos.

– Amanhã, Axel, amanhã; hoje você está muito fraco ainda; pus várias compressas na sua cabeça e você não pode tirá-las; portanto, durma, meu rapaz, e amanhã você saberá de tudo.

– Mas – prossegui – pelo menos diga que horas são, que dia é hoje...

– Onze horas da noite, e hoje é domingo, dia 9 de agosto, e não permito que você me interrogue antes do dia 10 do presente mês.

Na verdade, eu estava bastante fraco, e os meus olhos se fecharam involuntariamente. Precisava de uma noite de descanso; por isso, adormeci acalentado pelo pensamento de que o meu isolamento durara quatro longos dias.

No dia seguinte, quando acordei, olhei à minha volta. A minha cama, feita com todas as cobertas de viagem, estava instalada numa gruta encantadora, enfeitada com magníficas estalactites, e cujo chão estava coberto por uma areia fina. Reinava uma semiescuridão. Nenhum archote, nenhuma lâmpada estava acesa, e, contudo, algumas claridades inexplicáveis vinham de fora e penetravam por uma estreita abertura da gruta. Ouvia, também, um murmúrio vago e indefinido, semelhante ao gemido das ondas que se quebram na praia, e às vezes os assobios da brisa.

Perguntei-me se estava realmente acordado, se estava sonhando ainda, se o meu cérebro, ferido na queda, não estaria apenas percebendo ruídos puramente imaginários. No entanto, nem os meus olhos nem os meus ouvidos podiam enganar-se a esse ponto.

"É um raio de luz diurna", pensei, "que está passando por essa fenda dos rochedos! É realmente o murmúrio das ondas! É o assobio da brisa! Estou enganado ou voltamos à superfície da Terra? Será que o meu tio renunciou à sua expedição, ou felizmente pôs um fim nela?"

Fazia-me essas insolúveis perguntas, quando o professor entrou.

– Bom dia, Axel! – disse ele alegremente. – Aposto que se sente bem!

– Com certeza – disse eu, levantando-me sobre as cobertas.

– Só podia estar, pois você dormiu tranquilamente. Hans e eu nos revezamos para cuidar de você, e vimos que, aos poucos, você ia ficando bom.

– É verdade, sinto-me muito bem, e a prova disso é que vou comer tudo o que me derem!

– Você comerá, meu rapaz! Não está mais com febre. Hans tratou das suas feridas com um unguento de fórmula islandesa, e elas cicatrizaram às mil maravilhas. Esse nosso caçador é muito esperto!

Enquanto falava, meu tio preparava alguns alimentos que eu devorava, apesar das recomendações dele. Durante esse tempo, eu o cumulei de perguntas que ele se apressou a responder.

Então, fiquei sabendo que a minha queda providencial me havia precisamente levado à extremidade de uma galeria quase perpendicular; como eu havia chegado em meio a uma chuva de pedras, cuja menor seria suficiente para me esmagar, era forçoso concluir que uma parte do maciço escorregara comigo. Aquele temível veículo me transportou assim até os braços do meu tio, nos quais caí, sangrando, inanimado.

– É – disse ele –, é mesmo surpreendente que você não se tenha partido em mil pedaços. Mas, ó céus, não nos separemos mais, caso contrário, correremos o risco de não nos vermos nunca mais.

– Não nos *separemos* mais?! Então a viagem não terminou? – Arregalei os olhos, o que logo provocou esta pergunta:

– O que foi, Axel?

– Tenho uma pergunta a lhe fazer. Está dizendo que estou são e salvo?

– Isso mesmo.

– Todos os meus membros estão intactos?

– Certamente.

– E a minha cabeça?

– A sua cabeça, salvo algumas contusões, está perfeitamente no lugar, sobre os seus ombros.

– Mas tenho medo de que o meu cérebro tenha se danificado...

– Danificado?

– Sim. Não voltamos à superfície terrestre?

– É claro que não!

– Então, devo estar louco, pois estou vendo a luz do dia, ouvindo o vento soprar e o mar se quebrar!

– Ah, é isso?

– Vai explicar-me?

– Não vou explicar-lhe nada, pois é inexplicável; mas você verá e compreenderá que a ciência geológica ainda não deu a sua última palavra.

– Portanto, vamos sair – exclamei, levantando-me bruscamente.

– Não, Axel, não! O ar livre poderia fazer-lhe mal.

– O ar livre?

– Sim, o vento está bastante violento. Não quero que você se exponha dessa forma.

– Mas juro que me sinto às mil maravilhas.

– Um pouco de paciência, meu rapaz. Uma recaída agora seria complicado, e não podemos perder tempo, pois a travessia pode ser longa.

– A travessia?

– Sim, descanse hoje ainda, porque vamos embarcar amanhã.

– Embarcar?

Essa última palavra me fez dar um pulo.

O quê?! Embarcar?! Então quer dizer que tínhamos um rio, um lago, um mar à nossa disposição? E um barco ancorado em algum porto?

Estava morrendo de curiosidade. Meu tio tentou em vão conter-me. Quando viu que a minha impaciência me faria mais mal do que a satisfação dos meus desejos, ele cedeu.

Vesti-me rapidamente. Por precaução, enrolei-me numa das cobertas e saí da gruta.

Capítulo XXX

A princípio, não enxerguei nada. Os meus olhos, desacostumados com a luz, fecharam-se bruscamente. Quando consegui reabri-los, fiquei ainda mais surpreso do que maravilhado.

– O mar! – exclamei.

– Sim – respondeu meu tio –, o mar Lidenbrock, e eu quero acreditar que nenhum navegador me contestará a honra de tê-lo descoberto e o direito de dar-lhe o meu nome!

Um amplo lençol de água, o começo de um lago ou oceano, se estendia além dos limites da visão. As ondas vinham bater numa praia bastante recortada, coberta por uma areia fina e dourada, salpicada de pequenas conchas onde viveram os primeiros seres da criação. As ondas lá se quebravam com o murmúrio sonoro característico dos ambientes fechados e imensos. Uma leve espuma era soprada por um vento moderado, e alguns pingos de uma garoa fina batiam contra o meu rosto. Naquela praia levemente inclinada, a cerca de duzentos metros das ondas, haviam escarpas de enormes rochedos que subiam a uma altura incalculável. Alguns deles, cortando a praia com a sua aresta pontuda, formavam cabos e promontórios roídos pelo dente da ressaca. Mais além, via-se a sua massa nitidamente perfilada contra o fundo nebuloso do horizonte.

Era um verdadeiro oceano, com o contorno caprichoso das margens terrestres, porém deserto e com um aspecto terrivelmente selvagem.

Se os meus olhos podiam observar ao longe sobre aquele mar era porque uma luz "especial" iluminava os mínimos detalhes. Não a luz do sol com os seus feixes brilhantes e a irradiação esplêndida dos seus raios, nem o lume pálido e vago do astro noturno, que não passa de um reflexo sem calor. Não. Aquela luz, a sua difusão trêmula, a sua brancura clara e seca, a sua temperatura pouco elevada, o seu brilho, na realidade superior ao da lua, acusavam com toda certeza uma origem elétrica. Era como uma aurora boreal, um fenômeno cósmico contínuo, que enchia aquela caverna capaz de conter um oceano.

A abóbada suspensa acima da minha cabeça – o céu, se quiserem – parecia feita de grandes nuvens, vapores móveis e inconstantes que, pelo efeito da condensação, deviam, em alguns dias, transformar-se em chuvas torrenciais. Parecia que, sob uma pressão tão forte da atmosfera, a evaporação da água não podia ocorrer, e, no entanto, por uma razão física que me escapava, havia nuvens enormes espalhadas pelo ar. Mas o tempo "estava bom". Nas nuvens mais altas, os campos elétricos produziam surpreendentes jogos de luzes. Sombras vivas se desenhavam em rolos inferiores, e muitas vezes, entre duas camadas de nuvens separadas, um raio intenso chegava até nós. Mas, em suma, não era o sol, já que a luz não tinha calor. O efeito produzido era triste, melancólico. Em vez de um firmamento estrelado, eu sentia que acima daquelas nuvens se estendia uma abóbada de granito que me esmagava com todo o seu peso, e aquele espaço não bastaria, por maior que fosse, para a órbita do menor dos satélites.

Lembrei-me então da teoria de um capitão inglês que comparava a Terra a uma vasta esfera oca, dentro da qual o ar permanecia luminoso devido à sua pressão, enquanto dois astros, Plutão e Prosérpina, traçavam ali dentro as suas misteriosas órbitas. Teria ele falado a verdade?

Estávamos realmente aprisionados numa enorme escavação. Era impossível calcular a sua largura, já que a orla ia alargando-se a perder de vista, bem como o seu comprimento, pois o olhar era limitado por uma linha de horizonte um pouco vaga. Quanto à sua altura, ela devia ultrapassar vários quilômetros. O olhar não podia perceber onde aquela abóbada terminava em paredes de granito; mas havia uma nebulosidade suspensa na atmosfera, que estava a uns quatro mil metros de altura, sendo, portanto, mais alta dos que os vapores terrestres, sem dúvida devido a um ar bastante denso.

A palavra "caverna" sempre me vem à cabeça quando descrevo aquele imenso ambiente. Mas as palavras da língua humana não são suficientes para os que se aventuram pelos abismos terrestres.

Aliás, eu não sabia qual fenômeno geológico explicaria a existência de semelhante escavação. Então o esfriamento do globo pudera produzi-la? Conhecia bem, pelas narrativas dos viajantes, algumas cavernas célebres, mas nenhuma apresentava tais dimensões.

Apesar de Humboldt, ao visitar a gruta de Guachara, na Colômbia, não ter conseguido saber ao certo a sua profundidade, algum tempo depois se verificou que ela não passava dos setecentos e cinquenta metros atestados pelo cientista. A imensa caverna do Mammouth, em Kentucky, oferecia também dimensões gigantescas, já que a sua abóbada ficava a mais de cento e cinquenta metros acima de um lago insondável, e podia ser percorrida pelos viajantes por mais de quarenta e cinco quilômetros sem que eles encontrassem o seu fim. Mas o que eram aquelas cavidades perto daquela que eu estava admirando, com o seu céu de vapores, com as suas irradiações elétricas e com um vasto mar encerrado entre suas paredes? A minha imaginação se sentia impotente diante daquela imensidão.

Eu contemplava todas aquelas maravilhas em silêncio. Faltavam-me palavras para expressar as minhas sensações. Acreditava estar num planeta longínquo, Urano ou Netuno, assistindo a fenômenos que a minha natureza terrestre desconhecia. A sensações novas eram necessárias palavras novas, e a minha imaginação não as fornecia. Eu olhava, pensava, admirava com um espanto misturado com um pouco de temor.

O imprevisto desse espetáculo devolveu-me ao rosto as cores da saúde; eu estava tratando-me pelo espanto e operava a minha cura por meio dessa nova terapêutica; aliás, a vivacidade do ar muito denso me reanimava, fornecendo mais oxigênio aos meus pulmões.

É fácil imaginar que depois de um aprisionamento de quarenta e sete dias numa estreita galeria era um prazer infinito respirar aquela brisa carregada de úmidas emanações salinas.

Por isso eu não tinha motivo para me arrepender de ter deixado a minha gruta escura. O meu tio, já acostumado com aquelas maravilhas, não se surpreendia mais.

– Sente-se forte para passear um pouco? – perguntou-me ele.

– Com certeza – respondi –, e nada me será mais agradável.

– Pois bem, pegue o meu braço, Axel, e sigamos essas margens sinuosas.

Aceitei depressa o convite, e começamos a margear aquele novo oceano. À esquerda, rochedos abruptos, montados uns sobre os outros, formavam uma pilha imensa de um efeito impressionante. Das suas laterais brotavam inúmeras cascatas, que se precipitavam em lençóis límpidos e transparentes. Quando caíam de uma rocha para outra, alguns vapores subiam, marcando o lugar das fontes quentes, e riachos corriam tranquilamente para a bacia comum, procurando nas ladeiras o momento de murmurar mais agradavelmente.

Entre aqueles riachos, reconheci o nosso fiel companheiro de estrada, o *Hans-bach*, que vinha perder-se tranquilamente no mar, como se nunca tivesse feito outra coisa desde o começo do mundo.

– Daqui para frente – disse eu com um suspiro –, não nos fará mais falta.

– É isso aí! – respondeu o professor. – Ele ou outro, tanto faz.

Achei a resposta um pouco ingrata.

Mas nesse momento um espetáculo inesperado me chamou a atenção. A quinhentos metros, ao desviar de um alto promontório, uma floresta alta, densa e cerrada surgiu à nossa frente. Era feita de árvores de médio porte, talhadas como guarda-sóis de contornos nítidos e geométricos; as correntes atmosféricas não pareciam agitar a sua folhagem, e, em meio aos sopros, permaneciam imóveis como um maciço de cedros petrificados.

Eu apressava o passo. Não conseguia dar nome a essas singulares essências. Pertenceriam às duzentas mil espécies vegetais conhecidas até então, e seria necessário reservar-lhes um lugar especial na flora das vegetações lacustres? Não. Quando chegamos debaixo da sua sombra, minha surpresa ficou reduzida à admiração.

De fato, eu estava diante de produtos da terra, só que moldados num padrão gigantesco. Meu tio logo os chamou pelo nome.

– Trata-se, pura e simplesmente, de uma floresta de cogumelos – disse ele.

E não estava enganado. Basta pensar no crescimento dessas plantas nos ambientes quentes e úmidos. Eu sabia que o *lycoperdon giganteum* alcança, segundo Bulliard, até três metros de circunferência; mas ali eram cogumelos brancos, com altura de dez a treze metros, com um chapéu de diâmetro equivalente. Havia milhares deles. A luz não conseguia penetrar pela sua copa espessa, e reinava uma escuridão completa sob aqueles domos justapostos como os tetos redondos de uma aldeia africana.

Mesmo assim, quis entrar mais. Um frio mortal descia daquelas abóbadas carnudas. Durante cerca de meia hora, erramos naquelas úmidas trevas, e foi com uma verdadeira sensação de bem-estar que reencontrei as margens do mar.

Mas a vegetação daquele país subterrâneo não se limitava aos cogumelos. Mais ao longe, erguiam-se por grupos muitas outras árvores de folhagem descolorida. Eram fáceis de reconhecer: eram arbustos comuns da terra, com dimensões fenomenais, licopódios de trinta metros de altura, sigilárias gigantes, fetos arbóreos, grandes como os pinheiros das altas latitudes, lepidodendros de caules cilíndricos bifurcados, coroados por longas folhas e eriçados de pelos grosseiros como monstruosas plantas carnosas.

– Fascinante, magnífico, esplêndido! – exclamou meu tio. – Temos aqui toda a flora da segunda era do mundo, a era de transição. Temos aqui as plantas simples dos nossos jardins que eram árvores no primeiro século da Terra! Olhe, Axel, admire! Nunca nenhum botânico viu semelhante festa!

– Tem razão, meu tio. Parece que a Providência quis conservar nessa estufa imensa essas plantas antediluvianas que a sagacidade dos cientistas reconstruiu com tanto esmero.

– Isso mesmo, meu rapaz, é uma estufa; mas você se expressaria melhor se acrescentasse que talvez seja um museu animal.

– Um museu animal?

– Sem dúvida. Veja essa poeira que pisamos, essas ossadas espalhadas pelo chão.

– Ossadas! – exclamei. – Sim, ossadas de animais antediluvianos!

Abaixei-me para olhar aqueles restos seculares feitos de uma substância mineral indestrutível.[8] Sem hesitar, eu ia dando nome àqueles ossos gigantescos que pareciam troncos de árvores ressecadas.

– Este é o maxilar inferior do mastodonte – dizia. – Estes são os molares do dinotério; este é fêmur que só pode ter pertencido ao maior dos animais, ao megatério. Sim, é realmente um museu animal, pois essas ossadas com certeza não foram transportadas até aqui por um cataclismo. Os animais a que pertenciam viveram nas margens desse mar subterrâneo, à sombra dessas plantas arborescentes. Olhe, estou vendo esqueletos inteiros. Mas...

– Mas? – disse meu tio.

– Não entendo a presença de semelhantes quadrúpedes nessa caverna de granito.

– Por quê?

– Porque na Terra a vida animal só existiu nos períodos secundários, quando o terreno sedimentar se formou pelos aluviões e substituiu as rochas incandescentes da era primitiva.

– Mas, Axel, há uma resposta bem simples à sua objeção: é que esse terreno é sedimentar.

– Como?! Nessa profundidade da superfície da Terra?!

– Claro, e isso pode explicar-se geologicamente. Numa certa época, a Terra era formada apenas por uma crosta elástica, sujeita a movimentos alternados de cima e de baixo, em virtude das leis da atração. É provável que tenham ocorrido rebaixamentos do solo, e que uma parte dos terrenos sedimentares tenha sido levada para o fundo dos abismos que subitamente se abriram.

– Deve ser isso. Mas, se animais antediluvianos viveram nessas regiões subterrâneas, quem nos garante que um desses monstros ainda não anda por aí no meio dessas florestas escuras ou atrás dessas rochas escarpadas?

---

8. Fosfato de cal.

Com essa ideia na cabeça e um pouco apavorado, interroguei os diversos pontos do horizonte; mas nenhum ser vivo apareceu naquelas margens desertas.

Estava um pouco cansado. Fui sentar-me, então, na extremidade de um promontório ao pé do qual as ondas vinham quebrar-se com estrondo. Dali o meu olhar abraçava toda a baía formada por um recorte do litoral. Ao fundo, havia um pequeno porto coberto por rochas piramidais. As suas águas calmas dormiam ao abrigo do vento. Um veleiro e duas ou três escunas poderiam aportar ali sem problemas. Dava até para imaginar um navio saindo dali a todo o pano e passando ao largo sob a brisa do sul.

Mas essa ilusão se dissipou rapidamente. Éramos as únicas criaturas vivas daquele mundo subterrâneo. Às vezes, devido a uma calmaria momentânea, um silêncio mais profundo do que os silêncios do deserto descia sobre as rochas áridas e pesava sobre a superfície do oceano. Então eu tentava perfurar as brumas longínquas, abrir aquela cortina jogada sobre o fundo misterioso do horizonte. Que perguntas tinha que fazer? Onde terminava aquele mar? Aonde levava? Conseguiríamos reconhecer as margens do lado oposto?

Quanto ao meu tio, ele não tinha dúvida alguma acerca disso. Quanto a mim, eu queria saber, e ao mesmo tempo, tinha medo.

Depois de uma hora passada na contemplação daquele maravilhoso espetáculo, retomamos o caminho da praia para chegar à gruta, e foi dominado pelos mais estranhos pensamentos, caí num sono profundo.

Capítulo XXXI

No dia seguinte, acordei completamente curado. Achei que um banho me seria muito salutar, e fui mergulhar por alguns minutos nas águas daquele Mediterrâneo. Este, dentre todos, era o nome que mais lhe convinha.

Voltei a comer com muito apetite. Hans se dispôs a cozinhar o nosso pequeno cardápio; tinha água e fogo à sua disposição, de modo que pôde variar um pouco o nosso trivial. De sobremesa, serviu-nos algumas xícaras de café, e nunca aquela deliciosa bebida me pareceu mais agradável de degustar.

– Agora – disse meu tio –, chegou a hora da maré, e não podemos perder a oportunidade de estudar esse fenômeno.

– O que, a maré?! – exclamei.

– Isso mesmo.

– A influência da lua e do sol se faz sentir até aqui?

– E por que não? Não estão os corpos, em seu conjunto, sujeitos à atração universal? Portanto, essa massa de água não pode furtar-se a essa lei geral. Por isso, apesar da pressão atmosférica exercida na sua superfície, você vai vê-la elevar-se como o próprio Atlântico.

Nesse momento, pisávamos a areia, e as ondas voltavam, aos poucos, à praia.

– Olhe a onda começando – exclamei.

– Sim, Axel, e depois dessa espuma, você poderá ver que o mar se eleva cerca de três metros.

– É fantástico!

– Não, é natural.

– Não importa o que diga, meu tio, isso tudo me parece extraordinário, e custo a acreditar nos meus olhos. Quem poderia imaginar que debaixo da crosta terrestre há um verdadeiro oceano, com os seus fluxos e refluxos, com as suas brisas, com as suas tempestades?!

– Por que não? Há alguma razão física que se oponha a isso?

– Acho que nenhuma, já que é preciso abandonar o sistema do calor central.

– Então, até aqui a teoria de Davy se justifica?

– Evidentemente, e por isso nada contradiz a existência de mares ou de países dentro do globo.

– Com certeza, mas não habitados.

– Mas por que essas águas não conteriam alguns peixes de uma espécie desconhecida?

– Pode até ser, só que até agora não encontramos nenhum.

– Muito bem, podemos improvisar linhas e ver se o anzol vai ter tanto sucesso aqui embaixo quanto nos oceanos sublunares.

– Tentaremos, Axel, pois precisamos penetrar em todos os segredos dessas novas regiões.

– Mas onde estamos, meu tio? Pois ainda não o vi consultar os instrumentos.

– Horizontalmente, a mil quinhentos e setenta quilômetros da Islândia.

– Tudo isso?

– Tenho a certeza de que o meu erro não chega a mil metros.

– E a bússola continua indicando o sudeste?

– Sim, com uma declinação ocidental de dezenove graus e quarenta e dois minutos, exatamente como na superfície. Quanto à inclinação, acontece um fato curioso que observei com o maior cuidado.

– O quê?

– A agulha, em vez de se inclinar para o polo, como faz no hemisfério norte, vira no sentido contrário.

– Portanto, devemos concluir que o ponto de atração magnético continua compreendido entre a superfície do globo e o lugar onde chegamos?

– Precisamente, e é provável que, se chegássemos perto das regiões polares, perto daqueles setenta graus em que James Rosso descobriu o polo magnético, veríamos a agulha posicionar-se na vertical. Portanto, esse misterioso centro de atração não está situado a grande profundidade.

– Realmente, eis aí um fato de que a ciência não suspeitou.

– A ciência, meu rapaz, é feita de erros, mas de erros bons de cometer, pois levam aos poucos à verdade.

– E a que profundidade estamos?

– A uma profundidade de cento e cinquenta e sete quilômetros.

– Então – disse eu consultando o mapa – a parte montanhosa da Escócia está acima de nós, e os montes Grampians elevam o seu topo coberto de neve a uma altura incrível.

– É – respondeu o professor, rindo. – É um pouco pesado de carregar, mas a abóbada é sólida; o grande arquiteto do universo a construiu com bons materiais, e o homem jamais conseguiu nada igual! Que são os arcos das pontes e das catedrais comparados com esse portal de doze quilômetros de raio, que pode, sem dificuldade alguma, abrigar um oceano e as suas tempestades?

– Oh! Espero que o céu caia não na minha cabeça. Agora, meu tio, quais são os seus planos? Não pensa em voltar à superfície terrestre?

– Voltar?! Pelo contrário, continuar a nossa viagem, já que tudo correu bem até aqui.

– Mas não vejo como vamos penetrar nessa superfície líquida.

– Oh! Não pretendo mergulhar de cabeça na primeira oportunidade. Mas se os oceanos não passam, a bem dizer, de lagos, já que estão cercados de terra, com muito mais razão esse mar interno é limitado pelo maciço granítico.

– Sem dúvida.

– Por isso, tenho a certeza de que encontraremos novas passagens na margem oposta.

– Que extensão supõe que esse oceano tem?

– De cento e quarenta a cento e oitenta quilômetros.

– Ah! – disse eu, prevendo que aquela avaliação estava errada.

– Portanto, não temos tempo a perder, e amanhã pegaremos o mar.

Involuntariamente, procurei com os olhos o navio que deveria nos transportar.

– Ah! – disse eu. – Nós embarcaremos. Pois bem! E onde está o barco que vai levar-nos?

– Não iremos de barco, meu rapaz, mas numa boa e sólida balsa.

– Uma balsa! – exclamei. – Uma balsa é tão impossível de construir como um navio, e não vejo como...

– Você não vê, Axel, mas se escutasse, poderia ouvir!

– Ouvir?

– Sim, algumas marteladas que lhe indicariam que Hans está com a mão na massa.

– Está construindo uma balsa?

– Está.

– Como?! Ele já derrubou as árvores com o machado?

– Não! As árvores já estavam todas no chão. Venha, você vai vê-lo trabalhar.

Depois de uma caminhada de quinze minutos, do outro lado do promontório que formava o pequeno porto natural, vi Hans trabalhando. Mais alguns passos e cheguei perto dele. Para grande surpresa minha, metade de uma balsa se estendia sobre a areia; era feita de vigas de um tipo especial de madeira, e um grande número de pranchas, arcos, correias de todo tipo literalmente juncavam o chão. Havia material para construir um navio inteiro.

– Meu tio – exclamei –, que madeira é esta?

– Pinho, abeto, bétula, todas as espécies de coníferas do Norte, mineralizadas sob a ação das águas do mar.

– Isso é possível?

– É o que chamamos de *surtarbrandur* ou madeira fóssil.

– Mas então deve ser dura como uma pedra, como os linhites. Como vai poder flutuar?

– Às vezes isso acontece; existem madeiras que se tornam verdadeiros antracitos; mas existem outras, como estas, que só sofreram um começo de transformação fóssil. É melhor olhar – acrescentou meu tio, jogando no mar um daqueles preciosos restos.

O pedaço de madeira, depois de desaparecer, voltou à superfície e balançou ao sabor das ondas.

– Está convencido? – disse meu tio.

– Convencido principalmente de que não dá para acreditar!

No dia seguinte, à noite, graças à habilidade do guia, a balsa estava pronta; tinha três metros e meio de comprimento por um metro e sessenta de largura; as vigas de *surtarbrandur*, entrelaçadas por cordas resistentes, ofereciam uma superfície sólida, e, uma vez lançada, aquela embarcação improvisada flutuou tranquilamente sobre as águas do mar Lidenbrock.

Capítulo XXXII

No dia 13 de agosto, levantamos cedo. Tratava-se de inaugurar um novo tipo de locomoção rápida e pouco cansativa.

Um mastro feito de dois bastões emparelhados, uma verga formada por um terceiro bastão, uma vela que tomamos emprestada às nossas cobertas, compunham a aparelhagem da balsa. Não faltavam cordas. O conjunto era sólido.

Às seis horas, o professor deu o sinal de embarque. Os víveres, as bagagens, os instrumentos, as armas, e uma considerável quantidade de água doce apanhada nos rochedos estavam a bordo.

Hans havia instalado um leme que lhe permitia dirigir o seu aparelho flutuante. Ele se preparou. Soltei a amarra que nos prendia à margem. A vela foi içada e deixamos o porto rapidamente.

No momento de deixar o pequeno porto, meu tio, que não largava a sua nomenclatura geográfica, quis dar-lhe nome, o meu, entre outros.

– Pelo amor de Deus, tenho um outro a propor.

– Qual?

– O nome de Graüben. Porto Graüben ficaria muito bom no mapa.

– Que seja Porto Graüben.

E foi assim que a saudade da minha querida virlandesa se ligou à nossa aventureira expedição.

A brisa soprava do nordeste. Com o vento atrás, partimos com extrema rapidez. As camadas muito densas da atmosfera davam um impulso considerável e agiam sobre a vela como um potente ventilador.

Ao cabo de uma hora, meu tio pôde calcular com suficiente exatidão a nossa velocidade.

– Se continuarmos andando assim – disse ele –, faremos pelo menos cento e trinta quilômetros por dia, e não tardaremos a ver as margens opostas.

Não respondi, e fui instalar-me na frente da balsa. A costa ocidental já baixava no horizonte. Os dois lados da costa se abriam amplamente como a facilitar a nossa partida. Diante dos meus olhos se estendia um mar imenso. Grandes nuvens passavam rapidamente pela superfície com sua sombra acinzentada, que parecia pesar sobre aquela água escura. Os raios prateados da luz elétrica, refletidos aqui e ali por alguma gotinha, produziam pontos luminosos na esteira da embarcação. Logo não havia mais terra à vista, nem ponto de referência algum, e, se não fosse o sulco espumante da balsa, eu teria acreditado que ela permanecia numa perfeita imobilidade.

Por volta do meio-dia, algas imensas vieram ondular à superfície. Eu conhecia a força vegetativa dessas plantas, que se alastram a uma profundidade de mais de quatro mil metros e se reproduzem sob pressão de quatrocentas atmosferas, e costumam formar bancos bastante consideráveis para entravar a marcha dos navios; mas nunca, acho, as algas foram mais gigantescas do que as do mar Lidenbrock.

A nossa balsa acompanhou sargaços com mais de um quilômetro de comprimento, imensas serpentes que se estendiam muito além do alcance da visão; eu me divertia seguindo com os olhos as suas tiras infinitas, sempre com a crença de que atingiria a extremidade, e durante horas a fio a minha paciência, para não dizer a minha admiração, não se esgotou.

Que força natural podia produzir semelhantes plantas, e qual teria sido o aspecto da Terra nos primeiros séculos da sua formação, quando, sob ação do calor e da umidade, apenas o reino vegetal se desenvolvia na sua superfície?!

Chegou a noite, e, como eu havia reparado na véspera, a luminosidade do ar não sofreu nenhuma alteração. Era um fenômeno constante com o qual sempre poderíamos contar.

Depois da ceia, deitei-me ao pé do mastro, e não tardei a adormecer em meio a indolentes devaneios.

Hans, imóvel ao leme, deixava correr a balsa, que, diga-se de passagem, com o vento por trás, não precisava nem ser guiada.

Desde a nossa partida do Porto Graüben, o professor Lidenbrock havia me encarregado de escrever o "diário de bordo", anotar as menores observações, registrar os fenômenos interessantes, a direção do vento, a velocidade alcançada, o caminho percorrido, numa palavra, todos os incidentes daquela estranha navegação.

Portanto, limitar-me-ei aqui a reproduzir essas observações cotidianas, ditadas, por assim dizer, pelos acontecimentos, para dar uma narrativa mais exata da nossa travessia.

Sexta-feira, 14 de agosto. – Brisa constante do nordeste. A balsa anda com rapidez e em linha reta. O litoral fica a cento e trinta e cinco quilômetros em direção contrária à do vento. Nada no horizonte. A intensidade da luz não varia. Tempo bom, isto é, as nuvens estão bem altas, pouco esparsas e mergulhadas numa atmosfera branca, como a prata em fusão. Termômetro: + 32°C.

Ao meio-dia, Hans prepara um anzol na extremidade de uma corda. Como isca, põe um pedacinho de carne e o lança ao mar. Durante duas horas, não pega nada. Significa que essas águas não são habitadas? Não. Há uma fisgada. Hans puxa a linha e pega um peixe que se debate vigorosamente.

– Um peixe! – exclama meu tio.

– É um esturjão! – exclamo, por minha vez. – Um esturjão pequeno!

O professor olha atentamente o animal e não partilha da minha opinião. O peixe tem cabeça chata, arredondada e a parte anterior do corpo está coberta de placas ósseas; a boca sem dentes; nadadeiras peitorais bastante desenvolvidas ajustadas ao corpo desprovido de cauda. Esse animal com certeza pertence a uma ordem em que os naturalistas classificaram o esturjão, mas dele difere por características bem marcantes.

Meu tio não está enganado, pois, após um exame bem curto, diz:

– Esse peixe pertence a uma família extinta há séculos e cujos traços fósseis só se encontram no terreno devoniano.

– Como?! – digo eu. – Isso quer dizer que poderíamos pegar vivos um dos habitantes dos mares primitivos?

– Sim – responde o professor, dando prosseguimento às suas observações –, e você percebe que esses peixes fósseis não têm nenhuma identidade com as espécies atuais. Dessa forma, pegar um desses seres vivos é uma verdadeira felicidade para um naturalista.

– Mas a que família pertence?

– À ordem dos Ganoides, família dos cefalópodes, gênero...

– Gênero?

– Poderia jurar que é do gênero dos *Pterictis*! Mas este tem uma particularidade que, dizem, há nos peixes das águas subterrâneas.

– Qual?

– É cego!

– Cego?!

– Não apenas cego, mas não tem nenhum órgão visual.

Olho. Nada é mais verdadeiro. Mas pode ser um caso isolado. Põe-se, portanto, isca, e joga-se a linha ao mar. Com certeza, esse oceano tem muitos peixes, pois, em duas horas, pegamos uma grande quantidade de *Pterictis*, bem como peixes pertencentes a uma família também extinta, a dos dipterídios, mas cujo gênero o meu tio não consegue reconhecer. Todos são desprovidos de órgãos visuais. Essa pesca inesperada renova vantajosamente as nossas provisões.

Assim sendo, e isso parece constante, esse mar só tem espécies fósseis, nas quais os peixes, bem como os répteis, são tanto mais perfeitos quanto mais antiga é a sua criação.

Será que encontraremos alguns desses sáurios que a ciência conseguiu reconstituir com base na ponta de um osso ou cartilagem?

Pego a luneta e examino o mar. Está deserto. Com certeza, estamos ainda mais próximos da costa.

Olho para o ar. Por que alguns desses pássaros reconstruídos pelo imortal Cuvier não bateriam com as asas nessas pesadas camadas atmosféricas? Os peixes lhes forneceriam alimento suficiente. Observo o espaço, mas o ar é tão inabitado como as margens.

Mas a minha imaginação me conduz às maravilhosas hipóteses da paleontologia. Sonho acordado. Julgo ver na superfície das águas essas enormes chersitas, tartarugas antediluvianas, parecidas com ilhotas flutuantes. Nas praias sombreadas passam os grandes mamíferos dos primeiros dias, o leptotério, encontrado nas cavernas do Brasil, o mericotério, vindo das regiões congeladas da Sibéria. Mais longe, o paquiderme *Lophiodon*, esse tapir gigantesco, se esconde atrás das rochas, prestes a disputar a sua presa com o anoplotério, animal estranho, meio rinoceronte, meio cavalo, meio hipopótamo e meio camelo, como se o Criador, muito apressado nas primeiras horas do mundo, tivesse juntado vários animais num só. O mastodonte gigante desenrola a sua tromba e esmaga nas próprias presas os rochedos da praia, enquanto o megatério, apoiando-se nas suas enormes patas, escava a terra e desperta com os seus rugidos o eco dos granitos sonoros. Mais acima, o *Protopitecus*, o primeiro macaco que surgiu na superfície terrestre, escala os cumes escarpados. Mais acima ainda, o pterodáctilo, com asas nas mãos, desliza como um grande morcego sobre o ar comprimido. Enfim, nas últimas camadas, pássaros imensos, mais fortes do que a ema, maiores do que a avestruz, abrem as suas amplas asas e vão bater com a cabeça na parede da abóbada granítica.

Todo esse mundo fóssil renasce na minha imaginação. Transporto-me para os tempos bíblicos da criação, muito antes do nascimento do homem, quando a Terra incompleta não podia ainda lhe bastar. O meu sonho, então, remonta para antes do aparecimento dos seres animados. Os mamíferos desaparecem, depois os pássaros, em seguida os répteis da era secundária, e enfim os peixes, os crustáceos, os moluscos, os articulados. Os zoófitos do período de transição voltam, por sua vez, ao nada. Toda a vida da Terra se resume a mim, e o meu coração é o único a bater nesse mundo despovoado. Não há mais estações; não há mais climas; o próprio calor do globo aumenta sem parar e neutraliza o calor dos astros radiosos. A vegetação é abundante. Passo como uma sombra no meio dos fetos arbóreos, pisando com o meu passo indeciso as margas coloridas e os arenitos matizados do chão; apoio-me nos troncos das imensas coníferas; deito-me à sombra das esfenólias, asterófilas e licopódios de trinta metros de altura.

Os séculos se passam como se fossem dias! Refaço a série das transformações terrestres. As plantas desaparecem; as rochas graníticas perdem a pureza; o estado líquido vai substituir o estado sólido sob ação de um calor mais intenso; as águas correm na superfície do globo; fervem, volatizam-se; os vapores envolvem a Terra, que, pouco a pouco, não passa de uma massa gasosa, de cor vermelha esbranquiçada, redonda e brilhante como o sol!

No centro dessa nebulosa, um milhão e quatrocentas mil vezes maior do que esse planeta que ela vai formar um dia, sou arrastado para espaços planetários! O meu corpo se desintegra e também se torna um gás, e se mistura como um átomo imponderável com esses imensos vapores que traçam no infinito a sua órbita inflamada!

Que sonho! Para onde me leva? A minha mão febril lança sobre o papel os seus estranhos detalhes! Esqueci-me de tudo, do professor, do guia e da balsa! Uma alucinação tomou conta de mim...

– O que você tem? – pergunta meu tio.

Meus olhos arregalados se fixam nele sem vê-lo.

– Tome cuidado, Axel, você vai cair no mar!

Ao mesmo tempo, sinto-me agarrado pelas mãos fortes de Hans. Sem ele, comandado pelo sonho, eu cairia nas ondas.

– Será que ficou louco? – exclama o professor.

– O que é que foi? – acabo por dizer, voltando a mim.

– Está doente?

– Não, tive um momento de alucinação, mas já passou. E então, está tudo em ordem?

– Está! Boa brisa, belo mar! Estamos indo bastante rápido, e se os meus cálculos estiverem corretos, aportaremos logo.

A essas palavras, levanto-me, consulto o horizonte; a linha da água continua confundindo-se com a linha das nuvens.

Capítulo XXXIII

Sábado, 15 de agosto. – O mar conserva a sua monótona uniformidade. Nenhuma terra à vista. O horizonte parece excessivamente afastado.

A minha cabeça ainda está atordoada pela violência do meu sonho.

Já o meu tio não sonhou, mas está mal-humorado. Percorre todos os pontos do espaço com a luneta e cruza os braços com um ar indignado.

Observo que o professor Lidenbrock está voltando a ser o impaciente de sempre, e registro o fato no meu diário. Fora necessário que eu passasse por muitos perigos e sofrimentos para tirar alguma centelha de humanidade dele; mas desde a minha cura a natureza voltou a triunfar. E, no entanto, por que ele se exalta? A viagem não está sendo feita nas condições mais favoráveis? A balsa não está indo a toda velocidade?

– Está preocupado, meu tio? – pergunto, vendo-o pôr, repetidas vezes, a luneta nos olhos.

– Preocupado? Não.

– Impaciente, talvez?

– Para dizer o mínimo!

– Mas estamos indo a uma velocidade...

– Que me importa? Não é a velocidade que é muito pequena, é o mar que é grande demais.

Lembro-me, então, de que o professor, antes da nossa partida, calculava que o comprimento daquele oceano subterrâneo era de cerca de cento e quarenta quilômetros. Mas já percorremos um caminho três vezes maior, e as margens do sul ainda não surgiram.

– Não vamos descer mais! – retoma o professor. – Tudo isso é tempo perdido, e, afinal de contas, não vim de tão longe para fazer uma regata num charco!

Ele chama essa travessia de regata, e esse mar de charco!

– Mas – digo eu – já que seguimos a rota indicada por Saknussemm...

– É esse o problema. Será que seguimos essa rota? Será que Saknussemm encontrou essa extensão de água? Será que a atravessou? Será que esse riacho que tomamos por guia não nos desviou completamente do rumo?

– De qualquer modo, não podemos lamentar termos chegado até aqui. Esse espetáculo é magnífico, e...

– Não se trata de admirar a paisagem. Propus-me um objetivo e quero alcançá-lo! Portanto, não me fale em admirar!

Dou-me por vencido e deixo o professor morder os lábios de impaciência. Às seis horas da tarde, Hans reclama o seu pagamento, e os três risdales lhe são dados.

Domingo, 16 de agosto. – Nada de novo. Mesmo tempo. O vento apresenta uma leve tendência a refrescar. Quando acordei, a minha primeira preocupação foi constatar a intensidade da luz. Continuo temendo que o fenômeno elétrico venha a se reduzir, e, depois, a se extinguir. Mas não acontece nada disso. A sombra da balsa está nitidamente desenhada na superfície das ondas.

Esse mar é realmente infinito! Deve ter a largura do Mediterrâneo, ou até mesmo a do Atlântico. Por que não?

O meu tio faz várias sondagens. Amarra um dos picões mais pesados na extremidade de uma corda que ele deixa descer umas duzentas braças. Não chega ao fundo. Trazemos a sonda de volta a duras penas.

Quando o picão é trazido a bordo, Hans me faz observar na sua superfície as marcas bens visíveis. Parece que esse pedaço de ferro foi vigorosamente prensado entre dois corpos duros.

Olho para o caçador.

– *Tänder*! – diz ele.

Não compreendo. Viro-me para meu tio, que está totalmente absorto nas suas reflexões. Não ouso perturbá-lo.

Viro-me para o islandês. Este, abrindo e fechando várias vezes a boca, faz-me compreender o seu pensamento.

– Dentes! – digo eu com estupefação, olhando mais atentamente a barra de ferro.

Sim! A marca impressa no metal é de dentes! As mandíbulas a que eles pertencem devem possuir uma força prodigiosa! Será um monstro das espécies perdidas que se agita sob a camada profunda das águas, mais voraz do que o tubarão, mais temível do que a baleia? Não consigo tirar os olhos daquela barra meio roída! Será que o meu sonho da noite passada vai tornar-se realidade?

Esses pensamentos me agitam durante o dia, e a minha imaginação só se acalma num sono de algumas horas.

Segunda-feira, 17 de agosto. – Procuro lembrar-me dos instintos próprios a esses animais antediluvianos da era secundária, que, sucedendo aos moluscos, aos crustáceos e aos peixes, precedem o aparecimento dos mamíferos no globo. Na época, o mundo pertencia aos répteis. Esses monstros reinavam como os senhores dos mares jurássicos.[9] A natureza lhes havia concedido a mais perfeita organização. Que estrutura gigantesca! Que força prodigiosa! Os sáurios de hoje, os jacarés ou crocodilos, mesmo os maiores e mais temíveis, são apenas frágeis miniaturas dos seus pais!

Arrepio-me só de lembrar da imagem que faço desses monstros. Nenhum olho humano os viu vivos. Eles apareceram na Terra mil séculos antes do homem, mas as suas ossadas fósseis, encontradas no calcário argiloso que os ingleses chamam de *lias*, possibilitaram a sua reconstrução anatômica e o conhecimento da sua colossal conformação.

Vi no Museu de Hamburgo o esqueleto de um desses sáurios que media dez metros de comprimento. Portanto,

9. Mares do período secundário que formaram os terrenos de que se compõem as montanhas do Jura.

estaria eu, habitante da Terra, destinado a ver-me frente a frente com os representantes de uma família antediluviana? Não! É impossível. Mas a marca dos dentes poderosos está gravada na barra de ferro, e por ela posso ver que são cônicos como os do crocodilo.

Os meus olhos se fixam com medo no mar. Temo ver emergir um desses habitantes das cavernas submarinas.

Suponho que o professor Lidenbrock tem as mesmas ideias que eu, pois, após examinar o picão, ele percorre o oceano com os olhos.

"Droga", penso, "que ideia ele teve de sondar o oceano! Perturbou algum animal no seu retiro, e, agora, se formos atacados no caminho!..."

Dou uma olhada nas armas, e certifico-me de que estão em bom estado. Meu tio vê o que estou fazendo e aprova com um gesto.

Já as grandes agitações produzidas na superfície das ondas indicam a perturbação das camadas distantes. O perigo é iminente. Precisamos tomar cuidado.

Terça-feira, 18 de agosto. – Chega a noite, ou melhor, o momento em que o sono pesa sobre as pálpebras, pois não existe noite nesse oceano, e a implacável luz insiste em cansar os nossos olhos, como se navegássemos sob o sol dos mares árticos. Hans está ao leme. Durante o seu turno, eu adormeço.

Duas horas depois, um solavanco assustador me acorda. A balsa é levantada acima das ondas com indescritível força e atirada a dez metros de distância.

– O que está acontecendo? – exclama meu tio. – Fomos atingidos?

Hans mostra com o dedo, a uma distância de cem metros, uma massa escura que se levanta e abaixa várias vezes. Olho e exclamo:

– É um golfinho colossal!

– Sim – replica meu tio – e veja, agora, um lagarto marinho de tamanho incomum!

– E mais ao longe um crocodilo monstruoso! Veja a grande mandíbula e as fileiras de dentes que ele tem. Ah! Sumiu!

– Uma baleia! Uma baleia! – exclama o professor. – Estou vendo as suas enormes nadadeiras! Veja o ar e a água que ela solta pelas narinas!

E, realmente, duas colunas líquidas se erguem a uma altura considerável acima do mar. Ficamos surpresos, estarrecidos, espantados na presença daquele rebanho de monstros marinhos. Têm dimensões sobrenaturais, e o menor deles quebraria a balsa com uma dentada. Hans quer conduzir a balsa para o vento, para fugir daqueles vizinhos perigosos; mas vê do outro lado outros inimigos não menos temíveis: uma tartaruga de treze metros de largura, e uma serpente de dez metros de comprimento, que dardeja a cabeça enorme acima das ondas.

Impossível fugir. Os répteis aproximam-se, rodeiam a balsa com uma velocidade que nem as mais rápidas locomotivas conseguiriam igualar; fazem círculos concêntricos à nossa volta. Pego a carabina. Mas que efeito pode produzir uma bala na carapaça que cobre o corpo desses animais?

Estamos mudos de medo. Eles se aproximam! De um lado o crocodilo, do outro a serpente. O resto do rebanho marinho desapareceu. Vou abrir fogo. Hans me detém com um sinal. Os dois monstros passam a cinco metros da balsa, atiram-se um sobre o outro, e o seu furor os impede de nos ver.

O combate se dá a cinquenta metros da balsa. Vemos distintamente os dois monstros lutando.

Mas me parece que agora os outros animais vêm tomar parte da luta, o golfinho, a baleia, o lagarto e a tartaruga. Vejo-os surgindo a todo instante. Mostro-os ao islandês. Este balança a cabeça negativamente.

– *Tva* – diz ele.

– O quê? Dois? Ele acha que são só dois animais...

– E tem razão – exclama meu tio, cuja luneta não saiu dos olhos.

– Não é possível!

– É sim! O primeiro desses monstros tem focinho de golfinho, cabeça de lagarto, dentes de crocodilo, portanto foi isso o que nos enganou. É o mais temível réptil antediluviano, o ictiossauro!

– E o outro?

– O outro é uma serpente escondida na carapaça de uma tartaruga, o terrível inimigo do primeiro, o plesiossauro!

Hans falou a verdade. Dois monstros apenas perturbam a superfície do mar a esse ponto, e tenho diante dos olhos dois répteis dos oceanos primitivos. Vislumbro o olho sangrento do ictiossauro, grande como a cabeça de um homem. A natureza o dotou de um aparelho visual extremamente poderoso e capaz de resistir à pressão das camadas de água nas profundezas que ele habita. É com razão chamado de baleia dos sáurios, pois tem a rapidez e o tamanho de uma. Este não mede menos de trinta metros, e posso calcular o seu tamanho quando ele levanta acima das ondas as nadadeiras verticais da cauda. A mandíbula é enorme, e segundo os naturalistas, tem cento e oitenta e dois dentes.

O plesiossauro, serpente de tronco cilíndrico e cauda curta, tem as patas dispostas na forma de ramo. O corpo é de todo revestido por uma carapaça, e o pescoço, flexível como o do cisne, eleva-se a dez metros acima das ondas.

Tais animais lutam com indescritível fúria. Levantam montanhas líquidas que chegam à balsa. Estivemos a ponto de naufragar umas vinte vezes. Assobios de prodigiosa intensidade se fazem ouvir. Os dois animais estão entrelaçados. Não consigo distingui-los. Mas temos de nos preocupar com a raiva do vencedor.

Uma hora, duas horas se passam. A luta continua acirrada. Os combates ora se aproximam da balsa, ora dela se distanciam. Ficamos imóveis, prontos para abrir fogo.

De súbito, o ictiossauro e o plesiossauro desaparecem, provocando um verdadeiro redemoinho nas ondas. Vários minutos se passam. Será que o combate vai terminar nas profundezas do mar?

De repente, uma cabeça enorme sai para fora da água, a cabeça do plesiossauro. O monstro está mortalmente ferido. Não vejo mais a sua imensa carapaça. Apenas o seu pescoço se ergue, cai, ergue-se de novo, curva-se, açoita as ondas como um chicote gigantesco e se torce como uma minhoca cortada. A água é espirrada a uma distância considerável. Cega-nos. Mas logo a agonia do réptil chega ao fim, os seus movimentos diminuem, as suas contorsões se acalmam, e o comprido pedaço de cobra se estende como uma massa inerte sobre o mar agora tranquilo.

Quanto ao ictiossauro, será que voltou para a sua caverna submarina ou será que vai reaparecer à superfície do mar?

Capítulo XXXIV

Quarta-feira, 19 de agosto. – Felizmente o vento, que sopra com força, nos permitiu fugir com rapidez do cenário da luta. Hans continua ao leme. Meu tio, tirado de suas absorventes elucubrações pelos incidentes do combate, mergulha de novo na sua impaciente contemplação do mar.

A viagem retoma a sua monotonia, que não desejo romper às custas dos perigos de ontem.

Quinta-feira, 20 de agosto. – Brisa norte-nordeste bastante desigual. Temperatura alta. Navegamos a quinze quilômetros por hora.

Por volta do meio-dia, um ruído muito distante se faz ouvir. Registro aqui o fato sem poder explicá-lo. É um barulho contínuo.

– Lá longe – diz o professor – deve haver algum rochedo, ou alguma ilhota onde o mar se quebra.

Hans sobe à ponta do mastro, mas não avista nenhum sinal de terra. O oceano é uniforme até a linha do horizonte.

Três horas se passam. Os barulhos parecem vir de uma queda de água distante.

Ressalto o fato para o meu tio, que sacode a cabeça. Todavia, tenho a convicção de que não estou enganado. Será que corremos para uma catarata que nos lançará no abismo? Que essa maneira de descer agrade ao professor, porque se aproxima da vertical, é possível, mas a mim...

De qualquer modo, deve haver algum fenômeno ruidoso a alguns quilômetros de distância, pois agora os barulhos se fazem entender com grande violência. Vêm do céu ou do oceano?

Olho para os vapores suspensos na atmosfera e procuro sondar a sua profundidade. O céu está tranquilo. As nuvens, levadas ao mais alto ponto da abóbada, parecem imóveis e se perdem na intensa irradiação da luz. Portanto, é preciso procurar a causa do fenômeno em outra parte.

Então, interrogo o horizonte puro e livre de qualquer bruma. Tem o mesmo aspecto de antes. Mas se o barulho vem de uma queda, de uma catarata, se todo esse oceano deságua numa bacia inferior, se esses barulhos são produzidos por uma massa de água que cai, a correnteza deve aumentar, e a sua velocidade crescente pode dar-me a medida do perigo que nos ameaça. Tento ver se há corrente. De modo algum. Uma garrafa vazia que lanço ao mar fica parada ao vento.

Por volta de quatro horas, Hans se levanta, agarra-se ao mastro e sobe à ponta. De lá, o seu olhar percorre o arco de círculo que o oceano descreve diante da balsa e se detém num ponto. O seu rosto não denota nenhuma surpresa, mas os seus olhos se fixaram.

– Ele viu alguma coisa – diz meu tio.

– Também acho.

Hans desce, depois estende o braço para o sul, dizendo:

– *Der nere*!

– Para lá? – pergunta meu tio.

E pegando a luneta, olha com atenção durante um minuto, que me parece um século.

– Sim, sim! – exclama ele.

– O que está vendo?

– Um esguicho imenso que se eleva acima das ondas.

– Mais algum animal marinho?

– Talvez.

– Então vamos virar a proa mais para oeste, pois já sabemos o que nos espera se encontrarmos esses monstros antediluvianos!

– Não, vamos continuar – responde meu tio.

Viro-me para Hans. Hans continua ao leme com inflexível rigor.

No entanto, se da distância que nos separa desse animal, distância que deve ser, no mínimo, de uns cinquenta quilômetros, podemos ver a coluna de água atirada pelas suas narinas, ele pode ser imenso. Fugir seria se render às leis da mais vulgar prudência. Mas não viemos aqui para ser prudentes.

Portanto, seguimos em frente. Quanto mais nos aproximamos, mais aumenta o esguicho. Que monstro pode encher-se de semelhante quantidade de água e expulsá-la assim sem interrupção?

Às oito horas da noite, menos de dez quilômetros nos separam dele. O seu corpo negro, enorme, monstruoso se estende no mar como uma ilhota. Será ilusão, será pavor? O seu comprimento me parece ultrapassar os quinhentos metros! Que cetáceo será esse que nem os Cuviers nem os Blumembachs previram? Está imóvel e parece dormir; o mar parece não poder erguê-lo, e são as vagas que ondulam sobre o seu corpo. A coluna de água, projetada a uma altura de cento e cinquenta metros, cai como chuva, com um ruído ensurdecedor. Corremos como loucos para aquela massa poderosa que nem uma centena de baleias conseguiria alimentar por um dia.

O pavor toma conta de mim. Não quero ir mais além! Cortarei, se preciso, a corda da vela! Revolto-me contra o professor, que não me responde.

De repente, Hans se levanta e, mostrando com o dedo o ponto ameaçador, diz:

– *Holme*!

– Uma ilha! – exclama meu tio.

– Uma ilha! – digo, por minha vez, dando de ombros.

– Evidentemente – responde o professor, caindo na gargalhada.

– Mas e essa coluna de água?

– *Geyser* – diz Hans.

– Isso mesmo, gêiser! – confirma meu tio. – Um gêiser semelhante aos da Islândia![10]

A princípio, não quis admitir que me enganara de forma tão grosseira. Tomar uma ilhota por um monstro marinho! Mas não há mais dúvida, e tenho que admitir que errei. Trata-se apenas de um fenômeno natural.

À medida que nos aproximamos, as dimensões do esguicho vão aumentando. A ilhota parece ser um cetáceo imenso cuja cabeça domina as ondas a uma altura de cinco metros. O gêiser, palavra que os islandeses pronunciam *geysir* e que significa "furor", ergue-se majestosamente na sua extremidade. Detonações abafadas explodem por instantes, e o enorme jato, tomado pelas mais violentas cóleras, sacode o seu penacho de vapores, atingindo a primeira camada de nuvens. É um só. Nem fumaças, nem

10. Fonte famosíssima situada ao pé do Hecla.

fontes quentes o cercam, e toda a força vulcânica se resume a ele. Os raios da luz elétrica vêm misturar-se a esse esguicho resplandecente, no qual cada gota se nuança de todas as cores do prisma.

– Vamos aportar – diz o professor.

Mas é preciso ter cuidado com essa tromba de água que afundaria a balsa num instante. Hans, manobrando com habilidade, nos leva à extremidade da ilhota.

Salto sobre a rocha. Meu tio vem rapidamente atrás de mim, enquanto o caçador permanece no seu posto, como um homem superior a esses deslumbramentos.

Caminhamos num granito misturado a tufo silicioso; o chão, que sibila sob os nossos pés como as paredes de uma caldeira onde se contorce a fumaça superaquecida, está fervendo. Chegamos perto de uma pequena bacia central de onde se ergue o gêiser. Mergulho um termômetro na água que ferve e ele indica cento e sessenta graus.

Portanto, essa água sai de um forno ardente. Isso contradiz singularmente as teorias do professor Lidenbrock. Não posso impedir-me de fazer um comentário a esse respeito.

– E daí – replica ele –, o que isso prova contra a minha doutrina?

– Nada – digo eu, num tom seco, vendo que me choco contra uma teimosia absoluta.

Mas tenho que admitir que até aqui tivemos muita sorte, e que, por uma razão desconhecida que me escapa, essa viagem se dá em condições excepcionais de temperatura; mas me parece evidente que mais cedo ou mais tarde chegaremos a essas regiões onde o calor central atinge os mais altos limites e ultrapassa todas as graduações dos termômetros.

É o que veremos. É o que diz o professor, que, depois de batizar essa ilhota vulcânica com o nome do sobrinho, dá o sinal de embarque.

Fico ainda contemplando o gêiser durante alguns minutos. Noto que o seu jato é irregular nos seus acessos, que às vezes diminui de intensidade, depois retoma com novo vigor, o que atribuo às variações de pressão dos vapores acumulados no seu reservatório.

Finalmente, partimos, contornando as rochas muito escarpadas ao sul. Hans aproveitou essa parada para colocar a balsa em ordem.

Mas antes de partir, faço algumas observações para calcular a distância percorrida e as anoto no meu diário. Atravessamos mil duzentos e quinze quilômetros de mar desde Porto Graüben, e estamos a dois mil setecentos e noventa quilômetros da Islândia, sob a Inglaterra.

Capítulo XXXV

Sexta-feira, 21 de agosto. – No dia seguinte, o magnífico gêiser desapareceu. O vento ficou mais fresco e rapidamente nos afastou da ilhota Axel. Os barulhos, pouco a pouco, sumiram.

O tempo, se é que se pode falar assim, vai mudar daqui a pouco. A atmosfera se carrega de vapores que levam consigo a eletricidade formada pela evaporação das águas salinas; as nuvens perceptivelmente baixam e tomam uma cor oliva uniforme; os raios elétricos mal conseguem perfurar essa opaca cortina baixada sobre o palco onde se vai representar o drama das tempestades.

Sinto-me particularmente impressionado, como qualquer criatura terrestre, com a aproximação de um cataclismo. Os *cumulus*[11] amontoados no sul apresentam um aspecto sinistro; têm a aparência "impiedosa" que observei muitas vezes no começo dos temporais. O ar está pesado, o mar está calmo.

---

11. Nuvens de formas arredondadas.

Ao longe, as nuvens, que se assemelham a grandes bolas de algodão empilhadas numa desordem pitoresca, pouco a pouco se incham e perdem em número o que ganham em tamanho. Seu peso é tanto que mal conseguem destacar-se no horizonte; mas, em virtude do sopro das correntes elevadas, aos poucos se fundem, escurecem e logo apresentam uma camada única de temível aspecto; às vezes, um novelo de vapores, ainda iluminado, saltita sobre esse tapete acinzentado e logo se perde na massa opaca.

Evidentemente a atmosfera está saturada de água. Sinto-me de todo impregnado dela, os meus cabelos se arrepiam como se eu estivesse perto de uma máquina elétrica. Acho que se os meus companheiros me tocassem nesse momento, eles receberiam um choque violento.

Às dez horas da manhã, os sinais do temporal estão mais definidos; parece que o vento diminui para tomar fôlego. A nuvem se assemelha a um imenso cantil no qual se acumulam os furacões.

Não quero acreditar nas ameaças do céu, e, no entanto, não posso impedir-me de dizer:

– Veja o mau tempo que vem por aí.

O professor não responde. Está com um humor do cão diante do oceano que se prolonga indefinidamente. Ergue os ombros às minhas palavras.

– Teremos um temporal – digo, estendendo a mão para o horizonte. – As nuvens baixam sobre o mar como se fossem esmagá-lo!

Silêncio geral. O vento se cala. A natureza parece um cadáver, não respira mais. Sobre o mastro, onde já vejo apontar um leve fogo de santelmo, a vela cai em pesadas dobras. A balsa está parada no meio de um mar espesso, sem ondulações. Mas, se não formos avançar mais, para que manter essa vela, que ao primeiro choque da tempestade pode ser a nossa desgraça?

– Vamos tirá-la – digo –, vamos baixar o mastro! É mais prudente!

– Não, de jeito nenhum! – exclama meu tio. – Cem vezes não! Que o vento nos pegue! Que o temporal nos carregue! Mas quero vislumbrar enfim os rochedos de uma margem, ainda que a nossa balsa arrebente em mil pedaços!

Mal essas palavras são ditas, o horizonte ao sul muda subitamente de aspecto. Os vapores acumulados viram água, e o ar, violentamente atraído para preencher os vazios produzidos pela condensação, vira furacão. Vem das mais remotas extremidades das cavernas. A escuridão duplica. É a duras penas que consigo tomar algumas notas incompletas.

A balsa se ergue, salta. Meu tio é atirado ao chão. Arrasto-me até ele, que se agarra com força a uma ponta de corda e parece pensar com prazer nesse espetáculo dos elementos desencadeados.

Hans não se mexe. Os seus longos cabelos, agitados pelo temporal e caídos sobre o rosto imóvel, lhe dão uma estranha fisionomia, pois as pontas estão cheias de pequenos cristais luminosos. A sua máscara pavorosa é a de um homem antediluviano, contemporâneo dos ictiossauros e dos megatérios.

Mas o mastro resiste. A vela dilata-se como uma bolha prestes a estourar. A balsa desliza com uma desenvoltura que não consigo calcular, mas é ainda menos rápida do que as gotas de água deslocadas debaixo dela, cuja rapidez forma linhas retas e claras.

– A vela! A vela! – digo eu, fazendo sinal para abaixá-la.

– Não! – responde meu tio.

– *Nej* – diz Hans, movendo levemente a cabeça.

A chuva, porém, forma uma catarata barulhenta diante desse horizonte para o qual corremos insensatamente. Mas antes que ela chegue até nós, o véu de nuvem se rasga, o mar entra em ebulição e a eletricidade, produzida por uma ampla ação química que se opera nas camadas superiores, é posta em ação. Aos estrondos dos trovões se misturam os jatos flamejantes dos raios; inúmeros clarões se entrecruzam no meio das detonações; a massa dos vapores se torna incandescente; os granizos que se chocam no metal das nossas ferramentas ou armas ficam luminosos; as ondas elevadas parecem montículos vulcânicos sob os quais arde um fogo interior, e cada crista é ornamentada com uma chama.

Os meus olhos estão ofuscados pela intensidade da luz, os meus ouvidos, arrebentados pelo estrépito dos raios! Preciso agarrar-me ao mastro, que dobra como um caniço sob a violência do temporal!!!

[Aqui as minhas anotações de viagem ficam muito incompletas. Só encontrei algumas observações fugidias, registradas, por assim dizer, quase que mecanicamente. Mas na sua brevidade, e até na sua falta de clareza, estão cheias da emoção que me dominava e refletem a situação bem melhor do que a minha memória seria capaz.]

Domingo, 23 de agosto. – Onde estamos? Viajando a uma rapidez incomensurável.

A noite foi apavorante. O temporal não diminuiu. Estamos em meio a um barulho incessante. Os nossos ouvidos sangram. Não podemos trocar uma palavra.

Os clarões não cessam. Vejo ziguezagues invertidos que, após um jato rápido, vêm de baixo para cima e vão chocar-se na abóbada de granito. Se ela arrebentasse! Outros clarões se bifurcam ou tomam a forma de globos de fogo que explodem como bombas. O barulho geral não parece aumentar; ultrapassou o limite de intensidade que o ouvido humano pode captar, e, se todas as fábricas de pólvora explodissem juntas, "não ouviríamos nada".

Há contínua emissão de luz na superfície das nuvens; a matéria elétrica se desprende incessantemente das suas moléculas; é evidente que os princípios gasosos do ar estão alterados; inúmeras colunas de água são lançadas na atmosfera e caem, espumando.

Para onde estamos indo?... Meu tio está estendido na ponta da balsa.

O calor duplica. Olho o termômetro; ele indica... [O número está apagado].

Segunda-feira, 24 de agosto. – Isso não vai acabar! Por que não seria definitivo o estado dessa atmosfera tão densa, uma vez modificado?

Estamos mortos de cansaço. Hans, como sempre, não se altera. A balsa corre invariavelmente para o sudeste. Percorremos mais de novecentos quilômetros desde a ilhota Axel.

Ao meio-dia a violência do furacão duplica. É preciso agarrar com firmeza todos os objetos que compõem a nossa carga. Cada um se agarra à sua parte. As ondas passam por cima da nossa cabeça.

Impossível dirigir uma única palavra há três dias. Abrimos a boca, mexemos os lábios; mas eles não produzem nenhum som audível. Mesmo falando no ouvido, não conseguimos ouvir.

Meu tio se aproximou de mim. Articulou algumas palavras. Acho que me disse: "Estamos perdidos". Não tenho certeza.

Tomo a decisão de lhe escrever estas palavras: "Vamos recolher a vela".

Ele me faz um sinal afirmativo.

A cabeça dele não chega a se levantar e um disco de fogo aparece na balsa. O mastro e a vela se partem de uma vez, e eu os vejo elevar-se a uma altura prodigiosa, como o pterodáctilo, esse animal fantástico dos primeiros séculos.

Estamos congelados de medo. A esfera meio branca, meio azulada, da grossura de um petardo com calibre de vinte e cinco centímetros, passa devagar, virando com surpreendente velocidade sob a correia do furacão. Vem para cá, vai para lá, sobe em cima de uma das armações da balsa, salta sobre o saco de provisões, desce um pouco, salta, roça a caixa de pólvora. Que horror! Vamos explodir! Não. O disco deslumbrante se afasta; aproxima-se de Hans, que o olha fixamente; do meu tio, que fica de joelhos para evitá-lo; de mim, pálido e tremendo sob a luz e o calor; dá um pirueta perto do meu pé, que tento retirar. Mas não consigo.

Um cheiro de gás nitroso enche a atmosfera, penetra na garganta e nos pulmões. Sufocamos.

Por que não consigo tirar o pé? Só pode estar pregado à balsa! Ah! A queda desse globo elétrico imantou todo o ferro da embarcação; os instrumentos, as ferramentas, as armas se agitam, chocando-se com agudos estalidos; os pregos do meu sapato aderem violentamente a uma placa de ferro incrustada na madeira. Não consigo tirar o pé!

Enfim, com um enorme esforço, eu o arranco no momento em que a bola ia pegá-lo no seu movimento giratório e me arrastar junto, se...

Ah! Que luz intensa! O globo explode! Somos cobertos por jatos de chamas!

Depois, tudo termina. Tive tempo de ver o meu tio estendido na balsa, Hans ainda ao leme e "cuspindo fogo" devido à eletricidade que entra nele!

Para onde vamos? Para onde vamos?

....

Terça-feira, 25 de agosto. – Saio de um prolongado torpor. O temporal continua; os clarões se desencadeiam como uma ninhada de serpentes soltas na atmosfera.

Continuamos no mar? Sim, levados a uma velocidade incalculável. Passamos sob a Inglaterra, a Mancha, a França, talvez sob a Europa toda!

....

Um barulho novo se faz ouvir! Com certeza, é o mar que se quebra nos rochedos!... Mas então...

....

Capítulo XXXVI

Aqui termina o que chamei de "diário de bordo", felizmente salvo do naufrágio. Retomo o meu relato de antes.

O que aconteceu quando a balsa se chocou contra os bancos da costa, eu não sei dizer. Senti-me lançado nas ondas, e se escapei da morte, se o meu corpo não foi rasgado nas rochas pontiagudas, foi porque o braço forte de Hans me tirou do abismo.

O corajoso islandês me levou para fora do alcance das vagas e me pôs na areia quente onde me vi lado a lado com o meu tio.

Em seguida, voltou para os rochedos onde as ondas se quebravam furiosas, com o intuito de salvar alguns destroços do naufrágio. Eu não conseguia falar; estava moído pelas emoções e pelo cansaço; precisei de um bom tempo para me recompor.

Todavia, uma chuva diluviana continuava caindo, embora recrudescida, como ocorre no fim das tempestades. Algumas rochas superpostas nos ofereceram abrigo contra as torrentes. Hans preparou alimentos nos quais não consegui tocar, e cada um de nós, esgotado pela vigília de três noites, caiu num doloroso sono.

No dia seguinte, o tempo estava magnífico. O céu e o mar haviam se apaziguado de comum acordo. Não havia sinal da tempestade. Foram as palavras alegres do professor que me saudaram ao despertar. Ele estava incrivelmente alegre.

– E aí, meu rapaz – exclamou –, dormiu bem?

Parecia até que eu estava na casa da Königstrasse, que descia para almoçar, que o meu casamento com a pobre Gräuben ia realizar-se naquele dia mesmo.

Ai de mim! Por pouco que a tempestade tivesse empurrado a balsa para o leste, havíamos passado sob a Alemanha, sob a minha querida cidade de Hamburgo, sob aquela rua onde morava tudo o que eu amava no mundo.

Então eram só cento e oitenta quilômetros que nos separavam! Mas cento e oitenta quilômetros verticais de uma parede de granito e, na realidade, mais de quatro mil e quinhentos quilômetros a percorrer!

Todas essas dolorosas reflexões atravessaram rapidamente a minha mente antes que eu respondesse à pergunta do meu tio.

– E então?! – repetia ele. – Não quer dizer se dormiu bem?

– Muito bem – respondi. – Ainda estou cansado, mas não há de ser nada.

– Nada mesmo, um pouco de cansaço, e isso é tudo.

– Mas o senhor me parece muito alegre esta manhã, meu tio.

– Encantado, meu rapaz! Encantado! Chegamos!

– Ao término da nossa expedição?

– Não, mas ao fim desse mar que não acabava mais. Retomaremos agora o caminho de terra e entraremos verdadeiramente nas entranhas do globo.

– Meu tio, permita-me fazer-lhe uma pergunta.

– Permito-lhe, Axel.

– E a volta?

– A volta?! Ah! Já está pensando em voltar quando ainda nem chegamos?

– Não, mas quero apenas perguntar como isso se dará.

– Da maneira mais simples que existe. Uma vez chegados ao centro do planeta, ou encontraremos uma nova rota para subir à superfície, ou voltaremos comodamente pelo caminho já percorrido. Imagino que ele não vai fecharse atrás de nós.

– Então vai ser preciso consertar a balsa.

– Com certeza.

– Mas ainda restam provisões o bastante para fazer todas essas coisas?

– É claro. Hans é um rapaz hábil, e tenho a certeza de que ele salvou a maior parte da carga. Aliás, vamos nos certificar disso.

Saímos daquela gruta aberta a todas as brisas. Eu tinha uma esperança que era ao mesmo tempo um temor; parecia-me impossível que o terrível impacto da balsa não tivesse destruído toda a carga. Eu estava enganado. Quando cheguei à margem, vi Hans no meio de um monte de objetos dispostos em ordem. Meu tio apertou-lhe a mão em vivo sinal de reconhecimento. Aquele homem, cuja devoção sobre-humana talvez não se encontrasse em nenhum outro, trabalhara enquanto dormíamos e salvara os mais preciosos objetos, arriscando a própria vida.

Não que não tivéssemos sofrido perdas muito consideráveis: as nossas armas, por exemplo; mas, enfim, podíamos muito bem ficar sem elas. A provisão de pólvora permanecera intacta, depois de quase ter explodido durante a tempestade.

– Muito bem – exclamou o professor –, já que os fuzis se foram, não precisaremos caçar.

– Tudo bem; mas e os instrumentos?

– Aqui está o manômetro, o mais útil de todos, e pelo qual eu daria os outros! Com ele, posso calcular a profundidade e saber quando tivermos atingido o centro. Sem ele, nós nos arriscaríamos a passar do ponto e sair pelo outro lado!

Aquela alegria era feroz.

– Mas, e a bússola? – perguntei.

– Aqui está, em cima desse rochedo, em perfeito estado, assim como o cronômetro e os termômetros. Ah! O caçador é um homem de grande valor!

Era preciso reconhecer: em matéria de instrumentos não faltava nada. Quanto às ferramentas e aos utensílios, vi, espalhados na areia, escadas, cordas, picões, picaretas etc.

Mas ainda faltava elucidar a questão dos víveres.

– E as provisões? – disse eu.

– Vejamos as provisões – respondeu meu tio.

As caixas que as conservavam estavam alinhadas sobre a areia em perfeito estado de conservação; o mar havia respeitado a maior parte delas, e podíamos ainda contar com quatro meses de víveres, tais como bolachas, carne salgada, genebra e peixes secos.

– Quatro meses! – exclamou o professor. – Temos tempo para ir e voltar, e, com o que sobrar eu quero dar um grande jantar a todos os meus colegas do Johannaeum!

Eu já devia estar há muito tempo acostumado com o temperamento do meu tio, mas aquele homem continuava surpreendendo-me.

– Agora – disse ele –, vamos repor a nossa provisão de água com a chuva que o temporal derramou em todas essas bacias de granito; dessa forma, não precisaremos ter medo de sermos vencidos pela sede. Quanto à balsa, vou recomendar a Hans que a conserte o melhor possível, embora talvez não precisemos mais dela, creio eu!

– Como? – exclamei.

– Uma ideia que tive, meu rapaz. Acho que não sairemos por onde entramos.

Olhei para o professor com certa desconfiança. Perguntava-me se ele não enlouquecera. E, no entanto, ele "parecia estar melhor do que nunca".

– Vamos tomar o café – prosseguiu ele.

Segui-o a um promontório alto, depois de ele ter dado as instruções ao caçador. Com carne seca, biscoitos e chá fizemos uma excelente refeição, e, tenho que admitir, uma das melhores que já fiz. A necessidade, o ar livre, a calma depois das agitações, tudo contribuía para me dar apetite.

Durante o café, perguntei ao meu tio se ele sabia onde estávamos naquele momento.

– Isso – disse eu – parece difícil de calcular.

– De calcular com exatidão, sim – respondeu ele –; na verdade, é impossível, já que durante os três dias de tempestade não consegui tomar nota da velocidade e da direção da balsa; mas mesmo assim podemos calcular a nossa posição.

– De fato, a última observação foi feita na ilhota do gêiser...

– Na ilhota, Axel, meu rapaz. Não abdique da honra de ter batizado com o seu nome a primeira ilha descoberta no centro do maciço terrestre.

– Que seja! Na ilhota Axel, havíamos percorrido cerca de mil duzentos e quinze quilômetros de mar, e estávamos a mais de dois mil e setecentos quilômetros da Islândia.

– Isso mesmo! Então, vamos partir desse ponto e contar quatro dias de temporal, durante os quais a nossa velocidade não deve ter sido inferior a trezentos e sessenta quilômetros por vinte e quatro horas.

– Acho que sim. Então temos que acrescentar mais mil trezentos e cinquenta quilômetros.

– É, e o mar Lidenbrock teria quase dois mil e setecentos quilômetros de uma costa a outra! Você reparou, Axel, que ele pode competir em tamanho com o Mediterrâneo?

– Reparei, ainda mais se nós o atravessássemos apenas na sua largura!

– O que é bastante possível!

– E o curioso – acrescentei – é que, se os nossos cálculos estiverem exatos, temos esse Mediterrâneo sobre as nossas cabeças.

– Realmente!

– Realmente, pois estamos a quatro mil e quinhentos quilômetros de Reykjavik!

– É um belo pedaço de caminho, meu rapaz; mas, se estamos mais sob o Mediterrâneo do que sob a Turquia e o Atlântico, é uma coisa que só poderemos afirmar se tivermos certeza de que não houve desvio em nossa rota.

– Não, o vento parecia constante; portanto, acho que essa costa deve estar situada a sudeste de Porto-Gräuben.

– Bom, é fácil verificar. Vamos consultar a bússola!

O professor se dirigiu para o rochedo sobre o qual Hans havia depositado os instrumentos. Estava alegre, jovial, esfregava as mãos, fazia poses! Um verdadeiro rapaz! Segui-o, muito curioso para saber se o meu palpite não estava errado.

Chegando ao rochedo, meu tio pegou a bússola, colocou-a horizontalmente e observou a agulha, que, depois de ter oscilado, parou numa posição fixa sob a influência magnética.

Meu tio olhou, em seguida esfregou os olhos e olhou de novo. Enfim, voltou-se para mim, estupefato.

– O que foi? – perguntei.

Fez um sinal para que eu examinasse o instrumento. Deixei escapar uma exclamação de surpresa. A ponta da agulha marcava o norte bem onde achávamos que devia ser o sul! Virava para a praia em vez de apontar o mar alto.

Sacudi a bússola, examinei-a; estava em perfeito estado. Para qualquer posição que voltássemos a agulha, esta retomava obstinadamente aquela direção inesperada.

Portanto, não havia mais dúvidas: durante a tempestade, havia ocorrido um golpe de vento que não percebemos, o qual reconduzira a balsa para as margens que o meu tio julgava ter deixado para trás.

Capítulo XXXVII

Eu não poderia descrever a sucessão de sentimentos que agitaram o professor Lidenbrock, a estupefação, a incredulidade e, enfim, a cólera. Nunca vi um homem tão desapontado num momento e tão irritado em outro. Os cansaços da travessia, os perigos pelos quais passamos, tudo iria recomeçar! Havíamos recuado em vez de andar para a frente!

Mas meu tio se recuperou depressa.

– Ah! A fatalidade está brincando comigo! – exclamou ele. – Os elementos conspiram contra mim! O ar, o fogo e a água juntam os seus esforços para se opor à minha passagem! Tudo bem! Ninguém conhece o poder da minha vontade. Não cederei, não recuarei uma linha, e então veremos quem vencerá, o homem ou a natureza!

De pé no rochedo, irritado, ameaçador, Otto Lidenbrock, tal como o feroz Ajax, parecia desafiar os deuses. Mas julguei ser a hora de intervir e pôr um fim naquela fuga insensata.

– Escute-me – disse-lhe eu com tom firme. – Aqui embaixo, há um limite para qualquer ambição; não se deve lutar contra o impossível; estamos mal equipados para uma viagem por mar; não se faz uma viagem de dois mil quilômetros numa embarcação de vigas com um cobertor fazendo as vezes de vela, um bastão como mastro e contra os ventos furiosos. Não podemos controlar, somos o joguete das tempestades, e agiríamos como loucos se tentássemos fazer essa impossível travessia de novo!

Consegui desencadear toda uma série dessas reflexões irrefutáveis, durante dez minutos, sem ser interrompido, mas isso devido apenas à desatenção do professor, que não ouviu uma palavra da minha argumentação.

– Para a balsa! – exclamou.

Foi essa a resposta dele. Por mais que eu insistisse, suplicasse, me exaltasse, eu me chocaria com uma vontade mais dura do que o granito.

Hans acabava, naquele momento, de consertar a balsa. Parecia que aquele estranho adivinhava os projetos do meu tio. Com alguns pedaços de *surtarbrandur*, ele reforçava a embarcação. Uma vela já se erguia, e o vento brincava nas suas dobras que ondulavam.

O professor disse algumas palavras ao guia, e este logo embarcou as bagagens e arrumou tudo para a partida. A atmosfera era bastante pura e o vento noroeste soprava a favor.

Que podia eu fazer? Resistir sozinho contra dois? Impossível. Se pelo menos Hans ficasse do meu lado. Mas não! Parecia que o islandês havia posto de lado toda a sua vontade pessoal e feito voto de abnegação. Eu não podia obter nada de um servidor tão apegado ao seu senhor. Era preciso seguir em frente.

Então, quando ia ocupar o meu lugar na conhecida balsa, meu tio me deteve com a mão.

– Só partiremos amanhã – disse ele.

Fiz o gesto de um homem resignado a tudo.

– Não posso desprezar nada – retomou ele –, e já que a fatalidade me empurrou para essa parte da costa, eu não a deixarei sem tê-la reconhecido.

Todos compreenderão essa observação quando ficarem sabendo que havíamos regressado às margens do norte, mas não ao mesmo lugar da nossa primeira partida. O Porto-Gräuben devia ficar mais ao oeste. Nada mais razoável, então, do que examinar com cuidado as cercanias dessa nova aterrissagem.

– Vamos à descoberta! – disse eu.

Então, deixando Hans com os seus afazeres, partimos. O espaço compreendido entre o mar e o sopé dos contrafortes era bastante amplo. Era possível andar meia hora antes de chegar à parede dos rochedos. Os nossos pés esmagavam inúmeras conchas de todas as formas e de todos os tamanhos, onde viviam os animais das primeiras eras. Eu também via enormes carapaças cujo diâmetro geralmente ultrapassava cinco metros. Haviam pertencido àqueles gigantescos gliptodontes do período plioceno, dos quais a tartaruga moderna é apenas a miniatura. Ou seja: o solo estava semeado de grande quantidade de restos pedregosos, espécies de seixos arredondados pelas ondas e enfileirados em linhas sucessivas. Então, fui levado a concluir que o mar outrora devia ocupar esse espaço. Sobre as rochas esparsas, e agora fora das suas investidas, as ondas haviam deixado traços evidentes da sua passagem.

Isso podia explicar até certo ponto a existência desse oceano, a cento e oitenta quilômetros abaixo da superfície terrestre. Mas, na minha opinião, aquela massa líquida aos poucos iria perder-se nas entranhas da Terra, e com certeza provinha das águas do oceano que se infiltravam por alguma fenda. Apesar disso, era preciso admitir que aquela fenda estava atualmente tapada, pois toda a caverna, ou melhor, aquele imenso reservatório, se encheu em pouco tempo. Talvez aquela mesma água, tendo lutado contra fogos subterrâneos, tivesse se evaporado em parte. Daí a explicação das nuvens sobre a nossa cabeça e a liberação dessa eletricidade que provocava tempestades dentro do maciço terrestre.

Essa teoria dos fenômenos de que havíamos sido testemunhas me parecia satisfatória, pois, por maiores que sejam as maravilhas da natureza, elas são sempre explicáveis por razões físicas.

Andávamos, portanto, sobre uma espécie de terreno sedimentar, formado pelas águas como todos os terrenos daquele período, tão amplamente distribuídos na superfície do globo. O professor examinava com atenção cada interstício de rocha. Se existisse uma abertura, tornava-se importante para ele sondar a respectiva profundidade.

Por mais de um quilômetro, margeamos o litoral do mar Lidenbrock, quando de repente o solo mudou de aspecto. Parecia revolvido, convulsionado pela violenta elevação das camadas inferiores. Em vários lugares, saliências e reentrâncias atestavam um forte deslocamento do maciço terrestre.

Avançávamos com dificuldade sobre aquelas fraturas de granito, mescladas a sílex, quartzo e depósitos de aluvião, quando um campo, mais de um campo, uma planície de ossadas, surgiu diante dos nossos olhos. Parecia um imenso cemitério, onde as gerações dos vinte séculos misturavam o seu eterno pó. Ao longe, avistávamos altas pilhas de restos. Formavam ondulações até os limites do horizonte e lá se perdiam numa bruma evanescente. Naquele local, talvez em cinco quilômetros quadrados, se acumulava toda a história da vida animal, escrita a duras penas nos terrenos bem recentes do mundo habitado.

Todavia, uma impaciente curiosidade nos arrastava. Os nossos pés esmagavam com um barulho seco os restos daqueles animais pré-históricos, e desses fósseis cujos vestígios raros e valiosos são disputados pelos museus das grandes cidades. A existência de mil Cuviers não bastaria para recompor os esqueletos dos seres orgânicos depositados naquele magnífico ossuário.

Eu estava pasmo. O meu tio levantara os seus grandes braços para a espessa abóbada que nos servia de céu. A sua boca escancarada, os seus olhos fulgurantes atrás das lentes dos óculos, a sua boca se mexendo para cima e para baixo, toda a sua postura, enfim, denotava uma admiração sem limites. Ele estava diante de uma inestimável coleção de laptotérios, mericotérios, *Lophodions*, anoplotérios, megatérios, mastodontes, protoptecos, pterodáctilos, todos os monstros antediluvianos amontoados para a sua satisfação pessoal. Imagine-se um bibliômano apaixonado transportado de repente para a famosa biblioteca de Alexandria queimada por Omar e que um milagre fizesse renascer das cinzas! Era o que estava acontecendo com o meu tio, o professor Lidenbrock.

Mas foi outro tipo de êxtase o que ocorreu, quando, correndo através daquela poeira orgânica, ele pegou um crânio e exclamou com voz trêmula:

– Axel! Axel! Uma cabeça humana!

– Uma cabeça humana, meu tio? – respondi, não menos surpreso.

– Sim, meu sobrinho! Ah, Milne-Edwards! Ah, Quatrefages! Se vissem onde eu, Otto Lidenbrock, me encontro!

Capítulo XXXVIII

Para compreender essa evocação feita pelo meu tio a esses ilustres cientistas franceses, é preciso saber que um fato de alta importância em paleontologia se produziu um pouco antes da nossa partida.

Em 28 de março de 1863, escavações sob o comando de Boucher de Perthes na pedreira de Moulin-Quignon, perto de Abbeville, no departamento do Somme, na França, encontraram um maxilar humano a quatro metros e meio da superfície do solo. Era o primeiro fóssil dessa espécie trazido à luz do dia. Perto dele foram encontrados machados de pedra e sílex cortados, coloridos e revestidos por uma oxidação uniforme produzida pelo tempo.

O alarde em torno dessa descoberta foi grande, não apenas na França, mas também na Inglaterra e na Alemanha. Vários cientistas do Instituto da França, entre outros Milne-Edwards e Quatrefages, levando a coisa a sério, demonstraram a incontestável autenticidade da ossada em questão, e tornaram-se os mais fervorosos defensores do "processo do maxilar", segundo a expressão inglesa.

Aos geólogos do Reino Unido, que deram o fato como certo, Falconer, Busk, Carpenter etc., juntaram-se cientistas da Alemanha, e entre eles, na primeira fila, o mais inflamado, o mais entusiasta, meu tio Lidenbrock.

A autenticidade de um fóssil humano da era quaternária parecia, portanto, incontestavelmente demonstrada e admitida.

Esse sistema, é verdade, encontrou um adversário ferrenho em Élie de Beaumont. Esse cientista de tão alta autoridade sustentava que o terreno de Moulin-Quignon não pertencia ao "dilúvio", mas sim a uma camada menos antiga, e, nisso de acordo com Cuvier, ele não admitia que a espécie humana tivesse sido contemporânea dos animais da era quaternária. Meu tio Lidenbrock, com o apoio da grande maioria dos geólogos, havia defendido, brigado, discutido, e Élie de Beaumont havia ficado quase isolado na defesa da sua tese.

Conhecíamos todos os detalhes do caso, mas ignorávamos que, após a nossa partida, a questão conhecera novos progressos. Outros maxilares idênticos, embora pertencendo a indivíduos de diversos tipos e de diferentes nações, foram encontrados nos solos movediços e cinzentos de algumas grutas na França, na Suíça, e na Bélgica, bem como armas, utensílios, ferramentas, ossadas de crianças, adolescentes, homens e idosos. Assim sendo, a existência do homem quaternário se confirmava cada vez mais.

E isso não era tudo. Novos restos exumados do terreno terciário pliocênico haviam permitido a cientistas mais audaciosos atribuir uma antiguidade ainda maior à raça humana. Tais restos, é verdade, não eram ossadas do homem, mas apenas objetos produzidos por ele, tíbias, fêmures de animais fósseis, riscados sistematicamente, esculpidos, por assim dizer, e que traziam a marca do trabalho humano.

Assim, de um salto, o homem remontava vários séculos na escala do tempo; precedia o mastodonte; tornava-se contemporâneo do *Elephas meridionalis*; tinha cem mil anos de existência, já que é essa a data atribuída pelos geólogos mais renomados à formação do terreno plioceno!

Era esse então o estado da ciência paleontológica, e o que sabíamos dele bastava para explicar a nossa atitude diante daquele ossuário do mar Lidenbrock. Portanto, eram compreensíveis as surpresas e as alegrias do meu tio, principalmente quando, vinte passos mais adiante, ele se viu na presença, podemos dizer frente a frente, de um dos espécimes do homem quaternário.

Era um corpo humano totalmente identificável. Seria a natureza particular do solo, como a do cemitério São Miguel, em Bordeaux, que o conservara assim durante séculos? Eu não saberia dizer. Mas aquele cadáver, com a pele esticada assemelhando-se a um pergaminho, os membros ainda macios – pelo menos aparentemente –, os dentes intactos, a cabeleira abundante, as unhas das mãos e dos pés de tamanho assustador, mostrava-se aos nossos olhos tal como havia vivido.

Fiquei mudo diante daquela aparição de outra era. O meu tio, tão loquaz, que gostava tanto de falar, também ficou mudo. Levantamos aquele corpo e o pusemos em pé. Ele nos olhava com as suas órbitas ocas. Apalpamos o seu torso sonoro.

Após alguns instantes de silêncio, meu tio foi vencido pelo professor Otto Lidenbrock, que, levado por seu temperamento, esqueceu das circunstâncias da nossa viagem, do ambiente em que estávamos, da imensa caverna que nos abrigava. Sem dúvida, ele achava que estava no Johannaeum, o professor diante dos alunos, pois assumiu um tom professoral e dirigiu-se a uma plateia imaginária:

– Senhores – disse ele –, tenho a honra de lhes apresentar um homem da era quaternária. Renomados cientistas negaram a sua existência, outros não menos renomados a afirmaram. Os São Tomés da paleontologia, se lá estivessem, o tocariam com o dedo, e seriam forçados a reconhecer o seu erro. Sei muito bem que a ciência deve ter cautela em relação às descobertas desse tipo! Não ignoro a exploração feita pelos Barnums e outros charlatães da mesma espécie. Sei a história da rótula de Ajax, do pretenso corpo de Orestes encontrado pelos espartanos, e do corpo de Astérios, com seis metros de comprimento, de que Pausânias fala. Li os relatórios sobre o esqueleto de Trapani, descoberto no século XIV e no qual se pretendia identificar Polifemo, e a história do gigante desenterrado no século XVI nas cercanias de Palermo. Todos conhecem tanto quanto eu, senhores, a análise feita perto de Lucerna, em 1577, das grandes ossadas que o célebre médico Félix Plater declarava pertencer a um gigante de seis metros de altura! Devorei os tratados de Cassanion, e todas as memórias, brochuras, discursos e contradiscursos publicados sobre o esqueleto do rei dos cimbros, Teutoboco, o invasor da Gália, desenterrado de um areal do Delfinado em 1613. No século XVIII, eu contestaria, com Pierre Campet, a existência dos pré-adamitas de Scheuchzer! Tive entre as mãos o artigo intitulado *Gigans*...

Nesse ponto, ressurgiu a dificuldade natural do meu tio, que em público não conseguia pronunciar as palavras difíceis.

– O artigo intitulado *Gigans*... – retomou ele.

Ele não conseguia prosseguir.

– *Gigantos*...

Impossível! A famigerada palavra não queria sair! Se fosse no Johannaeum, os alunos estariam rindo!

– *Gigantosteologia* – conseguiu dizer o professor Lidenbrock, entre dois palavrões.

Depois, exaltando-se:

– Sim, senhores, sei todas essas coisas! Também sei que Cuvier e Blumenbach reconheceram nessas ossadas simples ossos de mamutes e de outros animais da era quaternária. Mas, nesse caso, a menor dúvida seria uma injúria à ciência! O cadáver está aqui! É possível vê-lo, tocá-lo. Não é um esqueleto, é um corpo intacto, conservado por um objetivo unicamente antropológico!

Achei melhor não contradizer aquela afirmação.

– Se eu pudesse lavá-lo numa solução de ácido sulfúrico – disse ainda meu tio –, faria desaparecer todas as partes de terra e essas conchas resplandecentes que estão incrustadas nele. Mas não tenho esse precioso solvente. Mesmo assim, tal como está, esse corpo nos contará a sua própria história.

Nessa altura, o professor pegou o cadáver fóssil e o manejou com a destreza de um apresentador de curiosidades.

– Como vocês podem ver – retomou –, ele não tem dois metros de altura, e estamos longe dos pretensos gigantes. Quanto à raça à qual ele pertence, ela é incontestavelmente caucásica. É a raça branca, é a nossa! O crânio desse fóssil é regularmente ovoide, sem desenvolvimento das maçãs do rosto, sem projeção do maxilar. Não apresenta nenhuma característica do prognatismo que modifica o ângulo facial.[12] Meçam esse ângulo: tem quase noventa graus. Mas não irei mais longe no caminho das deduções, e ousarei dizer que esse espécime humano pertence à família jafética, que se propagou desde as Índias até os limites da Europa Ocidental. Não riam, senhores!

Ninguém estava rindo, mas o professor já se habituara a ver os rostos se alegrar durante as suas sábias dissertações!

– Sim – retomou ele com animação renovada –, é um homem fóssil, e contemporâneo dos mastodontes cujas ossadas enchem esse anfiteatro. Mas não poderei dizer-lhes por qual caminho ele aqui chegou, ou como essas camadas onde ele se refugiava deslizaram até essa enorme cavidade do globo. Sem dúvida, na era quaternária ainda se manifestavam tremores consideráveis na crosta terrestre; o esfriamento contínuo da Terra produzia fraturas, fendas, falhas, onde, de certa forma, baixava uma parte do terreno superior. Não posso afirmar com certeza, mas, enfim, eis o homem, cercado das obras da sua própria mão, desses machados, desses sílex talhados que constituíram a idade da pedra, e a menos que ele não tenha vindo como turista, assim como eu, um pioneiro da ciência, não posso colocar em dúvida a autenticidade da sua origem antiga.

O professor se calou, e explodi em aplausos unânimes. Meu tio tinha, diga-se passagem, razão, e cientistas maiores do que o seu sobrinho encontrariam grandes dificuldades para combatê-lo.

Outro indício. Aquele corpo fossilizado não era o único do imenso ossuário. Havia outros corpos a cada passo que dávamos naquela poeira, e o meu tio podia escolher o espécime mais maravilhoso para convencer os incrédulos.

---

12. O ângulo facial é formado por dois planos: um mais ou menos vertical que tangencia a fronte e os dentes incisivos; o outro, horizontal, que passa pela abertura dos condutos auditivos e pelo osso nasal inferior. Essa projeção do maxilar que modifica o ângulo facial é chamada, em língua antropológica, de *prognatismo.* (N. A.)

Era realmente um formidável espetáculo aquelas gerações de homens e animais misturados naquele cemitério. Mas um problema grave se impunha, que não tínhamos coragem de resolver. Teriam aqueles seres animados deslizado, por um tremor do solo, para as margens do mar Lidenbrock quando já estavam reduzidos a pó? Ou teriam vivido ali naquele mundo subterrâneo, sob aquele falso céu, nascendo e morrendo como os habitantes da Terra? Até ali, apenas os monstros marinhos e os peixes nos haviam aparecido vivos! Será que algum homem do abismo ainda errava sobre aquelas praias desertas?

Capítulo XXXIX

Durante mais meia hora, nossos pés esmagaram aquelas camadas de ossos. Íamos em frente, empurrados por uma ardente curiosidade. Que outras maravilhas encerrava aquela caverna, que tesouros para a ciência? O meu olhar se preparava para todas as surpresas e a minha imaginação, para todos os espantos.

Fazia muito tempo que as margens do mar haviam desaparecido atrás das colinas do ossuário. O imprudente professor, sem temor de perder-se, arrastava-me para longe. Caminhávamos em silêncio, mergulhados nas ondas elétricas. Por um fenômeno que não consigo explicar, e graças à sua difusão, então completa, a luz iluminava uniformemente as diversas faces dos objetos. O seu foco não estava mais em nenhum ponto determinado do espaço e ela não produzia nenhum efeito de sombra. Poderíamos imaginar que estávamos ao meio-dia e em pleno verão, no meio das regiões equatoriais, sob os raios verticais do sol. Todos os vapores haviam desaparecido. Os rochedos, as montanhas longínquas, algumas massas confusas de florestas distantes, tomavam um estranho aspecto sob a igual distribuição do fluido luminoso. Parecíamos aquela fantástica personagem de Hoffmann que perdeu a própria sombra.

Depois de percorrido um quilômetro, surgiu uma floresta imensa, mas não mais daqueles bosques de cogumelos de Porto Gräuben.

Tratava-se da vegetação da era terciária em toda a sua magnificência. Grandes palmeiras, de espécies hoje desaparecidas, soberbas palmácias, pinheiros, teixos, ciprestes, tuias representavam a família das coníferas e se entrelaçavam numa rede emaranhada de cipós. Um tapete de musgos e hepáticas revestia levemente o solo. Alguns riachos murmuravam sob aquela sombra, pouco dignos desse nome, já que não havia sombra. Nas suas margens, havia fetos arbóreos parecidos com os das serras quentes do globo habitado. Só que faltava cor àquelas árvores, àqueles arbustos, àquelas plantas, privados do calor vivificante do sol. Tudo se confundia numa coloração uniforme, acastanhada, meio que envelhecida. As folhas eram desprovidas de verde, e as próprias flores, tão numerosas na era terciária que as viu nascer, agora não tinham cor nem perfume, e pareciam feitas de papel desbotado sob a ação da atmosfera.

Meu tio Lidenbrock aventurou-se debaixo daquela gigantesca mata. Segui-o, não sem certa apreensão. Já que a natureza pusera ali uma alimentação vegetal, por que não poderíamos encontrar também os temíveis mamíferos? Naquelas amplas clareiras deixavadas pelas árvores caídas e roídas pelo tempo, eu via leguminosas, aceráceas, rubiáceas, e milhares de arbustos comestíveis, apreciados pelos ruminantes de todos os períodos. Depois, surgiam, confundidas e entremeadas, as árvores das mais diferentes regiões do globo, o carvalho crescendo perto da palmeira, o eucalipto australiano apoiando-se no abeto da Noruega, a bétula do norte misturando os seus galhos com os do *Bauris* neozelandês. Era o suficiente para confundir o sistema dos mais engenhosos classificadores da botânica terrestre.

De repente, parei. Com a mão, retive o meu tio.

A luz difusa permitia ver os menores objetos nas profundezas das matas. Julguei ver... Não! Eu realmente via com os meus olhos formas imensas agitando-se debaixo das árvores! Eram animais gigantescos, um rebanho inteiro de mastodontes, não mais fósseis, mas vivos, e parecidos com aqueles cujos restos foram descobertos em 1801 nos pântanos de Ohio! Via aqueles grandes elefantes cujas trombas se enroscavam sob as árvores como uma legião de serpentes. Ouvia o barulho das suas longas presas, o marfim furando os velhos troncos. Os galhos se partiam, e as folhas, arrancadas em enormes massas, se engolfavam na ampla goela daqueles monstros.

Aquele sonho em que eu vi renascer todo aquele mundo dos tempos antediluvianos, das eras terciária e quaternária, finalmente se realizava! E nós estávamos lá, sozinhos, nas entranhas do globo, à mercê daqueles ferozes habitantes.

Meu tio olhava.

– Vamos – disse ele, de repente, pegando-me pelo braço. – Em frente, em frente!

– Não! – exclamei. – Não! Não temos armas! Que faremos no meio desse rebanho de quadrúpedes gigantes? Venha, meu tio, venha! Nenhuma criatura humana pode provocar impunemente a cólera desses monstros.

– Nenhuma criatura humana! – exclamou meu tio, baixando a voz. – Você está enganado, Axel! Olhe, olhe ali! Parece-me que estou vendo um ser vivo! Um ser semelhante a nós! Um homem!

Eu olhei, levantando os ombros, e decidi levar a incredulidade até as suas últimas consequências. Mas, por mais que me esforçasse, tive que me render às evidências.

De fato, a menos de quatrocentos metros, apoiado no troco de um *Bauris* enorme, um ser humano, um Proteu das regiões subterrâneas, um novo filho de Netuno guardava aquele vasto rebanho de mastodontes!

Immanis pecoris custos, immanior ipse![13]

Sim! *Immanior ipse*! Não se tratava mais de um ser fóssil cujo cadáver havíamos levantado no ossuário, mas de um gigante, capaz de comandar aqueles monstros. Tinha mais de quatro metros de altura. A cabeça, grande como a de um búfalo, desaparecia no emaranhado de uma cabeleira maltratada. Parecia uma verdadeira crina, semelhante à do elefante das primeiras eras. Brandia na mão um galho enorme, digno cajado daquele pastor antediluviano.

Ficamos imóveis, espantados. Mas não podíamos ser percebidos. Era preciso fugir.

– Venha, venha – exclamava eu, arrastando meu tio, que pela primeira vez se deixou arrastar!

Quinze minutos depois, estávamos fora do alcance daquele temível inimigo.

E agora que penso nisso com tranquilidade, agora que a calma voltou ao meu espírito, que se passaram meses desde aquele estranho e sobrenatural encontro, o que pensar? Em que acreditar? Não! É impossível! Nossos sentidos estavam alterados, nossos olhos não podem ter visto o que viram! Não existe nenhuma criatura humana no mundo subterrâneo! Nenhuma geração de homens habita as cavernas inferiores do globo, sem se preocupar com os habitantes da superfície, sem comunicação com eles! É loucura, profunda loucura!

Prefiro admitir a existência de um animal cuja estrutura se parece com a estrutura humana, de um macaco das primeiras eras geológicas, de um protopiteco, de um mesopiteco parecido com o que Lartet descobriu no depósito ossífero de Sansan! Mas aquele ultrapassava em tamanho todas as medidas dadas pela paleontologia moderna! Pouco importa! Um macaco, sim, um macaco, por mais inverossímil que pareça! Mas um homem, um homem vivo, e

13. Aquele que guarda rebanhos selvagens é igualmente selvagem. (N.A.)

com ele toda uma geração embrenhada nas entranhas da Terra! Nunca!

Contudo, havíamos saído da floresta clara e luminosa, mudos de admiração, esgotados por uma estupefação que beirava o espanto. Involuntariamente, corríamos. Era uma verdadeira fuga, semelhante aos pavores que nos tomam em alguns pesadelos. Instintivamente, voltávamos para o mar Lidenbrock, e não me lembro direito das divagações em que se perdeu o meu espírito, já que não havia uma preocupação que me devolvesse a observações mais práticas.

Mesmo com a certeza de que pisávamos num solo totalmente virgem, eu não parava de ver agregações rochosas que lembravam ss de Porto Graüben. Aliás, isso confirmava a indicação da bússola e o nosso retorno involuntário ao norte do mar Lidenbrock. Riachos e cascatas caíam às centenas das saliências das rochas. Julgava estar revendo a camada de *surtarbrandur*, o nosso fiel *Hans-bach* e a gruta em que eu ressuscitara. Depois, alguns passos além, a disposição dos contrafortes, o surgimento de um riacho, o perfil surpreendente de um rochedo vinha mergulhar-me novamente na dúvida.

Falei ao meu tio sobre minha dúvida. Ele hesitou como eu. Não conseguia orientar-se naquele panorama uniforme.

– É evidente – disse-lhe eu – que chegamos ao nosso ponto de partida, mas a tempestade nos trouxe de volta um pouco mais para baixo, e se seguirmos a praia, encontraremos o Porto Graüben.

– Nesse caso – respondeu meu tio –, é inútil continuar essa exploração, e é melhor voltarmos para a balsa. Mas você não está enganado, Axel?

– É difícil dizer, tio, pois todos esses rochedos se parecem. Mesmo assim, acho que reconheci o promontório ao pé do qual Hans construiu a embarcação. Devemos estar perto do pequeno porto, embora ele não esteja aqui

– acrescentei, examinando uma enseada que julguei ter reconhecido.

– Não, Axel, pois teríamos pelo menos encontrado as nossas pegadas, e não estou vendo nada...

– Mas eu estou vendo – exclamei, avançando para um objeto que brilhava na areia.

– O quê?

– Isto – respondi.

E mostrei a meu tio um punhal coberto de ferrugem, que eu acabava de pegar.

– O quê? Então você tinha trazido essa arma?

– Eu? De modo algum! Mas você...

– Não que eu saiba – respondeu o professor. – Nunca carreguei esse objeto.

– Isso é que é esquisito!

– Não, é muito simples, Axel. Os islandeses costumam carregar armas desse tipo, e Hans, a quem esta pertence, deve tê-la perdido...

Balancei a cabeça. Hans nunca carregara aquele punhal.

– Será, então, a arma de algum guerreiro antediluviano – exclamei –, de um homem vivo, de um contemporâneo desse gigantesco pastor? Mas não! Não é uma ferramenta da idade da pedra! Nem mesmo da idade do bronze! Essa lâmina é de aço...

Meu tio fez com que eu saísse daquele caminho para o qual uma nova divagação me levava, e com o seu tom frio, disse-me:

– Acalme-se, Axel, e volte à razão. Esse punhal é uma arma do século XVI, uma verdadeira adaga, daquelas que os cavalheiros carregavam no cinto para dar o golpe de misericórdia. É de origem espanhola. Não pertence nem a você, nem a mim, nem ao caçador, nem mesmo aos seres humanos que talvez vivam nas entranhas do globo!

– Quer dizer que...?

– Veja, ela não está estragada assim por ter sido enfiada na garganta das pessoas; a lâmina está coberta por uma camada de ferrugem que não data nem de um dia, nem de um ano, nem de um século!

O professor se animava, como de costume, deixando-se levar pela imaginação.

– Axel – retomou ele –, estamos em vias de fazer uma grande descoberta! Essa lâmina ficou abandonada na areia por cem, duzentos, trezentos anos, e se estragou nas rochas desse mar subterrâneo!

– Mas não veio sozinha – exclamei –; não se entortou por si mesma! Alguém veio antes de nós!...

– Sim! Um homem.

– E esse homem?

– Esse homem gravou o seu nome com esse punhal! Esse homem quis mais uma vez marcar com a própria mão o caminho para o centro! Procuremos, procuremos!

E, animadíssimos, fomos seguindo a alta muralha, interrogando as menores fissuras que podiam transformar-se em galeria.

Assim, chegamos a um local onde a praia ficava estreita. O mar quase banhava o pé dos contrafortes, deixando uma passagem de no máximo dois metros. Entre duas pontas de rocha, apareciam letras misteriosas meio desgastadas, as duas iniciais do ousado e fantástico viajante:

– A. S.! – exclamou titio. – Arne Saknussemm! De novo Arne Saknussemm!

Capítulo XL

Desde o começo da viagem, eu vinha tendo muitas surpresas: devia acreditar que estava imune a elas e indiferente a qualquer admiração. No entanto, vendo aquelas duas letras gravadas há trezentos anos tive um assombro que beirava a estupidez. Não apenas a assinatura do cientista alquimista se lia na rocha, mas também o estilete que a havia traçado estava nas minhas mãos. A menos que eu fosse de muita má-fé, não podia mais duvidar da existência do viajante e da realidade da sua viagem.

Enquanto essas reflexões fervilhavam na minha cabeça, o professor Lidenbrock era acometido por um acesso de delírio elogioso em relação a Arne Saknussemm.

– Formidável gênio! – exclamava ele. – Você não esqueceu de que devia abrir aos outros mortais os caminhos da crosta terrestre, e os seus semelhantes podem encontrar os traços que os seus pés deixaram há três séculos, no fundo desses subterrâneos escuros! A outros olhos além dos seus, você reservou a contemplação dessas maravilhas! O seu nome, gravado de etapas em etapas, conduz o viajante, bastante audacioso para segui-lo, direto à sua meta, e, bem no centro do nosso planeta, ele ainda estará escrito com a sua própria mão. Pois bem! Eu também assinarei o meu nome nessa última página de granito! Para que, de agora em diante, esse cabo que você viu perto desse mar descoberto por você seja para sempre chamado de cabo Saknussemm!

Eis o que eu ouvi, e senti-me contagiar pelo entusiasmo exalado por essas palavras. Uma chama se reacendeu em meu peito! Eu me esquecia de tudo: dos perigos da viagem e dos perigos da volta. O que um outro havia feito, eu também gostaria de fazer, e nada do que era humano me parecia impossível!

– Vamos, vamos! – exclamei.

Eu avançava para a escura galeria, quando o professor me deteve, logo ele, o homem dos arrebatamentos, aconselhou-me a paciência e o sangue-frio.

– Primeiro, vamos voltar até Hans e trazer a balsa para cá.

Obedeci à ordem, contra a minha vontade, e caminhei rapidamente em meio as rochas da praia.

– Sabe, tio – disse eu enquanto andava –, até agora fomos favorecidos pelas circunstâncias!

– Você acha, Axel?

– É claro, nem a tempestade nos tirou do caminho correto. Abençoado seja o temporal, pois nos trouxe de volta para essa costa, graças ao tempo bom! Suponha que tivéssemos chegado às margens meridionais do mar Lidenbrock. O que seria de nós? O nome de Saknussemm não teria surgido aos nossos olhos, e agora estaríamos abandonados numa praia sem saída.

– É verdade, Axel, há algo de providencial em estarmos navegando para o sul e retornarmos exatamente para o norte e para o cabo Saknussemm. Devo dizer que é mais do que surpreendente, e isso é algo que não consigo de modo algum explicar.

– E que importa? Não temos que explicar os fatos, mas aproveitá-los!

– Com certeza, meu rapaz, mas...

– Mas vamos retomar o caminho do norte, passar sob as regiões setentrionais da Europa, sob a Suécia, a Sibéria, sei lá eu, em vez de nos metermos sob os desertos da África ou as ondas do oceano, e o resto não me interessa!

– Isso mesmo, Axel, você tem razão, e assim é bem melhor, porque abandonaremos esse mar horizontal que não nos levaria a nada. Vamos descer, descer e descer! Você sabia que para chegar ao centro do globo só temos que percorrer seis quilômetros e setecentos e cinquenta metros?!

– Ora! – exclamei. – Nem vale a pena falar disso. Vamos! Vamos!

Ainda continuávamos nessa conversa insensata quando chegamos até o caçador. Estava tudo preparado para uma partida imediata. Não havia um fardo que não estivesse a bordo. Tomamos os nossos lugares na balsa e, com vela içada, Hans dirigiu o leme, seguindo a costa para o cabo Saknussemm.

O vento não era favorável a um tipo de embarcação que não podia seguir o caminho mais curto. Por isso, em vários pontos foi preciso avançar com a ajuda dos arpões. Muitas vezes, os rochedos, que se erguiam quase até a superfície, nos forçaram a fazer desvios bastante longos. Finalmente, depois de três horas de navegação, ou seja, por volta das seis horas da tarde, chegamos a um lugar propício ao desembarque.

Saltei para a terra, seguido do meu tio e do islandês. Aquela travessia não me havia acalmado. Pelo contrário. Cheguei a propor que queimássemos "os nossos navios", para que evitássemos qualquer retrocesso. Mas o meu tio se opôs a isso. Julguei-o particularmente calmo.

– Pelo menos – disse eu –, vamos partir sem perder um instante.

– Sim, meu rapaz; mas antes, vamos examinar essa nova galeria para saber se é preciso preparar as escadas.

O meu tio ligou o aparelho de Ruhmkorff; a balsa ficou amarrada na praia; a abertura da galeria, diga-se de passagem, não ficava a vinte passos dali, e a nossa equipe, sob o meu comando, chegou rapidamente lá.

O orifício, um pouco circular, apresentava um diâmetro de cerca de um metro e meio; o túnel escuro era aberto na rocha viva e cuidadosamente polido pelas matérias eruptivas às quais outrora dava passagem; a sua parte inferior aflorava de tal forma ao solo que pudemos entrar sem dificuldade alguma.

Seguíamos um plano quase horizontal, quando, depois de seis passos, a nossa caminhada foi interrompida pela interposição de um enorme bloco de pedra.

– Maldita pedra! – exclamei com raiva, ao me ver subitamente detido por um obstáculo intransponível.

Em vão procuramos à direita e à esquerda, em cima e embaixo, pois não havia nenhuma passagem, nenhuma bifurcação. Fiquei muito desapontado, e não queria admitir a realidade do obstáculo. Abaixei-me. Olhei por baixo da pedra. Nenhum interstício. Por cima. A mesma barreira de granito. Hans passou a lanterna por todos os pontos da parede; mas esta não oferecia nenhuma solução de continuidade. Era preciso renunciar a qualquer esperança de passar.

Sentei-me no chão. Meu tio media o corredor a largos passos.

– E agora, então, Saknussemm? – exclamei.

– É isso mesmo – disse meu tio –, então ele foi detido por essa porta de pedra?

– Não, não! – retomei com vivacidade. – Esse pedaço de pedra, por algum abalo ou por um desses fenômenos magnéticos que agitam a crosta terrestre, fechou bruscamente essa passagem. Passaram-se muitos anos entre a volta de Saknussemm e a queda desse bloco. É evidente que essa galeria foi outrora o caminho das lavas, e que naquela época as matérias eruptivas passavam livremente por aqui. Veja, há fissuras recentes que sulcam esse piso de granito; ele é feito de pedaços ajuntados, pedras enormes, como se a mão de algum gigante tivesse trabalhado nesse alicerce; mas, um dia, o impulso foi mais forte, e esse bloco, semelhante a uma pedra angular que falta, escorregou para o chão, obstruindo qualquer passagem. Trata-se de um obstáculo acidental que Saknussemm não encontrou, e se não o contornarmos, não merecemos chegar ao centro do mundo!

Era assim que eu falava! A alma do professor se passara totalmente para mim. O gênio das descobertas me inspirava. Eu esquecia o passado, não me importava com o futuro. Para mim, não existia mais nada na superfície daquele esferoide dentro do qual eu estava metido, nem cidades, nem campos, nem Hamburgo, nem Königstrasse, nem a minha pobre Graüben, que devia estar pensando que eu estava perdido para sempre nas entranhas da Terra!

– Pois bem – retomou meu tio –, vamos abrir o caminho com a picareta, com o picão! Vamos derrubar essas muralhas!

– É duro demais para o picão – exclamei.

– Então com a picareta!

– É fundo demais para a picareta!

– Mas!...

– Vamos usar a pólvora! Uma carga explosiva! Vamos explodir o obstáculo!

– A pólvora!

– Sim, pois trata-se apenas de quebrar um pedaço de pedra!

– Hans, ao trabalho! – exclamou meu tio.

O islandês retornou à balsa, e voltou depressa com um picão que ele usou para furar um buraco e pôr a carga. Não era pouco trabalho. Tratava-se de fazer um buraco bastante grande para conter vinte e cinco quilos de algodão-pólvora, cuja potência explosiva é quatro vezes maior do que a da pólvora de canhão.

Eu estava excitadíssimo. Enquanto Hans trabalhava, ajudei ativamente o meu tio a preparar uma longa mecha feita com pólvora molhada, enrolada numa tira de pano.

– Nós passaremos! – disse eu.

– Nós passaremos – repetia meu tio.

À meia-noite, o nosso trabalho de mineiros estava inteiramente acabado; a carga de algodão-pólvora já estava enfiada no buraco, e a mecha, desenrolada na galeria, chegava até o lado de fora.

Agora, bastava uma faísca para acionar aquele engenho.

– Até amanhã – disse o professor.

Tive que me resignar e esperar por mais seis intermináveis horas!

Capítulo XLI

O dia seguinte, quinta-feira, 27 de agosto, foi uma data célebre daquela viagem subterrânea. Não consigo lembrar-me dela sem que o pavor ainda faça disparar o meu coração. A partir daquele momento, a nossa razão, o nosso juízo, o nosso engenho não teriam mais voz ativa e nós nos tornaríamos o joguete dos fenômenos da Terra.

Às seis horas, estávamos de pé. Chegava a hora de usar a pólvora para abrir passagem na crosta de granito.

Solicitei a honra de acender a pólvora. Feito isso, eu tinha que juntar-me aos meus companheiros na balsa que ainda estava carregada; depois, fugiríamos para longe, para sair do alcance da explosão, cujos efeitos podiam não se concentrar dentro do maciço.

A mecha devia queimar durante dez minutos, segundo os nossos cálculos, antes de levar o fogo até a carga de pólvora. Assim sendo, eu teria o tempo necessário para alcançar a balsa.

Preparei-me para cumprir o meu papel, não sem certa dose de emoção.

Depois de uma rápida refeição, meu tio e o caçador embarcaram, enquanto eu fiquei na praia. Eu tinha uma lanterna acesa que devia servir para pôr fogo na mecha.

– Vá, meu rapaz – disse meu tio –, e volte correndo ao nosso encontro.

– Fique tranquilo – respondi –, não vou distrair-me do caminho de jeito nenhum.

Logo, eu me dirigia para o orifício da galeria. Abri a lanterna e peguei a ponta da mecha.

O professor estava com o cronômetro na mão.

– Está pronto? – gritou ele.

– Estou.

– Pois bem, fogo, meu rapaz!

Rapidamente pus fogo na mecha, que crepitou com o contato, e voltei correndo para a praia.

– Embarque – disse meu tio –, e vamos partir.

Hans, com um vigoroso impulso, nos lançou de novo ao mar. A balsa se afastou cerca de quarenta metros.

Era um momento de grande expectativa. O professor seguia com os olhos a agulha do cronômetro.

– Mais cinco minutos – dizia ele. – Mais quatro! Mais três!

O meu pulso batia duas vezes por segundo.

– Mais dois! Um... Desabem, montanhas de granito!

Então, o que aconteceu? Acho que não ouvi o estrondo da detonação. Mas a forma dos rochedos se modificou de repente: eles se abriram como uma cortina. Vi um insondável abismo que se abria em plena praia. O mar, tomado por uma vertigem, virou uma onda enorme, em cuja crista a balsa se erguia perpendicularmente.

Nós três fomos derrubados. Em menos de um segundo, a luz deu lugar à mais profunda escuridão. Depois, senti que me faltava o apoio sólido, não aos pés, mas sim à balsa. Achei que íamos afundar. Não aconteceu nada disso. Eu queria falar com o meu tio; mas o barulho das águas não deixaria ele me ouvir.

Não obstante as trevas, o barulho, a surpresa, a emoção, entendi o que acabava de acontecer.

Logo depois da rocha que acabava de saltar, havia um abismo. A explosão provocara uma espécie de terremoto naquele solo sulcado de fissuras, abrindo um enorme canal por onde o mar, convertido em correnteza, nos arrastava.

Julguei estar perdido.

Então se passaram uma hora ou duas, sei lá eu. Demos os braços uns aos outros, segurando-nos também com as mãos para não cairmos da balsa. Aconteciam violentos choques, toda vez que a balsa se encontrava com a muralha. Mas tais choques eram raros, portanto concluí que a galeria havia se alargado consideravelmente. Era, com certeza, o caminho de Saknussemm; mas com a nossa imprudência havíamos arrastado um mar inteiro conosco, em vez de descermos sozinhos.

É bom deixar bem claro que esses pensamentos me ocorreram de forma vaga e obscura. Tinha dificuldade em associar as ideias durante aquele curso vertiginoso, que mais parecia uma queda. A julgar pelo vento que me castigava o rosto, a velocidade era maior do que a dos trens mais velozes. Portanto, era impossível acender uma tocha, e o nosso último aparelho elétrico se quebrara no momento da explosão.

Assim sendo, imaginem qual não foi a minha surpresa quando vi uma luz brilhar, subitamente, perto de mim. O rosto calmo de Hans se iluminou. O esperto caçador conseguira acender a lanterna, e, mesmo com a chama quase se extinguindo, projetou alguns clarões na escuridão medonha.

A galeria era ampla. Estava certo quando o imaginara. A luz não bastava para que víssemos as duas paredes ao mesmo tempo. A inclinação das águas que nos levavam superava a das correntezas menos navegáveis na América. A sua superfície parecia feita de um feixe de flechas líquidas lançadas com incrível potência. Não há comparação mais adequada para descrever a minha impressão. Presa em alguns redemoinhos, a balsa deslizava, girando. Quando chegava perto das paredes da galeria, eu apontava o facho da lanterna para aquela direção e conseguia calcular a velocidade sempre que via as saliências das rochas se tornarem traços contínuos, de modo que estávamos presos numa rede de linhas móveis. Julgava que a velocidade devia chegar a mais de cento e trinta quilômetros por hora.

Meu tio e eu trocávamos olhares ensandecidos, agarrados ao que sobrara do mastro, que se destroçara no momento da catástrofe. Dávamos as costas ao vento, para não sermos sufocados pela rapidez do movimento, que nenhum poder humano conseguiria deter.

Mas as horas corriam, a situação não mudava, e um incidente veio complicá-la ainda mais.

Tentando pôr um pouco de ordem na carga, vi que a maior parte dos objetos embarcados havia desaparecido no momento da explosão, quando o mar nos arrebatou tão violentamente! Quis saber exatamente com o que podia contar em termos de recursos, e, de lanterna na mão, comecei as minhas investigações. Dos nossos instrumentos, os únicos que restavam eram a bússola e o cronômetro. As escadas e as cordas se reduziam a um cabo enrolado em volta do toco de mastro. Nenhuma picareta, picão, martelo, e, para piorar ainda mais, tínhamos víveres apenas para um dia!

Investiguei cada ranhura da balsa, os menores cantos formados pelas vigas e pela junção da pranchas! Nada! As nossas provisões consistiam unicamente num pedaço de carne seca e em algumas bolachas.

Eu olhava embasbacado! Não queria compreender! E, apesar de tudo, com que perigo estava eu preocupado? Mesmo que os víveres fossem suficientes para meses, para anos, como sair dos abismos para onde nos arrastava aquela irresistível correnteza? Para que temer as torturas da fome, quando a morte já se oferecia sob tantas outras formas? Será que teríamos tempo para morrer de inanição?

Mas por uma inexplicável excentricidade da imaginação, eu me esquecia do perigo imediato em função das ameaças do futuro que me apareceram em todo o seu horror. Aliás, talvez pudéssemos escapar dos furores da correnteza e voltar à superfície do globo. Como? Ignoro. Onde? Que importa? Uma chance em mil é sempre uma chance, ao passo que a morte pela fome não nos deixava nenhuma esperança, por menor que fosse.

Veio-me a ideia de dizer tudo ao meu tio, mostrar-lhe a que estávamos reduzidos, e fazer o cálculo exato do tempo de vida que nos restava. Mas tive a coragem de me calar. Queria que ele mantivesse o sangue-frio.

Nesse momento, a luz da lanterna diminuiu pouco a pouco e se apagou por completo. A mecha havia queimado até o fim. A escuridão voltou a ser total. Era preciso não pensar mais em dissipar aquelas impenetráveis trevas. Ainda restava uma tocha, mas que não conseguiria manter-se acesa. Então, como uma criança, fechei os olhos para não ver toda aquela escuridão.

Depois de um lapso de tempo bastante longo, a velocidade da nossa descida duplicou. Percebi isso pela força do vento no meu rosto. A inclinação das águas estava ficando excessiva. Acreditei, de fato, que não estávamos deslizando mais. Estávamos caindo. Tinha a impressão de uma queda quase vertical. A mão do meu tio e a de Hans, agarradas ao meu braço, seguravam-me com força.

De repente, depois de um tempo indescritível, senti algo como um choque; a balsa não havia se chocado com um corpo duro, mas subitamente parara. Uma tromba de água, uma imensa coluna líquida batia na sua superfície. Fiquei sufocado; afogava-me...

No entanto, aquela súbita inundação não durou. Em alguns segundos, vi-me ao ar livre e o aspirei a plenos pulmões. O meu tio e Hans me apertavam o braço quase até quebrá-lo, e ainda permanecíamos os três na balsa.

Capítulo XLII

Suponho que deviam ser, então, dez horas da noite. O primeiro dos meus sentidos que funcionou, depois do último choque, foi a audição. Ouvi quase que de imediato, pois se tratava realmente de ouvir. Ouvi fazer-se silêncio na galeria logo depois daqueles bramidos que por horas a fio me enchiam os ouvidos. Enfim, estas palavras do meu tio me chegaram como um murmúrio:

– Estamos subindo!

– O que quer dizer? – exclamei.

– Sim, estamos subindo! Estamos subindo!

Estendi o braço, tocava a muralha. Minha mão ficou ensanguentada. Subíamos com extrema rapidez.

– A tocha! A tocha! – exclamou o professor.

Hans, não sem dificuldades, conseguiu acendê-la, e a chama, mantendo-se de baixo para cima, apesar do movimento de ascensão, lançou suficiente claridade para iluminar toda a cena.

– É exatamente o que eu pensava – disse meu tio. – Estamos num poço estreito, com menos de oito metros de diâmetro. A água, depois que chega ao fundo do abismo, retoma o seu nível e nos leva para cima com ela.

– Para onde?

– Não sei, mas precisamos ficar preparados para tudo. Subimos com uma velocidade de quatro metros por segundo, ou seja, duzentos e quarenta metros por minuto, ou mais de cento e cinquenta quilômetros por hora. Com um trem desses, vamos longe.

– Sim, se nada nos detiver, se esse poço tiver saída! Mas se estiver tampado, e se o ar comprimir-se aos poucos sob a pressão da coluna de água, seremos esmagados!

– Axel – disse o professor muito calmamente –, a situação é quase desesperadora, mas há algumas chances de salvação, que estou examinando. Se a qualquer momento podemos morrer, a qualquer momento também podemos ser salvos. Portanto, vamos ficar preparados para aproveitar as menores oportunidades.

– Mas o que fazer?

– Recuperar as forças com comida.

A essas palavras, olhei para o meu tio, desvairado. O que eu não quisera confessar, era finalmente preciso dizer:

– Comer? – repeti eu.

– Sim, e já.

O professor acrescentou algumas palavras em dinamarquês. Hans balançou a cabeça.

– Quê?! – exclamou meu tio. – Perdemos as nossas provisões?

– Sim, eis o que resta dos víveres! Um pedaço de carne seca para os três!

Meu tio me olhava sem querer compreender as minhas palavras.

– E agora? – disse eu. – Ainda acredita que podemos ser salvos?

A minha pergunta não obteve resposta.

Uma hora se passou. Eu estava começando a sentir uma fome violenta. Meus companheiros também sofriam, e nenhum de nós ousava tocar naquele miserável resto de comida.

Mas continuávamos subindo com extrema rapidez. Às vezes o ar nos cortava a respiração como acontece com os aeronautas, quando a subida é muito rápida. Mas se estes sentem um frio proporcional à medida que sobem nas camadas atmosféricas, nós padecíamos de um efeito totalmente oposto. O calor aumentava de forma preocupante e com certeza naquele momento devia atingir os quarenta graus.

Que significava uma mudança daquela? Até então, os fatos haviam dado razão às teorias de Davy e de Lidenbrock; até então, condições particulares das rochas refratárias, eletricidade, magnetismo haviam modificado as leis gerais da natureza, dando-nos uma temperatura moderada, pois a teoria do fogo central continuava sendo, ao meu ver, a única verdadeira, a única explicável. Voltaríamos a um ambiente onde os fenômenos se davam em todo o seu rigor e onde o calor reduzia as rochas a um completo estado de fusão? Eu temia isso, e disse ao professor:

– Se não nos afogarmos nem nos quebrarmos, se não morrermos de fome, ainda nos restará a chance de sermos queimados vivos.

Ele se limitou a levantar os ombros e mergulhou de novo nas suas reflexões.

Uma hora se passou, e, salvo um ligeiro aumento da temperatura, nenhum incidente mudou a situação. Enfim, meu tio quebrou o silêncio.

– Vejamos – disse ele –, é preciso tomar uma decisão.

– Tomar uma decisão? – repliquei eu.

– Sim. Precisamos recuperar as nossas forças. Se tentarmos prolongar a nossa existência em algumas horas, comendo esse resto, ficaremos fracos até o final.

– Sim, até o final, que não se fará esperar.

– Muito bem! Se houver uma chance de salvação, se for necessário um momento de ação, onde encontraremos forças para agir, se nos deixarmos enfraquecer pela inanição?

– Ora, meu tio, depois de devorarmos esse pedaço de carne, o que nos restará?

– Nada, Axel, nada. Mas será que ele o alimentará se você o comer com os olhos? Você está raciocinando como um homem sem vontade, como um ser sem energia!

– Então o senhor não está desesperado? – exclamei com irritação.

– Não! – replicou firmemente o professor.

– Quê?! O senhor acha que ainda temos alguma chance de nos salvar?

– É claro! Enquanto o coração bater, enquanto a carne palpitar, não admito que um ser dotado de vontade se entregue ao desespero.

Que palavras! O homem que as pronunciava naquelas circunstâncias era feito de algo pouco comum.

– Enfim – disse eu –, o que pretende fazer?

– Comer o que resta até a última migalha e recuperar as forças perdidas. Essa será a nossa última refeição, que seja! Mas pelo menos, em vez de ficarmos esgotados, voltaremos a ser homens.

– Que seja! Vamos devorar! – exclamei.

Meu tio pegou o pedaço de carne e as poucas bolachas que haviam escapado do naufrágio; fez três porções iguais e as distribuiu. Aquilo dava cerca de meio quilo de alimento para cada um. O professor comeu com avidez, numa espécie de arrebatamento febril; eu, sem prazer, apesar da fome, quase com nojo; Hans, tranquilamente, com moderação, mastigando sem fazer barulho pequenos bocados, saboreando-os com a calma do homem que não se deixa levar pelas preocupações futuras. Procurando bastante, ele encontrou uma cabaça de genebra pela metade; ofereceu-nos, e aquela benfazeja bebida teve o poder de me reanimar um pouco.

– *Förtrafflig*! – disse Hans, enquanto bebia.

– Excelente! – respondeu meu tio.

Eu recuperara alguma esperança. Mas a nossa última refeição acabara de terminar. Eram, então, cinco horas da manhã.

O ser humano foi feito de tal forma que a sua saúde é um efeito puramente negativo; uma vez satisfeita a necessidade de comer, dificilmente se imaginam os horrores da fome; é preciso senti-los para compreendê-los. Por isso, depois de um longo jejum, alguns bocados de bolacha e de carne triunfaram sobre as nossas dores passadas.

Mas após a refeição cada um se deixou levar pelas suas reflexões. Em que pensava Hans, aquele homem do extremo ocidente que vencia a resignação dos orientais? Já os meus pensamentos só eram feitos de saudades, e estas me reconduziam à superfície daquele globo de onde eu nunca devia ter saído. A casa de Königstrasse, a minha pobre Graüben, a empregada Marta passavam como visões diante dos meus olhos, e, nos bramidos lúgubres que corriam pelo maciço, eu acreditava ouvir o barulho das cidades da Terra.

Quanto ao meu tio, “sempre entregue à sua missão”, de tocha na mão, ele examinava com atenção a natureza dos terrenos; tentava reconhecer a situação pela observação das camadas superpostas. Esse cálculo, ou melhor, essa estimativa, só podia ser uma aproximação; mas um cientista é sempre um cientista, quando consegue manter o sangue-frio, e com certeza o professor Lidenbrock possuía essa qualidade num grau pouco comum.

Eu o ouvia murmurar palavras da ciência geológica; eu o compreendia, e me interessava, mesmo a contragosto, por aquele estudo supremo.

– Granito eruptivo – dizia ele. – Ainda estamos na era primitiva, mas estamos subindo! Estamos subindo! Quem sabe?

Quem sabe? Ele continuava esperando. Com a mão, tateava a parede vertical, e, alguns instantes depois, prosseguia:

– Eis os gnaisses! Eis os micaxistos! Ótimo! Dentro em breve teremos os terrenos da era de transição, e então...

Que queria dizer o professor? Podia ele avaliar a espessura da crosta terrestre suspensa sobre a nossa cabeça? Possuía ele um meio qualquer para fazer esse cálculo? Não. Não tinha o manômetro e nenhuma estimativa podia substituí-lo.

Mas a temperatura aumentava numa grande proporção e eu me sentia banhado no meio de uma atmosfera ardente. Só conseguia compará-la ao calor emitido pelos fornos de uma fundição. Pouco a pouco, Hans, meu tio e eu fomos tirando as roupas e os coletes; a menor roupa provocava mal-estar, para não dizer sofrimento.

– Será que estamos subindo agora para um forno incandescente? – exclamei, num momento em que o calor redobrava.

– Não – respondeu meu tio – é impossível! É impossível!

– Mas – disse eu, tateando a parede – essa muralha está fervendo!

No momento em que pronunciei essas palavras, tendo a minha mão tocado na água, tive que tirá-la o mais rápido possível.

– A água está fervendo! – exclamei.

O professor, dessa vez, limitou-se a responder por um gesto de raiva.

Então um pavor incontrolável tomou conta da minha cabeça e não saiu mais. Tinha a sensação de uma catástrofe iminente e tão grande que a mais audaciosa imaginação não poderia concebê-la. Uma ideia, a princípio vaga, incerta, se transformava em certeza na minha mente. Eu a repelia, mas ela voltava com obstinação. Não ousei formulá-la. Mas algumas observações involuntárias determinaram a minha convicção. À fraca luz da tocha, observei movimentos desordenados nas camadas graníticas; era evidente que um fenômeno ia produzir-se, no qual a eletricidade desempenhava um papel; depois, aquele calor excessivo, aquela água queimando!... Quis consultar a bússola.

Ela tinha enlouquecido!

Capítulo XLIII

Sim, enlouquecido! A agulha saltava de um polo para o outro bruscamente, percorria todos os pontos do quadrante, e girava, como se sentisse uma vertigem.

Eu sabia muito bem que, segundo as teorias mais aceitas, a crosta mineral do globo nunca fica em estado de repouso absoluto; as modificações acarretadas pela decomposição das matérias internas, a agitação proveniente das grandes correntes líquidas, a ação do magnetismo tendem a agitá-la sem parar, ainda que os seres disseminados na superfície não percebam a agitação. Esse fenômeno, portanto, não deveria assustar-me mais, ou, pelo menos, não deveria provocar uma ideia terrível na minha mente.

Mas outros acontecimentos, alguns detalhes *sui generis*, não puderam enganar-me por mais tempo. As detonações se multiplicavam com assustadora intensidade. Só podia compará-las ao barulho que muitas carruagens fariam, se puxadas rapidamente sobre o chão. Era um trovão contínuo.

E, depois, a bússola louca, agitada pelos fenômenos elétricos, confirmava a minha opinião. A crosta mineral ameaçava romper-se, os maciços graníticos ameaçavam juntar-se de novo, a fissura ameaçava encher-se, o vazio a se tornar cheio, e nós, pobres átomos, íamos ser esmagados naquele formidável abraço.

– Meu tio, meu tio! – exclamava eu. – Estamos perdidos.

– Que medo é esse? – respondeu-me ele, com calma espantosa. – O que você tem?

– O que é que eu tenho?! Observe essas muralhas que se agitam, esse maciço que se desloca, esse calor tórrido, essa água fervente, esses vapores que se adensam, essa agulha louca, todos os indícios de um terremoto!

Meu tio balançou calmamente a cabeça.

– Um terremoto – disse ele.

– Sim!

– Meu rapaz, acho que você está enganado!

– Quê?! Não está reconhecendo os sintomas?

– De um terremoto? Não! Espero algo melhor do que isso!

– O que quer dizer?

– Uma erupção, Axel.

– Uma erupção! – disse eu. – Estamos na chaminé de um vulcão em atividade!

– Acho que sim – disse o professor, sorrindo –, e isso nos fará mais felizes!

Mais felizes! Teria o meu tio enlouquecido? Que significavam aquelas palavras? Porque essa calma e esse sorriso?

– Como?! – exclamei. – Caímos numa erupção! A fatalidade nos lançou no caminho das lavas incandescentes, das rochas flamejantes, das águas ferventes, de todas as matérias eruptivas! Vamos ser expelidos, expulsos, rejeitados, vomitados, expectorados nos ares junto com pedaços de rochas, chuvas de cinzas e escórias, num turbilhão de chamas, e isso é o que nos pode acontecer de mais feliz?

– Sim – respondeu o professor, olhando por cima dos óculos –, pois é a única chance que temos de voltar à superfície da Terra!

Passo rapidamente sobre as mil ideias que se cruzaram na minha mente. Meu tio tinha razão, toda a razão, e ele nunca me pareceu nem mais audacioso nem mais convencido do que naquele momento em que esperava e avaliava com calma as chances de uma erupção.

Mas nós continuávamos subindo; a noite foi passada nesse movimento ascensional; os estrondos redobravam; eu estava quase sufocado, acreditava que chegara a minha hora, e, no entanto, a imaginação é tão estranha que me entreguei a uma pesquisa deveras infantil. Mas eu apenas me submetia aos meus pensamentos, pois não tinha controle sobre eles.

Era evidente que estávamos sendo rejeitados por um impulso eruptivo; sob a balsa, havia águas ferventes, e sob essas águas, toda uma pasta de lava, um agregado de rochas que, no topo da cratera, se dispersavam em todos os sentidos. Portanto, estávamos na chaminé de um vulcão. Sem sombra de dúvida.

Mas agora, em vez do Sneffels, vulcão extinto, tratava-se de um vulcão em plena atividade. Portanto, eu me perguntava que montanha era aquela e em que parte do mundo íamos ser expulsos.

Nas regiões setentrionais, sem dúvida alguma. Antes das suas perturbações, a bússola nunca variara em relação à direção. Depois do cabo Saknussemm, havíamos sido arrastados diretamente para o norte por centenas de quilômetros. Quer dizer que tínhamos voltado para a Islândia? Seríamos rejeitados pela cratera do Hecla ou pelas crateras dos sete outros vulcões da ilha? Num raio de duzentos e cinquenta quilômetros a oeste, eu só via sob aquele paralelo os vulcões pouco conhecidos da costa noroeste da América.

No leste, só existia um, na latitude de oitenta graus, o Esk, na ilha de Jan Mayen, não longe do Spitzbergen! É certo que não havia falta de crateras espaçosas o bastante para vomitar todo um exército! Mas por qual sairíamos, era o que eu tentava adivinhar.

Lá pela manhã, o movimento de ascensão se acelerou. Se o calor aumentou, em vez de diminuir, nas proximidades da superfície terrestre, foi porque era totalmente local e devido à influência vulcânica. Nosso meio de transporte não podia deixar-me nenhuma dúvida na mente. Uma força enorme, uma força de várias centenas de atmosferas, produzida pelos valores acumulados dentro da Terra, nos puxava irresistivelmente. Mas a quantos perigos ela nos expunha!

Logo, reflexos vivos invadiram a galeria vertical que se alargava; vi, à direita e à esquerda, corredores profundos semelhantes a imensos túneis de onde escapavam densos vapores; línguas de chamas lambiam as paredes, lançando petardos.

– Veja! Veja, meu tio! – exclamei.

– Que é que tem?! São chamas sulfurosas. Nada mais natural numa erupção.

– Mas e se elas nos alcançarem?

– Não nos alcançarão.

– Mas e se sufocarmos?

– Não sufocaremos. A galeria está se alargando, e, se preciso, abandonaremos a balsa para nos abrigar em alguma fratura.

– E a água?! A água ascendente?

– Não há mais água, Axel, e sim uma espécie de pasta de lavas que nos ergue consigo até o orifício da cratera.

A coluna líquida havia realmente desaparecido para dar lugar a matérias eruptivas bastante densas, quase ferventes. A temperatura estava ficando insuportável, e um termômetro exposto nessa atmosfera marcaria mais de setenta graus! O suor me inundava. Sem a rapidez da subida, com certeza sufocaríamos.

Mas o professor não deu seguimento à sua proposta de abandonar a balsa, e fez bem. Aquelas vigas desconjuntadas ofereciam uma superfície sólida, um ponto de apoio que não encontraríamos em nenhum outro lugar.

Por volta das oito da manhã, um incidente se produziu pela primeira vez. O movimento ascensional cessou de repente. A balsa ficou completamente imóvel.

– O que é que foi? – perguntei, abalado por aquela parada súbita, como se tivesse levado um choque.

– Uma pausa – respondeu meu tio.

– Será que a erupção está se acalmando?

– Espero que não.

Levantei-me. Tentei ver à minha volta. Talvez a balsa, detida pela saliência de uma rocha, opusesse uma resistência momentânea à massa eruptiva. Nesse caso, teríamos que nos apressar e soltá-la o mais rápido possível.

Não era nada disso. A própria coluna de cinzas, escórias e restos de pedras havia parado de subir.

– Estaria a erupção parando? – exclamei.

– Ah! – disse meu tio, entredentes. – Você está com medo, meu rapaz; mas fique tranquilo, esse momento de calma não há de se prolongar; já dura cinco minutos, e logo, logo, voltaremos a subir para o orifício da cratera.

Falando assim, o professor não parava de consultar o cronômetro, e devia estar certo nos seus prognósticos. Logo a balsa retomou o movimento rápido e desordenado que durou cerca de dois minutos, e parou de novo.

– Bom – disse meu tio, olhando as horas –, em dez minutos retomará caminho.

– Dez minutos?

– Sim. Trata-se de um vulcão cuja erupção é intermitente. Deixa-nos respirar com ele.

Nada era mais verdadeiro. No minuto assinalado, fomos lançados de novo com extrema rapidez. Tínhamos que nos agarrar às vigas para não sermos lançados para fora da balsa. Depois, o impulso cessou.

Desde então, passei a refletir sobre esse singular fenômeno sem achar uma explicação satisfatória para ele. No entanto, pareceu-me evidente que não ocupávamos a principal chaminé do vulcão, mas sim um conduto acessório, onde se produzia um efeito de contragolpe.

Eu não saberia dizer quantas vezes essa manobra se repetiu. Tudo o que posso afirmar é que a cada retomada do movimento, éramos lançados com força crescente e levados como um verdadeiro projétil. Durante os momentos de pausa, sufocávamos; durante os momentos de projeção, o ar fervente cortava a respiração. Pensei um instante naquela volúpia de estar subitamente nas regiões do extremo norte num frio de trinta graus abaixo de zero. A minha imaginação superexcitada passeava pelas planícies de neve das regiões árticas, e eu aspirava ao momento em que rolaria sobre os tapetes gelados do polo! Aliás, a minha cabeça estava exausta devido aos solavancos reiterados e, pouco a pouco, ia perdendo a consciência. Sem os braços de Hans, mais de uma vez eu teria batido a cabeça na parede de granito.

Portanto, não conservei nenhuma lembrança precisa do que se passou durante as horas subsequentes. Tenho a sensação confusa de detonações contínuas, da agitação do maciço, de um movimento giratório que capturou a balsa. Ela ondulou sobre as vagas de lavas, em meio a uma chuva de cinzas. As chamas flutuantes a envolveram. Um furacão, por assim dizer expulso por um imenso ventilador, ativava os fogos subterrâneos. Uma última vez, o rosto de Hans me apareceu num reflexo de incêndio, e não tive outra sensação além daquela sina pavorosa dos condenados presos na bucha de um canhão, no momento em que o tiro é dado, dispersando os seus membros nos ares.

Capítulo XLIV

Quando reabri os olhos, senti que a mão forte do guia me apertava a cintura. Com a outra mão, ele segurava meu tio. Eu não estava gravemente ferido, mas sim abatido por um cansaço geral. Vi-me deitado na encosta de uma montanha, a dois passos do abismo, onde cairia ao menor movimento. Hans me salvara da morte, enquanto eu rolava nas encostas da cratera.

– Onde estamos? – perguntou meu tio, que me pareceu bastante irritado por ter voltado à superfície.

O caçador levantou os ombros, sinalizando que ignorava.

– Na Islândia – disse eu.

– *Nej* – respondeu Hans.

– Como?! Não! – exclamou o professor.

– Hans está enganado – disse eu, levantando-me.

Depois das inúmeras surpresas da viagem, mais uma surpresa nos estava reservada. Eu esperava ver um cone coberto de neves eternas, no meio dos áridos desertos das regiões setentrionais, sob os pálidos raios de um céu polar, além das mais altas latitudes; e, contrariamente a todas essas previsões, meu tio, o islandês e eu estávamos estendidos na meia-encosta de uma montanha calcinada pelo calor do sol, que nos devorava com os seus fogos.

Eu não queria acreditar nos meus olhos; mas o fato concreto de que o meu corpo estava sendo cozido não permitia nenhuma dúvida. Tínhamos saído seminus da cratera, e o astro-rei, ao qual não havíamos pedido nada nos últimos dois meses, mostrava-se pródigo em luz e calor, derramando sobre nós uma esplêndida irradiação.

Quando meus olhos se acostumaram com aquele brilho novamente, passei a usá-los para retificar os erros da minha imaginação. Queria estar, no mínimo, nas Spitzbergen, e não estava nem um pouco disposto a renunciar a isso.

O professor foi o primeiro a falar:

– De fato, isso não se parece com a Islândia.

– Mas e a ilha de Jan Mayen? – respondi.

– Muito menos, meu rapaz. Este aqui não é, de modo algum, um vulcão do norte com as suas colinas de granito e a sua calota de neve.

– Mas...

– Olhe, Axel! Olhe!

Acima de nossas cabeças, a uns duzentos metros no máximo, abria-se a cratera de um vulcão por onde escapava, de quinze em quinze minutos, com fortíssima estrondo, uma alta coluna de chamas, misturada com pedras-pomes, cinzas e lavas. Eu sentia os tremores da montanha, que respirava como as baleias, e expelia, de tempos em tempos, o fogo e o ar pelas suas enormes ventas. Abaixo, e por uma ladeira bastante íngreme, as caldas de matérias eruptivas se estendiam a uma profundidade de vinte a vinte e cinco metros, o que não dava ao vulcão uma altitude de seiscentos metros. A base desaparecia numa verdadeira corbelha de árvores verdes, dentre as quais eu distinguia oliveiras, figueiras e vinhas carregadas de uvas vermelhas.

Não era de modo algum o aspecto das regiões árticas, tenho que admitir.

Quando o olhar saía daquele cinturão verde, ia rapidamente se perder nas águas de um magnífico mar ou de um lago, que fazia daquela terra encantada uma ilha com apenas alguns quilômetros de largura. A leste, precedido de algumas casas, via-se um pequeno porto onde navios de aspecto estranho balançavam ao sabor das ondulações das vagas azuladas. Mais além, grupos de ilhotas saíam da planície líquida, e eram tantas que pareciam um grande formigueiro. No poente, as costas distantes se arredondavam no horizonte; em algumas se perfilavam montanhas azuis de harmoniosa conformação; em outras, mais ao longe, surgia um cone altíssimo, no topo do qual se agitava um penacho de fumaça. No norte, uma imensa extensão de água cintilava sob os raios solares, despontando, aqui e ali, a extremidade de um mastro ou a convexidade de uma vela estufada ao vento.

Aquelas maravilhas eram ainda centuplicadas pelo inesperado do espetáculo.

– Onde estamos? Onde estamos? – repetia eu, a meia-voz.

Hans fechava os olhos com indiferença, e meu tio olhava sem compreender.

– Qualquer que seja essa montanha – disse ele, enfim –, ela está um pouco quente; as explosões não param, e não valeria mesmo a pena sair de uma erupção para receber uma pedrada na cabeça. Vamos descer e tentar ver em que acreditar. Aliás, estou morrendo de fome e de sede.

Definitivamente, o professor não era nem um pouco contemplativo. Quanto a mim, esquecendo as privações e o cansaço, eu ficaria naquele lugar por horas a fio, mas tive que seguir os meus companheiros.

O talude do vulcão tinha rampas bastante íngremes; escorregávamos em verdadeiros charcos de cinzas, evitando os córregos de lava que se alongavam como serpentes de fogo. Enquanto descia, eu conversava sobre tudo, pois a minha imaginação estava cheia demais para poder ficar sem palavras.

– Estamos na Ásia – exclamei –, no litoral da Índia, na Malásia, em plena Oceania! Atravessamos metade do globo para chegar aos antípodas da Europa.

– Mas onde está a bússola? – dizia meu tio.

– Sim! A bússola! – respondia eu, embaraçado. – Segundo ela, andamos sempre para o norte.

– Então, ela mentiu?

– Sim, mentiu!

– A menos que isto seja o polo norte!

– O polo, não; mas...

Era realmente algo inexplicável. Não sabia o que pensar.

Enquanto isso, nós nos aproximávamos daquele verde que dava prazer de ver. Felizmente, depois de duas horas de caminhada, um lindo campo se ofereceu aos nossos olhos, inteiramente coberto de oliveiras, de romãzeiras e de vinhas que pareciam ser de todos. Aliás, em nossa quase nudez não podíamos chegar muito perto de ninguém. Que deleite foi apertar aquelas frutas saborosas na boca e morder cachos inteiros daquelas uvas vermelhas! Não muito longe, na relva, à sombra deliciosa das árvores, descobri uma fonte de água fresca, onde mergulhamos, voluptuosamente, o rosto e as mãos.

Enquanto cada qual se entregava, desse modo, a todas as delícias do descanso, apareceu uma criança entre duas moitas de oliveiras.

– Ah! – exclamei. – Um habitante dessa região feliz!

Era uma espécie de pequeno mendigo que, muito miseravelmente vestido, tinha um aspecto bastante sofrido, e parecia muito assustado com a nossa aparência; de fato, seminus, com a barba por fazer, estávamos com péssima aparência, e, a menos que aquele país fosse um país de ladrões, tínhamos tudo para amedrontar os seus habitantes.

No momento em que o menino ia fugir, Hans correu atrás dele e o trouxe de volta, apesar dos gritos e dos pontapés.

Meu tio começou por tranquilizá-lo o melhor que podia e disse-lhe em bom alemão:

– Qual é o nome dessa montanha, meu amiguinho?

O menino não respondeu.

– Bom – disse meu tio –, não estamos na Alemanha.

E fez a mesma pergunta em inglês.

Tampouco obteve resposta. Eu estava muito intrigado.

– Será que é mudo? – exclamou o professor, que, muito orgulhoso do seu poliglotismo, repetiu a pergunta em francês.

Mesmo silêncio.

– Então, vamos tentar em italiano – prosseguiu meu tio, e disse nessa língua:

– *Dove noi siamo?*

– Sim! Onde estamos? – repeti com impaciência.

O menino não respondeu.

– Ah! Você não vai falar? – exclamou meu tio, que começava a ficar irritado, e sacudiu o garoto pelas orelhas. – *Come si noma questa isola?*

– *Stromboli* – respondeu o pastorzinho, escapando das mãos de Hans e alcançando a planície através das oliveiras.

Não estávamos mais pensando nele! O Stromboli! Que efeito esse nome inesperado produziu na minha imaginação! Estávamos em pleno Mediterrâneo, no meio do arquipélago eólico de mitológica memória, na antiga Strongyle, onde Éolo trazia acorrentados os ventos e as tempestades. E aquelas montanhas azuis que se arredondavam no oriente eram as montanhas da Calábria! E aquele vulcão erguido no horizonte, ao sul, era o Etna, o feroz Etna em pessoa.

– Stromboli! Stromboli! – repeti.

Meu tio me acompanhava nos gestos e palavras. Parecia que estávamos cantando num coro!

Ah! Que viagem! Que maravilhosa viagem! Tendo entrado por um vulcão, saímos por outro que se situava a mais de cinco mil e quatrocentos quilômetros do Sneffels, da árida Islândia, nos confins do mundo! Os acasos daquela expedição nos haviam transportado para o meio das mais harmoniosas regiões da Terra. Havíamos abandonado a região das neves eternas pelas regiões do verde infinito, e deixado acima das nossas cabeças a névoa cinzenta das regiões glaciais para voltar ao céu azulado da Sicília!

Depois de uma deliciosa refeição composta de frutas e água fresca, retomamos caminho para alcançar o porto de Stromboli. Dizer como havíamos chegado à ilha não nos pareceu prudente: o caráter supersticioso dos italianos não deixaria de nos ver como demônios vomitados do inferno; portanto, tivemos que nos resignar a passar por humildes náufragos. Era menos glorioso, porém mais seguro.

No caminho, ouvia o meu tio murmurar:

– Mas e a bússola?! A bússola, que marcava o norte! Como explicar esse fato?

– Pelo amor de Deus! – disse eu, com muito desdém. – É mais fácil não explicá-lo!

– De modo algum! Um professor do Johannaeum que não encontrasse a razão de um fenômeno cósmico seria um fracasso!

Falando desse jeito, meu tio, seminu, com a bolsa de couro na cintura, e levantando os óculos no nariz, voltou a ser o terrível professor de mineralogia de sempre.

Uma hora depois de ter deixado os bosques de oliveiras, chegamos ao porto de San Vicenzo, onde Hans reclamava a paga da sua décima terceira semana de serviço, que lhe foi dada com calorosos apertos de mão.

Naquele instante, se não partilhava da nossa emoção bastante natural, pelo menos se permitiu um extraordinário movimento de expansão.

Com a ponta dos dedos, apertou levemente as nossas mãos e sorriu.

Capítulo XLV

Esta é a conclusão de uma narrativa na qual as pessoas mais acostumadas a não se surpreenderem com nada não acreditarão. Mas eu já estou vacinado contra a incredulidade humana.

Fomos recebidos pelos pescadores strombolianos com o interesse despertado pelos náufragos. Eles nos deram roupas e comida. Depois de quarenta e oito horas de espera, no dia 31 de agosto, um pequeno barco nos levou a Messina, onde alguns dias de descanso eliminaram todo o nosso cansaço.

Na sexta-feira, 4 de setembro, embarcamos no *Volturne*, um dos navios-correio da França, e, três dias depois, pisávamos em Marselha com uma única preocupação, a danada da bússola. Aquele fato inexplicável me incomodava muito. Na noite de 9 de setembro, chegamos a Hamburgo.

Renuncio a descrever a surpresa de Marta e a alegria da Graüben.

– Agora que você é um herói – disse a minha querida noiva –, não vai precisar mais me abandonar, Axel!

Eu a olhei. Ela chorava, sorrindo.

É possível imaginar a sensação que a volta do professor Lidenbrock provocou em Hamburgo. Graças às indiscrições de Marta, a notícia da sua partida para o centro da Terra se espalhara pelo mundo inteiro. Não quiseram acreditar, e, quando o reviram, continuaram não acreditando.

Mas a presença de Hans, e diversas informações vindas da Islândia modificaram pouco a pouco a opinião pública.

Então meu tio se tornou um grande homem, e eu, o sobrinho de um grande homem, o que já é alguma coisa. Hamburgo deu uma festa em nossa homenagem. Houve uma sessão pública no Johannaeum, na qual o professor narrou a sua expedição e só omitiu os fatos relativos à bússola. No mesmo dia, ele doou aos arquivos da cidade o documento de Saknussemm, e lamentou profundamente que as circunstâncias, mais fortes do que a vontade dele, não tivessem permitido seguir ao centro da Terra as pegadas do viajante islandês. Foi modesto na sua glória, e com isso a sua reputação aumentou.

É claro que tanta honra provocou inveja. Houve invejosos, e como as teorias do meu tio, apoiadas em fatos comprovados, contradiziam os sistemas da ciência sobre a questão do fogo central, ele sustentou, escrita e oralmente, notáveis discussões com os cientistas de todo o país.

Quanto a mim, não consegui admitir a sua teoria do resfriamento: apesar do que vi, acredito e vou acreditar sempre no calor central; mas confesso que algumas circunstâncias ainda mal definidas podem modificar essa lei sob a ação de fenômenos naturais.

No momento em que essas questões palpitavam, o meu tio sentiu uma grande tristeza. Hans, apesar dos pedidos, havia partido de Hamburgo; o homem a quem devíamos tudo não quis que pagássemos a nossa dívida. Sentiu saudades da Islândia.

– *Farval* – disse ele um dia, e com essa simples palavra de adeus partiu para Reykjavik, onde chegou tranquilamente.

Estávamos curiosamente apegados ao nosso bravo caçador de gansos; a sua ausência nunca deixará de ser lembrada por aqueles cuja vida ele salvou, e com certeza não morrerei sem vê-lo uma última vez.

Para concluir, devo acrescentar que esta *Viagem ao centro da Terra* causou enorme sensação no mundo. Foi impressa e traduzida em todas as línguas; os mais conceituados jornais publicaram os seus principais episódios, que foram comentados, discutidos, atacados, sustentados com igual convicção tanto pelos crentes quanto pelos descrentes. Coisa rara! Meu tio gozava em vida de toda a glória que adquirira, e até o Sr. Barnum propôs "exibi-lo" a um preço muito alto nos Estados da União.

Mas um aborrecimento, podemos dizer mesmo um tormento, infiltrava-se no meio dessa glória. Um fato continuava inexplicável, o da bússola; acontece que para um cientista semelhante fenômeno sem explicação se torna um suplício da inteligência. Muito bem! O Céu reservava ao meu tio a felicidade completa.

Um dia, quando arrumava uma coleção de minerais no escritório, vi a famosa bússola e comecei a observá-la.

Fazia seis meses que ela estava lá, no seu canto, sem desconfiar dos embaraços que provocava.

De repente, qual não foi o meu espanto! Dei um grito. O professor acudiu.

– O que foi? – perguntou ele.

– A bússola!...

– O que é que tem?

– A agulha está indicando o sul e não o norte!

– O que está dizendo?

– Veja! Os polos estão invertidos.

– Invertidos!

Meu tio olhou, comparou, e provocou um terremoto na casa com um salto fenomenal.

Uma luz havia iluminado as nossas mentes.

– Quer dizer que – disse ele, assim que conseguiu falar –, depois da nossa chegada ao cabo Saknussemm, a agulha dessa maldita bússola apontava para o sul e não para o norte?

– Claro.

– Então o nosso erro está explicado. Mas que fenômeno pôde produzir a inversão dos polos?

– É muito simples.

– Explique, meu rapaz.

– Durante o temporal sobre o mar Lidenbrock, aquela bola de fogo que imantava o ferro da balsa pura e simplesmente desorientou a bússola!

– Ah! – exclamou o professor em meio a um acesso de riso. – Portanto foi uma brincadeira da eletricidade?

A partir desse dia, o meu tio foi o mais feliz dos cientistas, e eu, o mais feliz dos homens, pois a minha linda virlandesa, abdicando da sua posição de pupila, ocupou o seu lugar na casa da Königstrasse na dupla qualidade de sobrinha e de esposa. Inútil acrescentar que o seu tio era o ilustre professor Otto Lidenbrock, membro correspondente de todas as sociedades científicas, geográficas e mineralógicas das cinco partes do mundo.

FIM

IMPRESSÃO:

PALLOTTI
GRÁFICA

Santa Maria - RS | Fone: (55) 3220.4500
www.graficapallotti.com.br